Couvertures supérieure et inférieure
en couleur

COUVERTURES SUPERIEURE ET INFERIEURE D'IMPRIMEUR

LÉA

LIBRAIRIE E. DENTU

DU MÊME AUTEUR

Chateauroux. — Imprimerie A. Majesté.

LÉA

A·LFRED ASSOLLANT

PARIS

E. DENTU, ÉDITEUR

LIBRAIRIE DE LA SOCIÉTÉ DES GENS DE LETTRES

PLACE DE VALOIS. (Palais-Royal)

—

LÉA

MA PREMIÈRE CLIENTE

C'est le 15 décembre 185., vers neuf heures du matin, que maître Rondelet, le célèbre avocat dont j'étais le secrétaire principal et l'ami, m'appela dans son cabinet, écarta les pans de sa redingote en s'adossant à la cheminée pour se chauffer plus à l'aise, et me tint le discours suivant :

— Mon cher Fontpertuis, le moment est venu de vous faire connaître. Quel âge avez-vous?

— Vingt-six ans.

— Bien. C'est le vrai moment de montrer son éloquence. Je vous ai réservé pour vos débuts une magnifique affaire, — un procès dont il ne tiendra qu'à vous d'occuper tout Paris : que dis-je, tout Paris?... la France entière et les colonies!

Il y eut un instant de silence. Je pensais au fond de l'âme : Si ce procès doit occuper tout Paris, la France et les colonies, pourquoi M. Rondelet ne le plaide-t-il pas lui-même?

Il lut dans mes yeux et continua :

— Ces causes-là ne sont plus de mon âge. La sensibilité s'émousse et s'use par le retour trop fréquent des mêmes émotions. Depuis vingt ans, je pleure et je fais pleurer les jurés; je veux maintenant les faire frémir en brandissant à mon tour le glaive terrible de la loi. En deux mots, le gouvernement veut me faire procureur général du département de la Seine, ma femme le veut aussi, l'empereur m'en a prié à Compiègne, j'ai la parole du garde des sceaux, on va me nommer dans huit jours officier de la Légion d'honneur, on ne me demande que d'abandonner pour deux ou trois mois la cour d'assises, afin de laisser quelque intervalle entre le rôle de défenseur et celui d'accusateur. Pouvais-je refuser?

J'avouai qu'il ne pouvait pas.

— Ce n'est donc pas un sacrifice que je vous fais, mon cher Fontpertuis, ajouta-t-il. C'est un infanticide que je vous offre, mais un bel et bon infanticide, assaisonné de toutes les épices qui rendent ce ragoût si friand et qui excitent l'appétit du public ordinaire de la cour d'assises. La fille s'appelle Luce; elle est jolie et intéressante. Elle était femme de chambre d'une marquise; quelques-uns même soupçonnent le marquis, à cause de sa mauvaise réputation... Pour moi, je le crois innocent, non d'intention, mais de fait. Au reste, vous en jugerez. Est-ce une affaire décidée? Faut-il que je vous annonce à votre cliente?

J'acceptai avec empressement et je courus à la Conciergerie. Il n'y avait pas de temps à perdre, car le procès devait être jugé le lendemain.

Quand je prononçai le nom de Luce, le gardien me regarda curieusement avant de m'introduire, et j'entendis qu'il disait à l'un de ses camarades :

— Pauvre fille! ça n'a pas de *braise*; aussi Rondelet la donne à son secrétaire. Quel malheur! ça gagne 200.000 fr. par an à plaider pour de riches coquins, et ça ne peut pas user pour trois sous de salive au service des pauvres diables! Le petit va la faire condamner à perpétuité.

Malgré cette prédiction sinistre, j'entrai avec confiance dans la cellule où Luce m'attendait.

Elle était assise sur un banc de bois quand le gardien ouvrit la porte. Il dit simplement :

— Voici l'avocat.

Comme il aurait dit, je pense : « Voici le paquet de linge sale pour la blanchisseuse. » Mais je n'étais pas homme à m'émouvoir de si peu, et je m'assis à côté de Luce en la regardant avec attention.

C'était une belle grosse Berrichonne, assez bien faite, douce comme un mouton, et qu'on n'aurait jamais cru rencontrer sur le banc de la cour d'assises ; modestement vêtue d'ailleurs et calme d'attitude comme une statue de la Résignation.

Rien n'est plus simple que son histoire. Elle aimait, elle était aimée ; le reste s'en suivit tout naturellement, et la bonne fille crut s'assurer un mari ; mais elle eut grand tort ; car, comme dit la ballade de *Zampa* :

       « C'était un trompeur. »

C'est ce qu'elle m'expliqua avec plus de larmes que de paroles, sans se plaindre pourtant du perfide. Il ne l'avait pas épousée, mais il l'épouserait peut-être un jour ; elle l'espérait du moins.

— Ce n'était donc pas le marquis ? lui dis-je un peu étonné.

— Qui ? répliqua-t-elle ; M. le marquis ? Non, non ; c'était Charles, son valet de chambre. Mais le marquis ? Ah ! je l'ai renvoyé bien loin, celui-là ! D'abord j'aimais bien trop madame pour l'écouter.

Et alors elle me raconta qu'elle était entrée trois ans plus tôt au service de Mᵐᵉ la marquise de Rochepont, qui venait de se marier. Mᵐᵉ la marquise était la meilleure femme et la plus aimable de tout le Berri ; elle avait vingt ans à peine, elle était belle comme une sainte Vierge, et gaie, et généreuse ! Elle donnait ses plus belles robes à Luce avant qu'elles fussent usées ou démodées, comme aussi ses gants, ses chapeaux, ses fleurs, tout ce qu'elle avait enfin... Et avec ça, monsieur, jamais un mot plus haut que l'autre ; jamais une gronderie, toujours de bonne humeur ; et de beaux yeux clairs, riants comme le soleil !... Si les hommes savaient faire la différence d'une femme à une autre, ils auraient tous adoré celle-là, et son mari tout le premier.

— Le marquis ne l'aimait donc pas?

— Lui, monsieur! il en était fou, il en était même jaloux comme un tigre. Il l'avait épousée par amour; mais, au bout d'un mois, il courait après toutes les autres, comme si la sienne n'avait jamais existé. Ça ne l'empêchait pas de tourner des yeux terribles sur ceux qui la regardaient. Il l'aimait à sa manière, voilà tout. Aussi ça devait mal finir.

Voilà le commencement du récit de la pauvre Luce. C'est la première fois de ma vie que j'entendais faire par une femme de chambre l'éloge de sa maîtresse; ce sera peut-être aussi la dernière.

Je l'interrompis pour la ramener à son affaire.

— Enfin, lui dis-je, êtes-vous coupable, oui ou non? Répondez franchement. Vous savez, Luce, que je ne suis pas votre juge, mais votre défenseur et votre ami.

Elle me regarda avec des yeux pleins de larmes.

— Ah! monsieur, pouvez-vous croire?.. Je ne suis qu'une pauvre fille, bien abandonnée du ciel et des hommes; mais tuer mon enfant! Ah! Dieu!

Et après bien des questions, elle finit par avouer que l'auteur du crime était le père même, Charles, le beau valet de chambre; qu'il avait enlevé l'enfant, sous prétexte de l'envoyer en nourrice à la campagne; qu'elle n'avait pas pu s'y opposer, ne se défiant d'ailleurs de rien.

Je passe les détails de ce récit déplorable; les journaux sont remplis d'aventures de cette espèce, et celle-là n'avait rien de particulier que l'obstination de Luce à cacher aux juges le nom du vrai coupable.

— Il a promis de m'épouser, disait-elle toujours, et sur la foi de cette promesse elle s'exposait aux plus terribles peines pour le sauver lui-même.

Je lui dis:

— Il devrait vous faire horreur maintenant!

— Ah! c'est un grand péché qu'il a fait là, dit-elle en soupirant, et Dieu lui demandera compte un jour; mais c'était pour mon bien... Il ne voulait pas me laisser avec un enfant sur les bras.

Cette réponse me fit voir que je n'entendais rien à la logique des femmes.

Alors, sans discuter plus longtemps, je demandai à Luce si Charles avait été inquiété...

— Non.

— ... S'il était venu la consoler dans sa prison...

— Non.

— ... Si personne n'avait pris soin d'elle...

Elle répondit que Mme de Rochepont venait la voir tous les jours.

— Sait-elle que vous êtes innocente ?

— Ah ! monsieur, elle sait tout, excepté ce que Charles a fait pour son malheur et pour le mien ! Mais ça, je n'oserai jamais le lui dire... Elle m'avait si souvent avertie : « Luce, défie-toi de ce Charles ; c'est un malhonnête homme. Il te trompera, il te perdra... » Pauvre jeune dame ! elle avait un pressentiment de ce qui devait arriver.

— Et le marquis, Luce, vient-il vous voir avec sa femme ?

— M. le marquis ? mais il est séparé de madame depuis trois mois !

— Séparé ! Pourquoi ?

— Personne n'a jamais pu savoir, pas plus moi que les autres domestiques, quoique je fusse depuis trois ans au service de madame, et qu'elle n'eût pas de secret pour moi, j'ose le dire. Un matin, le marquis partit pour la chasse au sanglier avec un de ses amis, un bien aimable jeune homme, cousin-germain de madame, M. Olivier d'Aubepeyre, qui venait souvent à la maison. Madame les attendait tous deux à dîner le soir. Il était cinq heures à peu près, le couvert était mis, et madame chantait en s'accompagnant sur le piano pour prendre patience, quand M. le marquis rentra (je le vois encore), seul, tout troublé, de l'air d'un homme qui a fait un mauvais coup. Il crie aux domestiques : « Apportez vite un brancard, M. d'Aubepeyre est mourant. » On le suit ; on trouve le pauvre M. Olivier baigné dans son sang, percé d'une balle, presque froid, déjà mort. M. le marquis, placé à l'affût dans le bois et l'entendant remuer, l'avait pris pour le sanglier et l'avait tué d'un coup de fusil. Du moins, c'est ce qu'il nous raconta, et la justice l'a cru ; mais Charles, qui le connaît bien, me dit le soir même : « Ces bourdes-là, c'est bon pour des conscrits comme le procureur impérial et le juge d'instruction ; mais moi, vois-tu, Luce, je sais mieux que personne ce qui en est. M. Olivier venait trop souvent voir sa cousine, le marquis aura voulu lui donner une leçon. C'est un avis pour ceux qui voudraient parler de trop près à la marquise. » Le lendemain, madame est partie pour Paris avec moi. Monsieur la conduisit en voiture jusqu'à la station du chemin de fer, et là ils se séparèrent, sans s'embrasser ni se donner la main. Monsieur dit seulement : « *Vous m'enverrez de vos nouvelles de temps en temps, Léa ?* Elle monta dans le wagon sans répondre.

Ici j'interrompis Luce. Je ne sais pourquoi l'histoire de cette marquise inconnue, si charmante au rapport de sa femme de sa chambre, m'intéressait presque autant que celle de Luce elle-même ; mais mon devoir d'avocat me commandait de ne pas perdre un instant pour préparer la défense de ma cliente. Je passai donc une heure ou deux à interroger Luce, qui ne varia point dans dans ses réponses et ses protestations d'innocence ni dans sa résolution de cacher le nom du coupable.

Comme je faisais un dernier effort pour lui persuader de révéler la vérité toute entière, le gardien entra, agitant ses clefs d'un air menaçant, et m'avertit qu'il était temps de fermer portes.

Je me hâtai de donner quelques paroles de consolation et d'espérance à Luce, et je revins chez moi en répétant d'un air inspiré, le vers suivant, qui faisait retourner tout le monde sur mon passage :

Léa ! Léa ! Léa ! Que ce beau nom est doux !

II

LÉA

Ce n'est pas l'histoire de Luce ni mon plaidoyer que je veux publier ici. Il suffira de dire qu'elle fut acquittée à l'unanimité, que le président de la cour me félicita de mon éloquence, que le jury parut très ému, que plusieurs bonnes femmes versèrent des larmes, que Luce elle-même me baisa les mains en pleurant de joie et de reconnaissance, et qu'en descendant le grand escalier du palais de justice j'eus le plaisir d'entendre un de mes confrères, qui ne me voyait pas, dire de moi dans un groupe :

— Ce Fontpertuis ! qui aurait cru ça de lui ? Il mourra dans la peau d'un Chaix-d'Est-Ange et peut-être d'un Berryer.

Ce jour-là et les jours suivants, je fis, tout éveillé, des rêves d'or. Je n'étais plus ni Chaix-d'Est-Ange ni Berryer, mais Mirabeau en personne. J'étais député au corps législatif, chef du parti républicain (cela va sans dire); les femmes me souriaient, le peuple m'applaudissait; je renversais Napoléon III, je proclamais la République et j'en étais élu président; je gouvernais la France et je dirigeais l'Europe par la force de la parole, bien supérieure à celle des armes; Léa enfin, oui, Léa elle-même, la belle marquise...

Pendant que je tisonnais en roulant dans mon esprit cette dernière pensée, remplie d'une douceur exquise, mon ami Lenoir ouvrit la porte et vint déranger ma rêverie.

— Mais, avant de répéter ses paroles et de dire quel trouble délicieux et terrible elles apportèrent dans ma vie, je veux parler d'abord de lui-même.

Il était architecte et fils d'un bourgeois de Paris.

Petit, mais bien fait, joli garçon, ni riche ni pauvre, ayant plus que de quoi vivre et sachant s'en faire honneur, plein d'esprit, bon enfant par-dessus tout, c'était un vrai philosophe, non de ceux qui vendent la sagesse dans les chaires et les Facultés savantes, mais de ceux qui la gardent pour eux-mêmes et ne prêchent que d'exemple. Un seul défaut obscurcissait l'éclat de tant de belles qualités : il aimait trop ce sexe qui fait notre joie, au dire du bon Lafontaine, et comme il l'aimait trop, il ne le respectait pas assez. L'amour vaut-il mieux que le respect? C'est aux dames d'en décider.

Cet ami donc, tel qu'il était, entra brusquement, et du premier mot, comme s'il avait deviné de quelles pensées j'étais occupé, me demanda :

— Est-tu libre ce soir? Veux-tu venir avec moi voir la meilleure société de Paris, c'est-à-dire la plus amusante et la plus spirituelle?... Tu le veux, cela va sans dire... Pas un mot de plus, je t'emmène?

— Où? chez qui?

— Chez le général Toinet Buchamor, ancien colonel des dragons de la garde impériale de Napoléon Ier, ancien conspirateur sous Louis XVIII, ancien pacha de Mehemet-Ali, ancien gouverneur de la province de Kouen-Lun, frontière du désert de Gobi, ancien pair de France sous Louis-Philippe, présentement sénateur du second Empire et millionnaire.

— Mais je ne le connais pas ton général !

— Il te connaît, lui, cela suffit.

— Où m'a-t-il vu?

— Ah ! que de raisons ! La preuve qu'il t'a vu, c'est qu'il veut te voir; la preuve qu'il a de l'amitié pour toi, c'est qu'il désire te connaître; la preuve qu'il faut venir chez lui ce soir, c'est qu'une jeune dame de la plus rare beauté...

— Achève.

— Je n'achèverai pas, si tu ne commences par changer de cravate et par chercher ton habit noir.

— J'obéis... Tu disais qu'une jeune dame...

— Je savais bien que mon discours finirait par t'intéresser. Oui, mon ami, une jeune dame plus belle que le jour et une autre dame un peu moins belle, mais chez qui les grâces trompeuses et légères de la jeunesse sont remplacées par les appas solides et expérimentés de l'âge mûr, ont témoigné un tel désir de te voir, que le vieux général Buchamor m'a chargé de t'amener chez lui ce soir, vif ou mort, *volens* ou *nolens*, comme disait ton collègue, Cicéron, fameux avocat de Rome.

— Bien... bien... Mais la dame? son nom? son âge?

— De quelle dame veux-tu parler?... De la plus mûre?... Voici... Elisabeth, baronne de Korenberg, veuve d'un banquier de Cologne établi à Paris, qui, comme dit la chanson,

> La prit trop jeune,
> Bientôt s'en repentit,

mourut après cinq ans de mariage, et la laissa fort riche en maudissant son contrat de mariage, qui ne permettait pas de la déshériter. Elisabeth, déjà connue de beaucoup de gens, femme d'esprit, femme charmante, femme adorée en ce temps-là et qui se croit toujours adorable, se mit à courir le monde à la recherche de l'amour libre. C'est elle-même qui l'a imprimé, car la bonne dame n'est pas prude et quand elle a pris un nouvel amant, elle se hâte d'en informer le public au moyen d'un joli volume in-12, où le détail de ses transports est fait avec tant de précision qu'on croit entendre, comme disait M. Louis Veuillot en parlant d'une femme célèbre, « rugir la chair la plus endiablée qui fut jamais. » Avec cela, femme d'esprit, femme de lettres, femme de haute naissance, femme qui a voyagé par toute l'Europe, qui s'est baignée à Vichy, à Plombières, à Gastein, à Carlsbad, femme utile, femme féroce, femme flatteuse et caressante, femme mordante et venimeuse comme la vipère, femme au regard de basilic, femme de cinquante ans passés, que je te conseille d'avoir pour amie, si tu veux être un jour quelque chose, car elle a un pied partout, à la cour, à la ville, en France, en Italie, en Espagne, en Russie, et jusque dans les études d'avoué. . . . .

Telle est la majestueuse et redoutable Elisabeth, baronne de Korenberg...

— Bien ! Et l'autre ?

— L'autre !... C'est Léa.

A ce nom inattendu, je sentis, comme il est dit dans les opéras-comiques, « mon cœur tressaillir d'aise, » et je fis effort pour demander d'un air indifférent :

— Léa !... Quelle Léa ?

Lenoir leva les bras vers le ciel.

— Quelle Léa, malheureux ! Mais la plus belle de toutes ! Une Léa de vingt-trois ans, dont les yeux sont bleus et profonds comme la Méditerranée, dont les cheveux et les sourcils bruns ont la finesse de la soie et l'abondance des étoiles du ciel ou des sables de l'Océan, dont le front rêveur cache les pensées les plus nobles et les plus mélancoliques, dont la voix est pareille à celle du rossignol au printemps, dont le sourire gracieux et doux enlève tous les cœurs, dont la taille souple et légère...

— Enfin, elle est charmante, n'est-ce pas ?

— Elle l'est mille fois plus que tu ne peux te l'imaginer. Au reste, tu la verras et tu l'entendras, heureux garçon, car elle meurt d'envie de te connaître, et si j'avais droit d'être jaloux !...

— Mais d'où vient-elle ?

— Qui sait ? De la mer peut-être, comme Vénus Astarté. On dit qu'elle est marquise, qu'elle a un mari à soixante lieues d'ici, un farouche gentilhomme envers qui elle a des torts ou qui a des torts envers elle ; on dit qu'elle est riche, on dit qu'elle est pauvre, on dit qu'elle est vertueuse, on dit qu'elle est coquette, on dit qu'elle a sur la conscience des aventures tragiques et que deux hommes se sont fait tuer pour elle ; on dit que son mari l'a poignardée ou qu'elle a poignardé son amant, ou qu'elle a poignardé son mari et qu'elle a été poignardée par son amant ou que son mari et son amant se sont poignardés l'un l'autre... On dit tout ce qu'on veut. Personne n'a vu ni le mari, ni l'amant, ni les poignards ; personne, excepté le vieux général Buchamor, qui connaît ses parents, qui dit qu'elle est bien vraiment mariée, que le mari s'appelle M. de Rochepont, qu'il est bon gentilhomme et marquis, et que le reste ne nous regarde pas.

— Et Léa, que dit-elle ?

— Léa ne dit rien. Crois-tu qu'il soit facile de l'interroger ? Aussitôt qu'elle voit qu'on se dirige de ce côté, elle se met à rêver, lève les yeux au ciel, vous prie de lui réciter des vers ou vous demande votre avis sur l'émancipation des femmes. Si vous la pressez davantage, elle appelle à son secours le général Buchamor, qui entre au milieu de la conversation comme un sanglier dans un champ de blé, et qui d'un mot vous coupe la parole. Samedi dernier, le beau d'Arensac, capitaine d'état-major, qui est curieux comme une vieille fille et bavard comme une pie borgne, demanda si par hasard M. de Rochepont n'était pas cousin des La Rochefoucauld et s'il n'avait pas un château sur les bords de la Charente. Il n'en savait rien du tout, non plus qu'aucun des assistants, mais il prêchait le faux pour savoir le vrai. Léa, qui n'aime pas les questions, se tourna vers le vieux Buchamor, qui jouait à l'écarté, et dit tout haut :

— Général, répondez, je vous prie, à M. d'Arensac, qui veut savoir si je suis cousine des La Rochefoucauld.

Le vieux soudard répondit crûment :

— Qu'est-ce que ça peut lui faire ?... Je marque le roi; atout.

Tout le monde éclata de rire et le pauvre d'Arensac aurait bien voulu se fâcher, mais contre qui ? S'il avait fait une sotte question, c'était sa faute. Un instant après, le général l'emmena dans un coin et lui dit assez haut :

— Vous êtes un étourdi. Est ce qu'on doit s'occuper de l'âge, de la fortune ou de la noblesse d'une femme ? Il n'y a que deux questions à faire : est-ce qu'on l'aime, est-ce qu'elle vous aime ? C'est ce qu'on faisait dans mon temps.

Et comme d'Arensac voulait répliquer, le vieux ajouta :

— Maintenant, capitaine, un conseil. Vous avez ennuyé Léa ; elle s'est moquée de vous. C'est bien fait ; n'y
revenez pas.

— Mais, mon général, dit l'autre, piqué au vif du ton
qu'avait pris Buchamor, il me semble que vous vous
mêlez de ce qui...

— ...De ce qui regarde Léa ?... reprit Buchamor
en lui coupant la parole. Eh bien ! c'est de mon âge.
A soixante-douze ans, on aime les femmes pour elles
et non pour soi. J'aime beaucoup celle-là. C'est la fille
d'un de mes vieux amis. Elle est jolie comme un amour,
elle est bonne comme un ange (quand on ne l'agace pas,
et vous l'avez agacée ce soir avec vos questions), elle
apporte la joie dans ma maison toutes les fois qu'elle y
met le pied. Elle n'est ni ma fille, ni ma femme, ni ma
sœur, ni ma nièce, ni ma parente à aucun degré ; elle
est mieux que tout cela ensemble, et, ma foi ! qui l'ennuie m'ennuie. Souvenez-vous-en, d'Arensac.

Ici, mon ami Lenoir interrompit son discours pour
reprendre haleine et allumer un cigare.

J'en profitai pour lui dire :

— Tout cela ne m'apprend pas comment la belle Léa
a pu s'occuper de moi.

— Ah ! répondit Lenoir, c'est ici que l'intérêt redou-
ble et qu'il faut me prêter une oreille attentive.

III

— Et d'abord, continua Lenoir, si tu ne la connais pas, elle te connaît, toi; si tu ne l'as pas vue, elle t'a vu; si tu ne l'as pas entendue, elle t'a entendu, et si bien qu'elle en paraît toute charmée.

— Oh!

— Je dis charmée, c'est touchée que je devrais dire. Il paraît que tu as été sublime, mercredi dernier, en plaidant pour une grosse Berrichonne qui venait de laisser tomber son enfant je ne sais où, volontairement ou involontairement, et que tu l'as fait acquitter haut la main par un jury au cœur sensible.

La principale preuve qu'on avait du crime de cette mère négligente était qu'elle a caché à tout le monde sa maternité. Un instant, on l'a crue perdue. L'avocat général avait résumé l'affaire avec une certaine nonchalance, se croyant sans doute sûr du succès, et venait de conclure à la peine de mort. Les jurés, incertains, ne soufflaient mot, attendant ta réplique. Les juges s'étendaient à demi dans leurs fauteuils en fermant à demi les yeux et agitant leurs lorgnons avec grâce, comme pour dire : « Voyons s'il s'en tirera. » C'est alors, au dire de Léa, que tu t'es élevé au sommet de l'éloquence. Ne rougis pas; il paraît que tu as été superbe dans tout ton discours; mais où elle t'admirait le plus, c'est lorsque tu as montré la barbarie de la société, qui viole les lois de la nature, qui ne permet pas aux pauvres filles innocentes de suivre sans honte le penchant de leur cœur et de donner hors du mariage des citoyens à la patrie; c'est surtout lorsque tu as flétri l'abominable préjugé qui rejette ces innocentes hors de la famille et les force ainsi de cacher à tous les yeux leur grossesse. Le reste n'était ni moins beau ni moins raisonnable dans l'opinion de Léa, mais

je l'ai oublié. L'essentiel, c'est que tu t'es fait à ses
yeux le plus grand honneur et qu'elle te regarde déjà
comme un chaud défenseur de l'émancipation des femmes.

— C'est à toi qu'elle a dit tout cela ?

— A moi et à plusieurs autres. Nous étions hier à
dîner chez le général, elle, Mme de Korenberg, qui fait
les honneurs de la maison du vieux Buchamor, et moi,
lorsque la conversation est tombée sur ce chapitre.
Après que ton éloge a été à peu près terminé (et je
dois avouer qu'il a duré longtemps), pour me faire
valoir aux yeux des dames, j'ai dit que j'avais depuis
longtemps l'honneur d'être ton plus intime ami. On
m'a demandé quelques détails sur toi, et, ma foi ! je
ne me suis pas fait prier pour en donner une multi-
tude.

— Ah! traître! J'espère que tu n'as rien dit que
de...

— Que de flatteur, rassure-toi. Vingt-cinq ans; ni
blond ni brun, comme la plupart des Français: taille,
un mètre soixante-douze centimètres; yeux gris, nez
droit, bouche moyenne et bien dessinée, menton rond,
cheveux châtains, barbe châtaine, teint coloré; signe
particulier, 15.000 livres de rente. N'est-ce pas la vérité ?
n'est-ce pas ce qu'il fallait dire ?

J'accordai qu'il avait fait convenablement son devoir
d'ami... Mais le moral?

— Ah! pour le moral, j'ai dit que tu avais beaucoup
d'esprit et du meilleur, beaucoup de cœur et du plus
tendre et du plus chevaleresque; un grand talent ora-
toire, qui ne demandait qu'une occasion pour déployer
ses ailes et te porter aux plus hautes dignités de l'État;
et qu'enfin tu avais été condamné à mort, il y a quatre
ans, par un conseil de guerre du 2 décembre. Ça, c'était
ce qu'en français noble on appelle le coup du lapin. Les
dames ont tressailli de plaisir. Un avocat, c'est intéressant, si l'on veut, mais il y a des milliers d'avocats sur la
place; tandis qu'un condamné à mort, c'est une frian-
dise rare. Il n'y a rien de plus doux que de parler
d'échafaud lorsqu'on est assis dans une salle à manger

bien chauffée, et qu'on a des truffes dans son assiette,
du vin de Champagne dans son verre, et des gens d'esprit à côté ou en face de soi. On goûte alors un plaisir
auquel les femmes sont très sensibles, celui de frisson-
ner en sûreté.

— Et Léa, qu'a-t-elle dit?

— Léa n'a rien dit; elle avait les yeux fixés sur moi
et m'écoutait aussi attentivement (et beaucoup plus, je
crois) que si j'avais lu tout haut l'Evangile selon Saint-
Luc. Mais voici où le hasard a bien fait les choses. Au
mot de *condamné à mort*, le général, qui jusque-là ne
faisait pas grande attention à mon discours, m'a interrompu pour demander:

— De qui parlez-vous, cher ami?

— J'ai dit ton nom et répété ton histoire. Alors il s'est
écrié:

— Fontpertuis? Fontpertuis? mais je ne connais que
lui! C'est le petit-fils de Fontpertuis, l'ancien colonel
du 3e hussards, n'est-ce pas? le même qui fut tué d'une
balle, à Lutzen, en chargeant l'infanterie prussienne.
Comment! le petit-fils est condamné à mort, et je ne le
savais pas!... Mais ça n'a pas le sens commun? Qu'est-ce
qu'il a fait pour ça?

— Rien ou presque rien, mon général. Il y a quatre
ans, au 2 décembre 1851, il était de ceux qui ont crié:
Vive la République! sur le boulevard Montmartre. On a
tiré sur lui à mitraille, on l'a manqué; il est allé chercher un fusil et s'est planté sur une barricade du quartier Saint-Martin. Là encore, on a manqué de le tuer.
Alors il est allé dans la Drôme, son pays natal: il était
à l'affaire du pont de Crest. Il fut blessé et forcé de fuir
avec ses compagnons, après un sanglant combat où plusieurs centaines se firent tuer; comme il était du pays,
on le reconnut, et, pendant qu'il se sauvait en Savoie,
par la route des contrebandiers et des proscrits, un conseil de guerre le condamna à mort par contumace.
Deux ans plus tard, l'état de siège était levé, les commissions mixtes étaient dissoutes, on ne fusillait plus,
Me Rondelet, l'avocat, qui le connaissait et qui a du
crédit au ministère, l'a fait revenir à Paris, et le voilà.

— Ah ! parbleu ! a dit le vieux Buchamor, je suis bien aise de savoir ça et de refaire un peu connaissance. A mon âge, c'est un vrai plaisir de voir un vaillant garçon et un joli garçon ; car il est joli garçon, je suppose : il faut cela pour les dames. Mon cher Lenoir, je vous prie de me l'amener samedi et je vois dans les yeux de Léa qu'elle est encore plus curieuse que moi de le connaître. N'est-ce pas, Léa ?

— Comme il vous plaira, mon cher général, comme il vous plaira, a répondu l'ange aux ailes bouclées.

— Et me voilà pour t'emmener.

— Eh bien ! emmène-moi. Comment résisterais-je à un vieux général qui a connu mon grand-père et à deux belles dames qui... A propos, et la baronne dont tu parlais d'abord, qu'a-t-elle dit ?

— La fière Elisabeth, baronne, veuve et chanoinesse ?... Elle n'a rien dit du tout. C'est une femme expérimentée qui veut voir, entendre, réfléchir, avant de se décider, qui ne juge pas les gens de loin et sur parole... Mais elle a un faible pour les beaux garçons ; à ce titre, tu ne peux pas manquer de lui plaire. Au reste, tu la verras ce soir. Elle a gardé d'imposants débris d'une beauté qui fut autrefois magnifique ; et aux lumières, quand le peigne et le pinceau ont fait leur devoir, elle ressemble à l'impératrice Sémiramis, comme un portier ressemble à un concierge.

A ces mots, neuf heures sonnèrent, et mon ami Lenoir s'interrompit pour me presser de partir ; car, dit-il, de la rue de l'Ancienne-Comédie à l'hôtel du général, il y a plus d'une demi-heure en fiacre, et je ne veux pas manquer notre entrée. Passé minuit, le vieux Buchamor va se coucher sans cérémonie. Alors les jeunes gens qui n'ont fait que danser, valser ou papillonner autour des dames, commencent un cotillon qu'on interrompt, deux heures plus tard, pour souper et qu'on reprend jusqu'à cinq heures du matin, sous la présidence de la baronne. Je t'assure qu'on ne s'ennuie pas. Es-tu prêt ?

Je l'étais, et nous partîmes.

IV

L'hôtel du général Buchamor s'élevait, à quelques pas de la grande avenue de Champs-Elysées, dans une rue latérale. C'était une construction bizarre, dans le goût oriental, gothique, indien, byzantin, tartare, grec, néo-grec, italien, — de l'ordre composite enfin. Le propriétaire, ayant beaucoup voyagé, avait voulu retrouver là tout ce qu'il avait rencontré de beau et de commode dans ses voyages. On y voyait des tourelles, des mina-rets, des colonnes, des dômes, des fenêtres en ogive, des jets d'eau, des meurtrières, des clochetons, des ma-chicoulis, et tout ce que peut rêver un architecte en délire à qui un millionnaire a mis la bride sur le cou.

Le jardin, très vaste et rempli à grands frais de vieux chênes et de hêtres trois fois séculaires, qu'on avait fait venir des Ardennes, était comme une forêt druidi-que, mêlée de kiosques chinois et de grottes semblables à celle qui servait autrefois d'asile à Daphnis et à Chloé.

La première personne que nous rencontrâmes en en-trant dans la maison fut, après les domestiques de ser-vice dans l'antichambre, le général Buchamor lui-même, qui me serra cordialement les deux mains comme si nous eussions été de vieux amis.

— Fontpertuis? le petit-fils de mon ancien camarade Fontpertuis, du 3e hussards, n'est-ce pas?...

Entrez donc, mon cher, entrez donc; je serai à vous tout à l'heure, et nous taillerons ensemble une longue bavette. Ah! votre grand-père était un brave, et je sais de bonne part que vous êtes un gaillard, vous aussi, quoiqu'un peu séditieux. Lenoir m'a tout ra-conté... Mais le temps des folies est passé, il faut être sage maintenant...

Comme il allait continuer, on annonça deux autres invités, et j'entrai dans un autre salon, en demandant à Lenoir :

— De quelles folies as-tu donc parlé au général?

— De ta condamnation à mort, après le 2 décembre.

— En effet. Est-ce qu'il n'a pas été un peu scandalisé, ce sénateur de l'Empire?

Lenoir se mit à rire.

— Scandalisé! Mais c'est au contraire cela qui lui a donné envie de te voir. Songe donc qu'il a été condamné à mort deux fois, sous la Restauration, pour avoir conspiré contre Louis XVIII. D'ailleurs qui est-ce qui n'a pas un peu conspiré parmi les gens que tu vois au pouvoir aujourd'hui, à commencer par leur chef, qui en est devenu empereur, et qui est tellement conspirateur de vocation et tellement habitué à ce métier, qu'on dit qu'aujourd'hui même, et sur le trône, il conspire contre ses ministres pour n'en pas perdre l'habitude?

— C'est un beau vieillard, le général!

— Ah! c'était en son temps un hardi soldat et une lame bien trempée. Tel que tu le vois, droit, fier et ferme, avec ses yeux noirs et ce regard si vif, sais-tu qu'il a fait ses premières armes dans la campagne de Hohenlinden, en 1801, il y a cinquante-quatre ans? Sais-tu qu'il était à Iéna, à Friedland, à Wagram, qu'il a pris part à plus de trente batailles ou combats en Espagne, que dans la campagne de France il n'a presque pas quitté la selle, et qu'à Waterloo il fut percé de neuf coups de baïonnette? Sais-tu que maintenant encore, tous les matins avant déjeuner, il va se promener à cheval au bois de Boulogne, quelque temps qu'il fasse, qu'il pleuve, qu'il neige, qu'il vente ou qu'il tonne, et qu'il galope comme un jeune homme? Sais-tu qu'au Jockey-Club, l'autre jour, le comte Kandor, ce Hongrois qui passe pour l'un des premiers cavaliers de son pays, où tout le monde sait monter à cheval, a voulu le défier, dans une course de haies, que le général a accepté le le défi, que l'enjeu était de 100.000 francs, que Kandor l'a emporté de trois longueurs, et que Buchamor l'a payé sans broncher, sur-le-champ, *hic et nunc?*

— Eh bien! il n'a fait que son devoir, puisqu'il avait perdu son pari.

— Oui, mais attends la fin. Comme Kandor s'excusait

modestement de la victoire, alléguant à mots couverts l'âge du général et ses anciennes campagnes, le vieux Buchamor, piqué de se voir traiter comme un infirme, lui proposa de doubler l'enjeu dans une course de fond, de Paris à Fontainebleau, aller et retour, au moyen de relais disposés sur la route. L'autre accepta et se fit battre complètement. Le général lui dit :

— Voyez-vous, cher comte, ne vous attaquez pas aux gens de mon âge. Les jeunes ont plus d'ardeur et de grâce, ils vont mieux dans un cirque ; mais les vieux ont plus de fond et vont mieux en rase campagne.

Et pour lui, c'était vrai.

— Pourquoi l'a-t-on fait sénateur ?

— Je pourrais te répondre ce que disait Prosper Mérimée quand on lui demanda pourquoi le ministre l'avait décoré : *Parce que je ne l'étais pas.* C'est à peu près pour la même raison qu'on a fait sénateur ce vieux brave, et pour une autre raison encore, c'est qu'il était riche et qu'il n'en avait pas besoin. Tu connais bien la vieille règle de ce monde et de tous les mondes : *Donnez plus à qui plus a.* C'est ce qu'on a fait pour le général. Comme il avait rapporté de ses voyages quinze ou vingt millions en bonnes espèces sonnantes et trébuchantes, tous les gouvernements ont voulu se l'attacher.

— Louis-Philippe d'abord qui le fit pair de France, et Napoléon III ensuite, qui l'a mis au sénat, où d'ailleurs il ne dit pas un mot et tient fort bien sa place. Les archevêques et les cardinaux, sachant qu'il n'est pas marié, lui font beaucoup de caresses, comptant sans doute qu'il mettra l'Église dans son testament.

— Et lui, qu'en pense-t-il ?

— Il en rit et leur donne des espérances. Ce vieux renard n'est pas savant, et je crois bien que depuis l'école primaire, il n'a pas mis le nez dans un livre ; mais, comme il a beaucoup de finesse et d'expérience, il flaire de loin tous les pièges... Fais-lui raconter quelque jour l'histoire de sa fortune, et tu verras de quel bronze étaient faits les soldats du premier Napoléon... Mais voici Mme de Korenberg, il faut que je te présente.

— C'est donc la maîtresse du logis?

— Demande-le lui, répliqua Lenoir en riant.

Au même instant, d'un regard et d'un sourire, la dame répondit à notre salut et nous invita à nous approcher d'elle: ce qui n'était pas facile, car elle était assise au coin de la cheminée et entourée d'un cercle nombreux.

Le portrait qu'en avait fait Lenoir me parut assez fidèle. Par la douceur étudiée de la physionomie et des manières, elle donnait l'idée d'une Catherine de Médicis quadragénaire; mais, par la beauté, elle était bien supérieure à la célèbre Florentine. En revanche, dans ses yeux hardis et déjà plissés par l'âge et par quelque autre chose encore, on lisait toute une vie d'aventures.

Après les premiers compliments, et quand nous fûmes assis, un des assistants reprit la conversation que notre entrée venait d'interrompre.

On parlait de Jésus-Christ, car la baronne aimait assez à montrer sa science, et même elle avait écrit pour le public un traité sur les *religions révélées* dont un journal allemand faisait le plus grand éloge. (Il va sans dire que le correspondant du journal, juif de Berlin, avait son couvert mis, trois fois par semaine, chez la baronne, au bas bout de la table.)

— Au fond, dit-elle d'un air qui me parut à la fois profond et péremptoire, Jésus-Christ n'a rien inventé: il a pris à Moïse l'unité de Dieu; à Platon, l'immortalité de l'âme; à Jean-Baptiste, le baptême; à Zoroastre, les bons et les mauvais anges: aux Indiens, la Trinité. Il a copié tout le monde.

— Tous les fondateurs de religion sont des plagiaires! conclut un grand jeune homme blond à la barbe épaisse et rousse, qui voulut résumer les débats et donner le dernier mot de la science moderne.

Et probablement il l'avait donné, car on ne parla plus de Jésus Christ pendant tout le reste de la soirée.

Je demandai tout bas à Lenoir le nom de ce philosophe.

— On ne me l'a jamais dit, répliqua Lenoir; pour

moi, je l'appelle Barberousse, à cause de la couleur de son poil. La baronne en fait le plus grand cas, dit-on, et le reçoit souvent à des heures indues... Elle a confié l'autre jour devant moi au vieux Buchamor qu'il avait l'étoffe d'un Richelieu et qu'on ferait bien de le mettre au conseil d'Etat... C'est tout ce que j'en sais...

— Qu'a répondu le général?

— Le vieux?... Il a dit bonnement: « Baronne, si ce garçon est un Richelieu, il n'a besoin ni de vous ni de moi pour faire son chemin, et, si ce n'est qu'un petit intrigant, comme il en a tout l'air, pourquoi me mêlerais-je de ses affaires?

— Parce que je le désire, général, a répliqué Mᵐᵉ de Korenberg d'un air demi-caressant, demi-impérieux, moitié figue et moitié raisin, auquel le vieux n'a pas l'habitude de résister. Voyant ça, il a cargué les voiles, pris son chapeau et couru au ministère. Une heure après, il est revenu triomphant : « Eh bien ! baronne, l'affaire est faite ; votre Richelieu est placé, et j'ose dire qu'il aura une belle occasion de montrer ses talents... — Il est auditeur au conseil d'Etat? a demandé la baronne. — Mieux que cela. — Sous-préfet de première classe? — Mieux encore : il est nommé consul à Mazatlan, au Mexique. Excepté la fièvre jaune, qui n'y règne du reste que six mois de l'année, il sera merveilleusement à l'aise pour étudier la question mexicaine sans distraction ; car on n'y voit pas un chat, m'a dit le ministre... Eh bien ! vous ne me remerciez pas ? vous paraissez mécontente? Qu'avez-vous donc, chère amie? » La chère amie étouffait de colère. Elle avait compté garder Barberousse près d'elle et faire sa fortune en même temps. Barberousse, qui craint la fièvre jaune, n'a pas voulu quitter le pavé de Paris, et l'affaire en est là. Le vieux dragon s'est moqué d'eux; ils le sentent, mais ni l'un ni l'autre n'ose s'en plaindre. Buchamor est homme à les mettre tous deux à la porte dans un mouvement de colère.

— Est-ce qu'il est jaloux?

— Pas le moins du monde. Le vieux troupier ne se soucie plus de rien; mais il ne veut pas être pris pour dupe, et Mᵐᵉ de Korenberg, qui n'est plus jeune et qui n'a jamais été respectable, sent plus que jamais le besoin d'être respectée. Or le général, par son âge, par sa fortune, par son crédit, et peut-être encore plus par la fermeté connue de son caractère, est un furieux porte-respect.

Tout à coup un murmure flatteur s'éleva dans l'antichambre, traversa la foule, parcourut les deux premiers salons en grossissant toujours, et pénétra dans le troisième, où nous étions.

— Léa ! Léa ! Voici Léa !

V

Au même instant, Léa parut au bras du vieux Buchamor.

Un nuage, un flot, une fleur, une aurore, une étoile,
tout ce que les poètes ont vu, tout ce qu'ils ont inventé
de plus beau, de plus souple, de plus gracieux, de
plus limpide, de plus transparent, de plus lumineux,
c'était Léa.

En la voyant entrer, les autres femmes parurent trou-
blées, et les plus éclatantes pâlirent comme les étoiles au
matin, quand le premier rayon du soleil commence à
dorer le sommet des montagnes.

Quant aux hommes, ils se levèrent franchement pour
saluer le nouvel astre et la baronne de Korenberg elle-
même vit sa cour l'abandonner.

Un seul lui resta fidèle ou du moins ne se leva qu'à
demi : c'était le pauvre Barberousse, consul de Mazat-
an.

— Restez ! lui dit-elle, d'une voix étranglée par la fureur.

Il obéit, n'étant pas de force à braver la tempête ; mais
on pouvait lire aisément dans ses yeux la pensée de
Dumanet, quand il rencontra, sans armes, un lion sur la
route de Constantine : « Mon Dieu ! je voudrais bien
m'en aller ! »

Quant au général, rien ne peut rendre la joie, la tendresse et l'orgueil qui étincelaient dans ses yeux : on
eût dit un père qui jouissait du triomphe de sa fille.

— Vous venez bien tard ce soir, ma chère Léa, commença la baronne d'un ton aigre-doux. On allait danser
sans vous, je vous en avertis.

Léa sourit de l'air le plus aimable et voulut répondre,
mais le vieux Buchamor lui coupa la parole :

— Ma chère baronne, dit-il, Léa vient quand il lui
plaît, comme il lui plaît, et je ne veux pas qu'on la

tourmente. Je veux qu'elle fasse sa volonté, toute sa volonté, rien quel sa volonté : c'est ma volonté, à moi ! Quant à danser sans elle, rien n'empêche d'essayer ; je suis bien sûr que ma petite Léa ne manquera pas de cavaliers.

Et, en effet, elle n'en manquait pas, car tout ce qui pouvait mettre en cadence un pied devant l'autre se précipita pour l'inviter, à commencer par mon ami Lenoir. Moi seul, je restai en arrière, attendant avec impatience d'être présenté.

Tout à coup Léa m'aperçut et parla bas au général. Il me fit signe d'avancer et, sans s'inquiéter des demandes de quadrilles, de valses ou de polkas qui se croisaient autour d'elle, il lui dit :

— Ma petite Léa, le voilà. C'est le Fontpertuis que vous vouliez voir, Fontpertuis, du 3e hussards, tué dans une charge à Lutzen. Celui-ci m'a l'air d'un bon vivant et qui vaudra son grand-père. Mais j'ai d'autres affaires et je vous laisse ensemble. La baronne me fait signe qu'elle a quelque chose d'important à dire. Qu'est-ce que ça peut être, grand Dieu ! Pourvu que ça ne soit pas de la haute politique, de l'algèbre ou de la théologie !

Il nous quitta en riant, pendant que l'orchestre jouait les premières mesures d'un quadrille, et que chacun cherchait sa danseuse.

A ce signal, mon ami Lenoir vint d'un air délibéré prendre la main de Léa. C'est à lui qu'elle avait promis le premier quadrille. Je lui cédai la place en le maudissant intérieurement et le donnant, par surcroît, à tous les diables d'enfer.

Alors, n'ayant plus d'autre occupation, je pensai à faire ma cour à Mme la baronne de Korenberg, qui restait assise dans son fauteuil, soit pour garder l'air majestueux qui lui était naturel, soit pour ne pas s'essouffler en dansant, et par là faire couler diverses préparations savantes auxquelles on prétend qu'elle devait les lis et les roses de son teint.

J'arrivais à propos. Le général, après avoir échangé deux mots assez vifs avec elle, paraissait faire une retraite prudente, et Barberousse lui-même avait disparu.

La baronne était donc seule, car toute sa cour s'était
dispersée à l'entrée de Léa, les femmes et les jeunes
gens dansaient, les hommes mûrs péroraient ; moi seul,
j'étais sans emploi.

Elle s'en aperçut et me dit gracieusement :

— Monsieur Fontpertuis, j'ai beaucoup entendu parler de vous et de la manière la plus avantageuse...

Je m'inclinai avec respect et je demandai le nom de
celui qui...

— Mon Dieu ! continua la baronne, tout le monde en
parle ici et même chez moi : M. Lenoir d'abord, qui est
votre ami, je crois ; cette étourdie de Léa, qui est émer-
veillée de votre éloquence, et jusqu'au général, qui,
sans vous avoir jamais ni vu, ni entendu, a déclaré
que vous étiez le digne petit-fils du colonel Fontpertuis.

Je répliquai :

— Et vous, madame, ne faites-vous pas votre partie
dans ce concert de louanges ?

— J'ai très bonne opinion de vous, moi aussi. M. Lenoir nous a dit que vous étiez chevaleresque. Cela m'a
fait grand plaisir. La chevalerie, la générosité, la tendresse de cœur, sont des qualités bien rares de notre
temps, monsieur Fontpertuis, oh ! oui, bien rares... (Ici
elle poussa un grand soupir à demi étouffé par un cor-
set trop étroit.)

J'avouai que, sans pouvoir me flatter d'être tout à fait
chevaleresque, j'avais pour toutes les dames en général
un respect si profond, joint à une tendresse si vive, que
c'est à peine si les siècles passés pouvaient en offrir un
autre exemple.

Je ne sais sous quelle forme j'enveloppai cette bêtise
et plusieurs autres, et je crois bien que la baronne n'y
faisait pas plus attention que moi. C'était une femme
pratique et qui visait au solide. Or nous étions à ce moment-là comme deux guerriers qui engagent le fer, mais
sans vouloir pousser la botte à fond. Cependant, par
habitude, sans doute, et pour s'entretenir la main, elle ne
tarda pas à faire allusion à certaines confidences mys-
térieuses qu'elle avait reçues de Lenoir, et qui ne lais-

sèrent pas de me troubler un peu, car qui pouvait savoir jusqu'où son imagination avait emporté mon ami?

Je voulus en vain me défendre d'avoir jamais été un héros de roman. Mme de Korenberg me loua de ma discrétion et de ma modestie, mais me dit qu'elle savait tout.

Je la priai en riant de m'apprendre tout ce qu'elle savait, car je l'ignorais moi-même, et je me rapprochai d'elle comme si j'avais été saisi d'une ardente curiosité.

— Nierez-vous, dit-elle, qu'étant exilé en Italie, une grande dame, une très grande dame eut de l'amitié pour vous?

— Je le nie.

— Qu'elle vous vit pour la première fois dans un palais de Venise?

— Je le nie, madame, je le nie.

— Nierez-vous même que vous soyez allé à Venise?

— J'y suis allé.

— Et que vous ayez vu là une grande dame?

— Au contraire, j'en ai vu plusieurs; car tout ce qu'il y a de grandes dames de tous les pays va voir Venise en pèlerinage.

— Et que vous avez logé dans un palais?

— Comment aurais-je logé ailleurs? Il n'y a, dans ce pays-là, que des palais.

— Eh bien! conclut madame de Korenberg, vous voilà convaincu. Nierez-vous aussi la jalousie d'un très grand seigneur, qui avait des droits sur la dame et le duel au bord du canal?

— Je nierai tout, madame, car...

Au même moment le quadrille cessa, et Lenoir reparut, donnant la main à la belle Léa, qui vint s'asseoir à côté de la baronne.

Je me levai brusquement, je le pris par le bras, l'entraînai dans un coin du salon, et lui demandai ce qu'il avait raconté de moi à Mme de Korenberg et de quelle grande dame il avait voulu parler.

Mais lui, d'un grand sang-froid, me répondit:

— Je n'ai rien raconté que de vrai. J'ai changé les lieux, les temps et les personnes, pour donner plus de noblesse à l'aventure : voilà tout. C'est ton histoire de Blois que j'ai racontée. Ton palais était une maison du faubourg, ta grande dame était une blanchisseuse ; le grand seigneur qui fut jaloux de toi, c'était un ouvrier du port, qui avait des droits antérieurs aux tiens sur la princesse ; le duel eut lieu sur le bord de la Loire, qui servait de grand canal, et à coups de poing, faute d'épées, que nous n'eûmes pas, tu t'en souviens, le temps d'aller chercher. Quant au nom de la grande dame, j'en ai gardé le secret, et tu le garderas aussi, je pense, pour conserver ton prestige... Enfin je n'ai rien oublié, pas même ton œil gauche, qui fut poché d'un coup de poing et qui en resta jaune, vert et bleu, pendant toute la semaine ; — j'ai eu soin seulement de transformer ce coup de poing trop vulgaire en coup d'épée dans la poitrine, ce qui est noble et élégant. Plains-toi donc, ingrat !

— Mais quelle nécessité ?...

Il se mit à rire.

— Mon ami, dit-il, crois-tu que si j'avais raconté ta véritable aventure et montré ta blanchisseuse comme je l'ai vue moi-même tenant le fer à la main, et repassant tes chemises et les miennes, crois-tu que j'aurais attiré sur toi l'attention des dames ?... Jamais de la vie !... Et cependant, au fond, n'as-tu pas fait pour elle tout ce qu'on fait pour les plus grandes princesses ? Ne l'as-tu pas aimée follement ? n'as tu pas fait ta cour pendant six mois ? n'as-tu pas menacé de te tuer, si elle se montrait cruelle ? n'as-tu pas été jaloux ? n'as-tu pas rôdé sous sa fenêtre ? ne l'as-tu pas guettée dans la rue, dans la maison, dans le jardin, entre deux portes ? N'as-tu pas baisé avec transport ses bras ronds et potelés, je l'avoue, mais rouges comme la brique et qui sentaient l'eau de javelle et l'amidon ? N'as-tu pas fait pour la revoir en secret plus de trois cents lieues, aller et retour, quand le moindre accident pouvait te livrer à la justice sommaire des conseils de guerre de Bonaparte ? Enfin, après ce brusque retour qui faillit te coûter la vie, n'as-tu pas, en voyant l'ombre d'un sous-officier de cuirassiers derrière certaine fenêtre, n'as-tu pas eu l'envie folle de la poignarder, de le poignarder, de te poignarder toi-même, et n'est-ce pas moi qui t'ai sagement détourné de cette triple sottise, et qui t'ai reconduit à la frontière belge, moitié de gré, moitié de force ?

— Je l'avoue.

— Eh bien ! reprit Lenoir triomphalement, puisque tu l'as aimée, puisqu'elle t'a trompé, puisque tu t'es battu, puisque tu as voulu te tuer, n'as-tu pas eu tout ce qui fait les grandes passions ? Et quant à la femme, quelle différence vois-tu entre ta chère blanchisseuse et la baronne de Korenberg, par exemple, qui se croit certainement la créature la plus accomplie de son sexe ? Pour moi, je n'en vois qu'une : c'est que les jupes sont d'étoffe différente.

— Bien ; je te pardonne en faveur de l'intention. Mais qui t'obligeait à parler de mes premières amours ?

Douze mille raisons, dont la première est que je n'avais rien de plus intéressant à dire ce jour-là, et qu'un homme d'esprit comme je me flatte de l'être ne doit jamais rester court dans la conversation.

— La seconde ?

— La seconde, c'est qu'elle était vraie, au point de vue subjectif, sinon au point de vue objectif ; car il s'agissait, n'est-ce pas, de montrer que tu avais été tendre, brave et chevaleresque, et que tu l'as été réellement, et tu le serais encore en pareille circonstance, j'en mettrais ma main au feu.

— Mais la quatrième ?

— La quatrième ?... Va te promener ! On va bientôt entamer une valse, et je vois une belle Hambourgeoise qui me cherche des yeux avec inquiétude, craignant que je l'aie oubliée.

— Est-ce une fille ? une femme ? une veuve ?

— C'est mieux que tout cela : une femme mariée qui a obtenu le divorce... Elle en a profité pour suivre un de ses compatriotes, faiseur de complaintes, qu'elle croyait poète comme Henri Heine et musicien comme

Mozart, un homme de génie enfin... Tous les barbouilleurs de papier ont du génie en Allemagne. Au bout de deux ans, le nouveau Mozart, qui se faisait nourrir par elle, est mort de phtisie, disent les uns, d'amour, disent les autres, ou d'amour et de phtisie ensemble, à ce que je crois.

— Elle se console ?...

— Comme tu vois... Elle m'a confié ses malheurs d'une voie mélancolique ; j'ai répondu avec attendrissement que j'en étais touché, et j'ai offert mes sympathies... modestement d'abord, puis avec plus de hardiesse, quand j'ai vu qu'elle m'écoutait favorablement. Sa grimace de veuve éplorée s'est changée en douce rêverie, la rêverie en sourire, et maintenant nous rions franchement à l'unisson. La semaine dernière, elle me disait en appuyant sa tête sur ma poitrine, comme font dans les romans anglais toutes les jolies filles qui vont se marier : « Cher cœur, il ne manque plus à mon bonheur que de porter ton nom... »

— Qu'as-tu répondu ? La botte était directe.

— J'ai répondu : Chère âme, je donnerais la moitié de mon salut éternel pour avoir le droit de t'offrir mon nom en légitime mariage ; mais ma religion, tu le sais, ne me permet pas d'épouser même un ange, quand cet ange est divorcé. » Elle a poussé un profond soupir et m'a dit : « Ah ! tu ne m'aimes pas après tout ce que j'ai fait pour toi ! » Puis elle a essayé de pleurer, mais ça ne lui va pas ; elle est trop grasse. Moi, au lieu de la consoler, ce qui est ennuyeux, j'ai pris mon chapeau et je suis sorti. Deux jours après, elle est venue chez moi, ce qu'elle n'avait jamais fait, et m'a dit qu'elle m'aimait toujours, quoique je ne l'aimasse guère, et qu'elle continuerait à se damner pour moi. Et, ma foi ! elle continue.

— A-t-elle des enfants ?

— Deux ou trois, qu'elle a laissés, bien entendu, à la charge de son premier mari, qui n'est autre que M. Frédéric Kronz, principal associé de la maison Kronz Schultz et Tripp, la plus renommée de Hambourg pour les salaisons et les cuirs de la Plata. Quant à Dorothée (c'est le nom de mes amours) elle

jouit paisiblement d'une fortune de trois millions que
le vieux Tripp, son père, lui a laissée en héritage, lorsqu'il mourut, en 1850. Je crois même qu'elle comptait
d'abord un peu sur le rayonnement de ses millions pour
vaincre ma répugnance contre le divorce ; mais au premier mot qu'elle dit de son trésor, je lui fermais si net-
tement la bouche qu'elle n'a plus osé y revenir Je veux
bien me damner, comme elle dit, mais non me rendre
ridicule.

— Et tu mourras garçon ?

— S'il le faut... Mais j'entends les premières mesures
de la valse...

Et d'un pas léger, il alla rejoindre la belle Dorothée.

Je cherchai des yeux Léa. Elle avait disparu. N'ayant
invité personne à danser, je me trouvais tout à fait dé-
semparé ; j'entrai alors dans la serre, et au détour, entre
deux orangers, j'aperçus le général, qui paraissait causer
avec elle, et même, à ce qu'il me sembla, la gronder
assez vivement.

Comme je me retirais par discrétion, sans paraître
les avoir vus, le vieux Buchamor me dit :

— Approchez, Fontperluis ; vous n'êtes pas de trop,
au contraire. Il s'agit d'une affaire de vie ou de mort,
et tout jeune que vous êtes, vous pouvez donner un bon
conseil à Léa.

VI

Jamais étonnement ne fut pareil au mien. Affaire de vie ou de mort!... Et il s'agissait de Léa!

Je ne trouvai pas un mot à répondre, et je fus encore bien plus étonné lorsque j'entendis la belle Léa répliquer :

— Eh bien, soit! M. Fontpertuis sera juge entre nous. Aussi bien, tôt ou tard, je serais allée lui demander conseil. Maintenant, mon vieil ami, parlez.

Alors le général se tourna de mon côté, et me dit :

— Eh bien! puisqu'elle le veut, puisqu'elle est folle, comme, d'ailleurs, presque toutes les femmes, puisqu'elle ne veut rien écouter, voici l'affaire. Léa veut entrer au théâtre.

— Au théâtre! m'écriai-je stupéfait.

— Oui; elle veut être comédienne, tragédienne, sauteuse, danseuse, ou je ne sais quoi d'insensé... Elle montrera au public sa voix, ses bras, ses jambes; elle aura des poses, elle prendra des attitudes, elle se peindra de rouge ou de blanc; elle tombera dans les bras d'un monsieur enfariné comme elle, qui l'embrassera sur l'épaule devant deux mille personnes; elle sera applaudie (si elle l'est), et alors elle reviendra du fond des coulisses avec le monsieur enfariné, qui lui donnera la main en souriant, et elle fera des mines pour montrer sa joie... Ça c'est très bien; mais si par hasard elle est sifflée, car enfin on est sifflé quelquefois, soit pour son compte soit pour celui de l'auteur, et si l'on n'est pas sifflé par les Parisiens, qui sont des gens polis et indulgents, on peut l'être par les Rouennais et les Lillois, qui sont des gens sincères; — si Léa est sifflée, que fera-t-elle? s'avancera-t-elle vers les spectateurs pour leur dire:

— Messieurs, vous croyez siffler une simple cabotine,

une petite comédienne du théâtre d'Yvetot. Eh bien !
vous vous trompez. Je suis M<sup>me</sup> la marquise Eglantine
Léa de Rochepont. Mon père était vicomte et riche ;
mon mari est plus riche encore et marquis. Je pourrais
vivre tranquillement avec lui dans un bon château du
Berri, entouré de bonnes terres qui sont à lui et à moi ;
je serais honorée de mon mari, respectée de mes voisins, aimée de tous ; mais j'ai mieux aimé être sifflée
par vous. Chacun son goût, n'est-ce pas ?

Pendant ce discours, Léa donnait des marques de la
plus vive impatience. Enfin elle éclata.

— Avez-vous tout dit, mon cher général ? répliqua-t-elle.

— A peu près. Le reste viendra tout à l'heure.

— Eh bien ! à mon tour maintenant... Oui, je suis
marquise de Rochepont par mon mari. Hélas ! je n'ai
que trop de raisons de m'en souvenir... Mais quoi ! si
mon mari m'a rendu la vie commune insupportable, si
j'ai dû supporter pendant trois ans ses infidélités, si
quelque chose de plus terrible encore et que je ne
puis révéler s'est passé entre nous, si sa vue me fait
horreur, si j'ai dû chercher un asile à Paris, contre sa
fureur, s'il garde ma dot et m'a réduite, depuis six mois,
à vivre de la vente de mes bijoux, n'est-il pas juste que
je cherche dans le travail et surtout dans l'art et la littérature des moyens d'existence ? Répondez, monsieur
Fontpertuis.

Je répondis gravement :

— C'est juste.

— J'en étais sûr, reprit le vieux Buchamor. Auprès
des jeunes gens, les jolies femmes ont toujours raison,
et Fontpertuis est d'âge à se laisser troubler par vos
beaux yeux, ma chère petite Léa... Mais allons au fond
des choses, et c'est ici, jeune homme, que nous avons
besoin (ou plutôt que Léa a besoin de vos lumières de
jurisconsulte)... Léa n'est séparée ni de corps ni de
biens de son mari. Elle dit qu'il a des maîtresses, c'est
possible ; mais si l'on pendait tous les maris qui font
des sottises en France, le pays ressemblerait bientôt à
un désert .. Elle dit qu'il l'a maltraitée... ça c'est possible...

Léa parut indignée.

— Là ! là ! mon enfant, je vous crois, puisque vous le dites, reprit le vieux Buchamor ; mais enfin on n'a vu ni témoin ni trace de ces mauvais traitements. Sa vue vous fait horreur ? Vous êtes difficile, ma chère Léa, car il est bel homme et ferait un beau carabinier. Pour lui, je vous assure que votre vue lui ferait grand plaisir et qu'il ne demande que de vous ramener au logis ; il me l'écrivait encore, il y a trois jours.

— Retourner avec lui, jamais ! Plutôt mourir ! dit Léa.

— Quant à vous couper les vivres, comme il le fait depuis six mois, continua le général, vous conviendrez qu'il n'y a pas de moyen plus doux de vous ramener à la maison.

C'est pour cela, dit Léa, que je veux être comédienne et goûter les saines délices de l'art et de la liberté.

— Mais si votre mari, armé de la loi, veut vous ramener chez lui entre deux gendarmes...

— Il n'osera pas, répliqua-t-elle ; il y a des secrets terribles...

— Dites-lui donc, Fontpertuis, qu'il aura pour lui le droit et la force.

— Eh bien ! je plaiderai, et M. Fontpertuis, qui est l'avocat des femmes opprimées, me fera gagner mon procès. N'est-ce pas, monsieur ?

Naturellement j'en fis la promesse.

— Et, ajouta-t-elle, mon vieil ami, le général Buchamor que voilà, et qui me gronde si souvent en particulier, viendra témoigner en public pour moi... Monsieur Fontpertuis, je veux vous revoir ; nous aurons à causer ensemble... Dansez-vous ? Je vous invite pour la prochaine polka-mazurke. A bientôt.

Là-dessus, elle se leva, nous fit la plus gracieuse révérence, accompagnée d'un sourire ravissant, et alla se perdre dans la foule de ceux qui dansaient.

— Puisque nous voilà seuls, dit le général, allumez ce cigare et causons... Vous venez de voir cette petite femme folle et charmante ? Elle rit, elle chante, elle danse ; elle tourne la tête aux plus sages, aux plus savants, aux plus fous, à tout le monde enfin ; elle croit

que ce métier d'être adorée va durer des siècles. Eh
bien! je n'ose pas l'en avertir, mais elle est à deux
doigts de la mort!...

Et comme je me récriais :

— Je sais ce que je dis, poursuivit le vieux Buchamor
d'une voix grave... A deux doigts de la mort! Et pas
un de ceux qui sont là, et qui lui débitent tant de compliments et de sottises, n'est capable de détourner le
coup... personne même n'en a le moindre soupçon,
personne, excepté moi, qui ne puis rien pour la protéger;... son père lui-même s'il vivait encore, ne le pourrait pas.

— Mais qui donc la menace de mort ?

— Qui?... son mari parbleu!

— Il faut avertir les magistrats!

— Très bien! Mais croyez-vous que Rochepont soit
assez fou pour annoncer son projet?... Pas le moins du
monde. Il est amoureux de sa femme, il est jaloux, il
est violent, emporté; je sais de bonne part qu'il fait surveiller Léa... Au premier faux pas qu'elle voudra faire,
la pauvre enfant risque d'être poignardée. Je connais
Rochepont. Il a des torts graves, c'est vrai; mais non
de ceux qu'une femme sensée ne pardonne pas. Léa dit
à mots couverts qu'il en a d'autres et de plus terribles :
je n'en sais rien, et d'ailleurs ce n'est pas à moi de
l'excuser; mais il a des droits aussi, et c'est ce qu'elle
oublie. Un de ces jours, il viendra la prendre comme
Barbe-Bleue, il l'entraînera dans son château, fermera la
porte, et, crac! lui coupera le cou, sans que personne
en soit averti... La justice viendra plus tard et Rochepont rendra ses comptes. C'est bien; mais ma pauvre
Léa, qui est jolie comme une fleur, douce comme
une colombe, gracieuse comme un colibri, ne sera
plus que poussière... Morbleu! je veux qu'elle vive,
qu'elle soit heureuse, et surtout qu'elle ne fasse pas
de folies. J'ai bercé cette enfant sur mes genoux;
son père, qui était mon voisin de campagne et mon ami,
me l'a confiée en mourant. Je ne veux pas qu'elle et
son mari deviennent un jour les héros d'une cause
célèbre...Non, reprit il avec plus de force, je ne le veux

pas, et cela ne sera pas du vivant de Toinet Buchamor.

Il y eut un court silence. Le général ajouta :

— Par bonheur elle n'a point fait encore de sottises irréparables. Elle a quitté son mari, mais elle peut le rejoindre sans éclat et sans scandale. J'ai prié Rochepont de ne point se hâter, promettant de ramener la fugitive par la douceur; mais je sens qu'il va m'échapper. A certains mots de sa dernière lettre je devine sa fureur et les terribles effets qu'elle peut avoir... A quoi faudra-t-il s'attendre s'il apprend qu'elle veut se faire comédienne ?

— Qui lui a donné cette idée?

— Est-ce que je sais, moi? Sans doute quelqu'un de ceux que vous voyez, qui sont presque tous peintres, poètes, sculpteurs, comédiens, journalistes, et qui ne connaissent rien de plus beau que d'occuper le public de leurs affaires; ou bien encore quelqu'une de ces vieilles dames que Mme de Korenberg appelle ici et qui, sous prétexte d'amour, d'art et de poésie, ont rôti le balai dans les cinq parties du monde. Ces vieilles ont la rage de faire des prosélytes, et, pour éblouir les badauds, elles appellent ça émanciper le sexe faible et persécuté... Ah! certes, elles se sont terriblement émancipées avant de travailler à l'émancipation des autres!...

Et comme je riais de sa colère, il ajouta :

— Pour conclure, Fontpertuis, voici ce que j'attends de vous... Léa, sans vous connaître beaucoup, a grande confiance en vous, elle me l'a dit. Elle vous a entendu parler l'autre jour, à la cour d'assises; vos idées lui ont plu, votre éloquence davantage; votre ami Lenoir est venu avant-hier à la maison pour faire de vous un tel portrait que Bayard et Saint-Augustin en auraient été jaloux... Ne rougissez pas : c'est la faute de Lenoir, et non la vôtre... Vous êtes modeste, vous, cela va sans dire... Enfin ce portrait, ressemblant ou non, a donné aux dames une telle envie de vous voir, qu'elles n'en auraient pas dormi de la nuit, si vous aviez manqué de venir ce soir... Or je sais de bonne part que Léa, conseillée par une sage personne, dont je crois connaître le nom et qui serait bien aise de se débarrasser de la concurrence, veut intenter à son mari un procès en séparation; elle a compté sur vous pour l'aider dans ce beau projet et pour plaider sa cause... N'en faites rien, voilà ce que je vous demande. Faites-lui voir qu'elle est folle; qu'elle aura contre elle la loi, les juges, le public; qu'elle perdra son procès, et qu'elle sera forcée de retourner avec son mari, après l'avoir offensé d'une manière irréparable... Dites-lui ça, vous qui êtes jeune, qui êtes avocat et qui connaissez la loi. Le sermon, venant de vous, fera bien plus d'effet. Elle se défie de moi à cause de mes soixante-douze ans... Et surtout détournez-la de se faire comédienne, car, j'en suis sûr, Rochepont qui est un gentilhomme campagnard, et qui n'a jamais vu de comédienne, excepté dans les coulisses des théâtres de Vierzon et de Nevers, s'en est fait une telle idée qu'il la poignarderait sans remords pour sauver l'honneur de son nom... N'insistez pas trop sur cette idée, car elle est si romanesque qu'elle serait capable de sauter tout exprès par-dessus cet obstacle, comme un jeune cabri saute par-dessus un rocher; mais, en lui parlant, pensez-y toujours.

— Je vous remercie de cette marque de confiance, mon général.

Le général me serra la main et me dit avec quelque émotion :

— Cette confiance est plus grande que vous ne pouvez le croire, mais vous m'avez plu du premier coup. Vous avez l'air franc, joyeux et hardi, et j'aime les bons compagnons comme vous.

Je l'interrompis en riant :

— Même, quand ils ne sont pas de votre parti, général.

Le vieux Buchamor répondit :

— Qu'appelez-vous mon parti, jeune homme? Est-ce qu'on est d'un parti à mon âge et quand on a roulé comme moi à travers le monde? Vous croyez que je vous en veux, parce que vous vous êtes fait condamner à mort par un conseil de guerre?... Enfant! J'en aurais fait autant à votre âge! J'ai été condamné deux fois par contumace, moi qui vous parle, et j'ai essuyé cinq coups de fusil par la gendarmerie qui me poursuivait, le 15 juin 1817, à trois cents pas de la frontière suisse. Condamné à mort! Qu'est-ce que ça prouve? Qu'on n'est pas de l'avis du gouvernement actuel, et que le gouvernement à venir vous dressera des statues... Voyez Ney... Les Bourbons l'ont appelé traître et l'ont fusillé... S'il avait pu s'échapper, Louis-Philippe l'aurait appelé héros sublime et l'aurait fait pair de France et ministre de la guerre, et Napoléon III, de son vivant, lui aurait fait couler en bronze sa statue... Savez-vous, quand je passai la Suisse, poursuivi, comme je vous l'ai dit, par les gendarmes, — savez-vous quel était l'état de ma fortune? J'avais trois napoléons en poche; je venais de lire sur le mur de la mairie d'Ornans une affiche qui donnait mon signalement, m'appelait factieux, misérable, scélérat, criminel, rebelle au roi, rebelle à la Charte, et qui promettait une prime de 200 francs à qui me livrerait aux autorités. Tout cela était signé « Comte d'Arlon. » Ce comte était un préfet de Napoléon, chez qui j'avais dîné un jour, en allant en Allemagne, vers le mois de mai 1809. Il m'avait fait de grandes protestations d'amitié, me croyant alors sur le point de devenir général et maréchal. Quand il vit que la chance tournait, il tourna aussi, devint ardent royaliste et voulut me faire couper le cou. C'est la politique ça... Vingt ans plus tard, en 1837, comme j'allais pour la première fois à la chambre des pairs, où Louis-Philippe venait de me placer, en entrant dans la salle, j'aperçois au premier rang d'Arlon, qui me sourit d'un air agréable et vient me serrer la main.

Je lui dis :

— Monsieur, je ne vous connais pas.

Son sourire devint une grimace. Il restait debout, la main tendue, la bouche ouverte, ne sachant que dire, car il voyait dans mes yeux que je l'avais parfaitement reconnu. Il me dit enfin :

— Général, je suis le comte d'Arlon.

Je lui répliquai :

— Je n'ai connu qu'un comte d'Arlon, qui était préfet

de Besançon en 1817, et qui a voulu me faire fusiller...
C'était un mauvais gueux... Est-ce vous ?

Il répondit en bégayant :

— Je croyais, général, qu'après vingt ans passés...

— Vous aviez tort de croire... Et si vous tenez à vos
oreilles ne me parlez plus jamais.

Il se le tint pour dit, et j'ai passé onze ans à trois pas
de lui, sans qu'il ait osé une seule fois me regarder en
face... Voyez-vous, jeune homme, moi, je n'entends rien
à vos histoires de république ou de monarchie. Je ne
connais que deux classes de gens : ceux qui vont au feu
franchement et ceux qui, sans courir aucun risque, at-
tendent la fin de la bataille pour piller les bagages du
vaincu. Et, ma foi ! j'ai toujours aimé les braves gens et
détesté les pleutres.

C'est pour ça, mon cher garçon, que je vous aime ; —
pour ça et parce que vous ressemblez trait pour trait à
votre grand père Fontpertuis qui était l'un de mes plus
chers camarades. Il était grand, mince et élancé comme
vous, avec de fines moustaches noires qui accrochaient
tous les cœurs et de longs éperons qui déchiraient toutes
les robes... Ah ! c'était le bon temps alors ; on était
jeune, on aimait, on se battait... Aujourd'hui l'on fait
des discours longs d'une aune, les jeunes gens vont fumer
à l'écart et parler politique ou chevaux anglais... Mais
j'oublie que Léa vous attend pour sa polka-mazurke.
Allez, Fontpertuis, allez et n'oubliez pas ce que je vous
ai recommandé.

VII

Au moment ou je rentrai dans le grand salon, la joie était à son comble dans la maison du vieux Buchamor.

Les gens graves, les aspirants magistrats, les officiers supérieurs, les diplomates ou apprentis diplomates s'étaient, pour la plupart, donné rendez-vous au buffet, et se rafraîchissaient à grand renfort de punch et de baba en attendant le souper.

Les autres, je veux dire les jeunes gens des deux sexes, les artistes et tous ceux dont la gravité ne pouvait pas servir l'avancement, étaient donc resté maîtres du terrain, et cabriolaient franchement sous la présidence de la baronne de Korenberg et de quelques autres matrones, que l'âge avait mises hors de service.

La reine de ce monde, incontestablement, c'était Léa. Vêtue ou plutôt drapée d'une gaze blanche qui flottait autour d'elle comme un nuage, elle dansait avec une grâce chaste et charmante, qui attirait sur elle tous les regards. Son teint, d'une transparence admirable, qui ne devait rien qu'à la nature, réflétait comme un miroir toutes les impressions de son âme, et dans ses yeux, doux, profonds et limpides, dont rien n'avait pu altérer encore l'insouciance et la gaieté, on ne lisait à ce moment que la joie d'être belle et de l'entendre dire.

A la voir, on l'aurait crue à mille lieues de la sombre destinée dont la menaçait le vieux général; moi-même, je finis par croire que j'avais rêvé tout ce que je venais d'entendre et par n'y plus penser.

En revanche, je ne pouvais me lasser de la contempler. Le quadrille venait de finir. Un jeune Toulousain, en ce temps-là célèbre par deux ou trois duels heureux où il avait montré l'adresse et le sang-froid d'un maître

d'armes, la reconduisit à sa place en retroussant ses
moustaches d'un air vainqueur, et, voyant Léa lui sourire et le remercier suivant l'usage, ne douta pas qu'elle
ne dût être à lui un jour ou l'autre. Il s'assit donc auprès d'elle pour achever sa défaite.

Au même instant, je m'approchai, et Léa, soit qu'elle
voulût se débarrasser de lui, soit qu'elle voulût me
faire honneur, m'indiqua du doigt la chaise voisine pour
m'engager à m'asseoir, ce que je me hâtai de faire, non
sans quelque jalousie contre le Toulousain.

Celui-ci de son côté, feignant de ne pas me voir ou
de ne pas me connaître, continua la conversation,
comme si j'avais été un meuble, et ne parut pas prendre
garde à moi.

Mais Léa ne l'entendait pas ainsi. Sans répondre
au Toulousain, dont elle avait très bien vu le manège,
elle me dit :

— Monsieur Fontpertuis, je vous présente M. Letranchant d'Escarbouillac, un de nos critiques d'art et de
nos feuilletonistes dramatiques les plus illustres.

Je saluai très poliment en disant que je connaissais
depuis longtemps le nom de M. Letranchant d'Escarbouillac, et que j'étais vraiment heureux de cette rencontre inespérée.

Il reçut cette nouvelle d'un air qui tenait à la fois du
gentilhomme, du critique d'art et du capitan, et qui
me donna grande envie de rire. Le gentilhomme voulait montrer sa condescendance ; le critique d'art voulait qu'on sût bien qu'il était pontife dans son métier, et
que nul ne peignait de couleurs plus vives les contours
de la Vénus de Milo ou les angoisses d'Arthur à la
recherche d'Ernestine ; le capitan enfin consentait, par
grande bonté d'âme, à ne massacrer personne ce soir-
là, mais à condition, bien entendu, qu'on saurait
reconnaître cette générosité en lui cédant partout la
place.

Toutes ces nuances, mêlées d'une assez vive indignation d'avoir été présenté le premier, se firent voir dans
le salut presque hautain par lequel il répondit à mon
compliment.

Mais Léa, à qui sans doute il venait de dire quelque impertinence, ne parut pas s'inquiéter de son mécontentement et me présenta à mon tour.

— Monsieur Letranchant d'Escarbouillac, je vous présente M. Fontpertuis, avocat. Maintenant que nous nous connaissons parfaitement, continua Léa en riant, reprenons le fil de votre discours, que l'arrivée de M. Fontpertuis vient de couper... Vous disiez, monsieur d'Escarbouillac?...

Là-dessus le critique d'art, irrité sans que je puisse savoir pourquoi, répondit brusquement :

— Moi, madame? Je ne disais rien... Je n'ai plus rien à dire...

Et se levant, il nous quitta.

Quand il fut parti, je demandai :

— Est-ce moi, madame, qui fais fuir ce gentilhomme?

— Ne vous en accusez pas, dit Léa; vous m'avez rendu service. Ce gentilhomme, comme vous l'appelez, est de ceux qui ne peuvent voir une femme sans lui offrir leurs services, et qui la croient vaincue aussitôt qu'elle est attaquée. En un mot, c'est un fat, et je suis bien aise que vous l'ayez renvoyé. S'il pouvait s'offenser et me tenir rigueur pendant quelques semaines, mon bonheur serait complet. Malheureusement je vais le retrouver bientôt et comment pourrai-je alors l'éviter?...

— Vous le retrouverez?... Où donc?

— Au théâtre, où il sera mon juge, car il a dans sa main l'un des sept ou huit feuilletons de Paris; et, si je blesse son amour-propre, il pourra, lui, m'écorcher toute vive du bec de sa plume.

— Mais, madame, vous êtes donc décidée à vous faire comédienne?

— Si décidée, que le jour de mes débuts est fixé au 25 février prochain.

— Au ****. Je n'en ai rien dit encore, si ce n'est à deux ou trois de mes amis, qui peuvent me servir dans ce dessein. J'étudie en secret depuis six mois, sous la direction de M***, du Théâtre-Français. Le vieux général lui-même n'en savait rien, lorsque j'en ai parlé ce s, pour la première fois; il a jeté les hauts cris, comme vous l'avez vu... Mais ma résolution est prise, rien ne m'en fera changer, et là-dessus, monsieur Fontpertuis, nous causerons plus tard de tout cela... A demain les affaires sérieuses. Ce soir, je veux danser, et vous?....

Je n'étais pas venu au bal pour donner des consultations, mais pour danser, et, ma foi, quand je me sentis mollement bercé par les molles ondulations de la mazurke, quand elle s'appuya doucement sur mon bras, s'abandonnant à moi avec une douce langueur comme si elle m'eût chargé de sa destinée, quand je frémis de plaisir au contact de cette femme jeune et charmante, dont un statuaire de génie aurait eu peine à modeler les merveilleux contours, quand le parfum pénétrant et doux dont elle était imprégnée et entourée comme d'une vapeur légère m'eut fait perdre le sens de la réalité au point que je ne savais plus si j'étais sur la terre ou dans quelque planète inconnue, alors, je dois l'avouer, j'oubliai tout à fait la commission que m'avait confiée le vieux Buchamor, et je tombai pour quelques minutes dans une ivresse délicieuse.

En deux mots, je devins amoureux de Léa, mais amoureux jusqu'à la folie, et, en la reconduisant à sa place, j'eus peine à ne pas le lui dire; mais la crainte de recevoir le même accueil que le fier d'Escarbouillac m'imposa silence. Je craignis de compromettre par trop de précipitation mon bonheur présent et à venir.

Mais un incident que je ne prévoyais pas interrompit bientôt mes délicieuses rêveries.

Les portes-fenêtres du grand salon s'ouvraient sur le jardin. Comme le temps était assez doux ce soir-là, bien qu'on fût au mois de décembre, je sortis pour me promener dans une allée et j'entendis au fond d'un kiosque prononcer mon nom par une voix qui ne m'était pas inconnue. C'était celle du critique d'art qui causait avec une autre personne. Je les distinguais à peine dans la pénombre.

— Connaissez-vous ce Fontpertuis? demanda d'Escarbouillac d'une voix dédaigneuse. D'où sort-il? Personne

ne l'avait encore vu. Il est tombé ce soir chez le vieux
Buchamor comme un aérolithe.

— C'est un jeune avocat qui vient de débuter avec
éclat, répondit l'autre, en qui je reconnus bientôt le
vaudevilliste... Le papa Rondelet, qui va quitter le métier pour être procureur général à Paris, disait l'autre
jour devant moi qu'il serait son héritier présomptif
au palais, et que tôt ou tard ce jeune homme jouerait
un rôle important dans l'État. Il paraît qu'il est républicain et qu'on l'a déjà fusillé ou à peu près au 2 décembre.

— Fusillé ! interrompit le Toulousain étonné.

— Mon Dieu ! reprit le vaudevilliste, vous savez bien
ce que parler veut dire. On fusille si mal aujourd'hui,
qu'il faut toujours s'y reprendre à deux fois pour achever un homme. Eh bien ! celui-là gagna la frontière avec
deux balles dans le corps, qui ne l'ont ni défiguré ni
rendu infirme ; car vous voyez qu'il est joli garçon, et
tout à l'heure il dansait supérieurement avec Léa, qui,
de son côté, tournait sur lui des yeux de gazelle... Mais,
vous le savez mieux que personne, cher ami, car son
arrivée vous a mis en fuite, je crois.

— En fuite, moi ! dit le critique d'art, indigné ; si je
croyais que ce *démoc-soc* eût l'audace de prétendre à
Léa...

— Eh bien ! que feriez-vous ?

— Suffit, je m'entends.

Et, d'un geste qu'aurait envié d'Artagnan, il dessina
dans l'air un magnifique coup d'épée.

L'autre éclata de rire.

— Mon cher d'Escarbouillac, dit-il, vous êtes un vaillant, c'est connu ; un brave à trois poils, une fine lame,
un digne émule de Cyrano de Bergerac. Mais que pouvez-vous faire contre un caprice de femme ? et, s'il
plaît à Léa de vous mettre à la porte, toute votre vail-
lance ne vous servira de rien. D'ailleurs quels droits
avez-vous sur Léa ? vous a-t-elle au moins donné des espérances !

J'attendais, le cœur palpitant, la réponse du critique
d'art ; car, bien qu'en amour la parole d'un fat ne soit

pas parole d'Evangile, elle suffit du moins à donner des doutes.

Avoir des doutes sur Léa, quel supplice!

Heureusement le Toulousain avoua, d'assez mauvaise grâce, il est vrai, qu'il en était encore à la période des rêves; mais... ajouta-t-il.

— Eh bien! reprit le vaudevilliste, nous en sommes tous là. Vous désirez, vous espérez...; moi aussi, je désire et j'espère!... Chacun aura son tour, croyez-moi; mais il faut attendre que la pomme soit mûre pour la cueillir, et ne pas nous couper la gorge d'avance en nous la disputant.. Qui sait même si elle mûrira jamais? Laissez Léa entrer au théâtre, le reste viendra de soi. En attendant, n'attirez pas l'attention du vieux général, qui veille sur elle comme sur sa fille, et qui pourrait bien faire revenir le mari au moment où nous l'attendrons le moins.

— Le mari?... quel mari?

— Un vrai mari, mon cher, un mari en chair et en os, le marquis de Rochepont, qu'on dit jaloux comme un tigre, sombre comme un rhinocéros et grand massacreur de gens... Il court sur lui des histoires que personne ne peut prouver, mais qui font frémir.

— S'il est jaloux, il ne le montre guère. Pourquoi laisse-t-il Léa venir seule ici?...

— Pourquoi?... pourquoi?... C'est là le mystère; mais ne vous y fiez pas, d'Escarbouillac... il est bon chasseur, bon tireur, et s'il venait à vous prendre pour cible...

— Ah! parbleu! s'écria le Toulousain, je voudrais voir cela, et pour preuve, tenez, je parie qu'avant six jours Léa n'aura plus rien à me refuser.

Je ne crus pas nécessaire d'en entendre davantage et je revins dans le grand salon.

Avant six jours!... Et c'est d'elle que ce fat osait parler ainsi! et c'est contre moi qu'il brandissait son invincible épée!

VIII

Je revenais à propos.

Le vieux général Buchamor donnait en ce moment même (à la satisfaction universelle), le signal du souper, et chacun se précipitait à sa suite, jouant des coudes, marchant sur le pied des femmes, foulant, écrasant, poussant des cris de joie et de douleur, laissant voir enfin dans toute sa beauté le monstrueux appétit de la bête humaine.

J'allais suivre cet exemple et m'engouffrer avec les autres dans le courant irrésistible qui entraînait tout le monde vers la salle à manger, lorsque mon ami Lenoir me retint par le bras et me dit à demi-voix :

— Laisse passer les affamés, qui craignent toujours de n'avoir pas assez de jambon, de volaille, de truffes et de pâté. Le général m'a chargé de te retenir. Va donner le bras à la belle Léa, qui t'attend et qui te conduira dans le cabinet de travail du vieux Buchamor, où je te rejoindrai tout à l'heure. C'est là que nous allons souper dans l'intimité et causer librement, portes fermées, loin des étrangers et des domestiques. Va, cours, vole, et reviens..., comme dit je ne sais plus qui.

En effet, Léa, prévenue, m'attendait, prit mon bras, et, par un couloir dérobé, me fit entrer dans une chambre de grandeur médiocre et de forme circulaire, qui formait ce que Lenoir avait appelé d'un nom peut-être trop pompeux : le cabinet de travail du général.

C'est là que le vieux Buchamor, ennuyé du fracas et du tohu-bohu de la salle à manger, réunissait l'élite de ses hôtes ou du moins ceux qu'il voulait admettre dans son intimité.

Très peu de meubles, douze fauteuils seulement, mais capitonnés et recouverts de soie rouge. Au milieu, une table ronde en bois de chêne solidement appuyée

sur six pieds sculptés qui se terminaient par des têtes
de gorgones. Au mur, des pistolets damasquinés, des
sabres français, persans et turcs, un casque percé de
deux biscaïens, des revolvers modernes, des armes du
plus grand prix, de tous les temps et de tous les peuples. Évidemment les armes étaient le luxe préféré du
vieux Buchamor.

Enfin, dans un coin, la bibliothèque du général, dans
laquelle brillaient en lettres d'or les noms les plus célèbres de la littérature française, anglaise, italienne, espagnole, latine, grecque, persane et surtout indienne.

Un lustre chargé de trente bougies répandait partout
une lumière égale et douce, pendant que deux candéla-
bres de bronze florentin, posés sur la table, éclairaient
les visages des convives et faisaient merveilleusement
ressortir la toilette des femmes.

Quand j'entrai avec Léa, la baronne de Korenberg
était déjà assise à côté d'une autre femme que je reconnus aisément. C'était une des comédiennes les plus
justement renommées de Paris, et l'amie intime, disait-
on, d'un grand seigneur qui daignait de temps en
temps représenter la France à l'étranger, moyennant
deux ou trois cent mille francs par an.

La dame était fort belle. Elle avait, par goût et par
métier, couru longtemps le monde : elle avait vu des
princes à ses genoux et n'avait pas été cruelle. Elle
avait aimé des écrivains, des comédiens et des artistes :
car serait-il juste de refuser aux pauvres ce qu'on accorde de si bonne grâce aux riches? Ayant donné aux
uns par calcul, elle donnait aux autres par charité. La
haute banque et l'armée n'avaient pas non plus à se
plaindre, ces deux corps de l'Etat ayant reçu de sa bonté
des faveurs toutes pareilles. Enfin elle avait beaucoup
d'amis dans presque tous les rangs de la société; et
elle le méritait, car jamais femme ne fut d'un meilleur
caractère et ne sut faire passer les gens avec plus de
grâce dans le chemin difficile qui conduit de l'amour à
l'amitié.

Ne me demandez pas son nom ; elle est morte. Pour
la désigner plus clairement, si vous voulez, je l'appelle-

rai Zerline. Ses camarades l'appelaient, par allusion à des aventures très connues dans les coulisses, la *reine d'Ethiopie;* ce qui était fort injuste, car elle n'avait par ses ancêtres aucun droit à la couronne de ce pays lointain. Mais on pouvait l'expliquer par cette circonstance que le roi d'Ethiopie, de passage à Paris, lui avait donné un collier de diamants d'une valeur incalculable, et qu'elle avait été, dit-on, moins sévère que la fière chrétienne de Victor Hugo, qui voulait convertir un sultan :

> Fais-toi chrétien, roi sublime,
> Car il est illégitime
> Le plaisir qu'on a cherché
> Au bras d'un Turc débauché.
> J'aurais peur de faire un crime,
> C'est bien assez du péché.

Enfin, reine d'Ethiopie ou impératrice du Japon, c'était une bonne, joyeuse et spirituelle fille, aimant à rire, à boire, à danser, aimant à aimer aussi, qui ne se piquait pas de vertus étrangères à son état, et qui, s'étant destinée à faire le bonheur d'autrui, faisait aussi le sien par la même occasion.

En face d'elle était le prince, et à côté un des comédiens les plus amusants de Paris, rival du prince au dire d'un journal fameux que ces sortes de révélations avaient rendu cher au public. Les droits du comédien étaient-ils égaux, antérieurs ou supérieurs à ceux du prince? Le comédien souffrait-il le prince ou le prince souffrait-il le comédien? C'est ce que personne n'aurait pu dire, pas même Zerline peut-être. Une seule chose était certaine, c'est qu'elle les forçait à vivre en bonne intelligence et face à face, comme s'ils eussent été tous deux nécessaires à son bonheur.

Telle était Zerline. Si l'on s'étonne que le vieux général Buchamor eût l'idée d'introduire Léa dans une société si mélangée, j'en fus étonné bien davantage au premier abord; mais il faut se souvenir que l'exemple partait de haut. En 1855 et les années suivantes, le palais des Tuileries ressemblait à une auberge où des gens de toute origine et de toute profession venaient

étaler leurs costumes et leurs vices. Napoléon III, à
peine Français, élevé dans les universités allemandes,
n'ayant pour amis particuliers que des Anglais, des
Prussiens, des Américains, des Grecs, des Hollandais,
des Polonais, des Suisses et des Italiens, donnait l'hos-
pitalité à un amas d'étrangers de toute espèce, ne demandant aux femmes que d'être jolies et aux hommes
d'être présentés par l'ambassadeur.

Ainsi faisaient tous les siens, et Toinet Buchamor
comme les autres. Ce vieux soldat, qui s'était frotté, le
sabre en main, à vingt races barbares ou civilisées, et
dont le frottement avait endurci l'épiderme, aurait à
peine compris les scrupules de Léa, si par hasard elle
avait refusé de souper chez lui avec des gens de toute
espèce ; mais Léa elle-même, comme la plupart des
femmes, était curieuse de voir ce monde étrange, dont
on se faisait en province des idées à la fois si mons-
trueuses et si attrayantes.

Les autres convives étaient d'abord le prince, déjà
nommé, un grand bel homme à la mine insigniflante,
au sourire figé sur les lèvres, aux moustaches épaisses,
aux gros yeux saillants comme ceux des herbivores, à
la langue épaisse, aux lourdes mâchoires, parfaitement
habillé, d'ailleurs, cravaté correctement, ignorant comme
un Hottentot, en tout vraiment digne de représenter la
diplomatie française.

Après le prince venait le comédien, — qu'on appelait
Armand — d'un de ses rôles favoris. Lui aussi se croyait
prince, et l'était pour le moins deux ou trois fois par semaine sur le théâtre. Homme charmant, d'ailleurs, qui
portait à merveille l'habit de cour, qui saluait avec
grâce, qui donnait une poignée de main avec noblesse,
qui s'accoudait à la cheminée avec une gracieuse fami-
liarité, qui regardait les dames d'un air à troubler le
cœur le plus insensible, et surtout, mais surtout, qui se
regardait lui-même dans toutes les glaces avec une complaisance sans égal. Son bonheur principal, — car ce
serait trop peu de dire son plaisir, — était de dire sur
la scène : *En vérité, marquise !*... et de s'entendre répliquer : *Oui, cher comte !* ou *Croiriez-vous, colonel ?*... Ce

dernier titre lui plaisait surtout, parce qu'il lui permettait d'accrocher à la boutonnière de son habit la rosette de la Légion d'honneur. Du reste, très gai dans l'intimité, après dîner, portes closes.

Après le comédien venait le critique d'art, le fier Letranchant d'Escarbouillac, qui portait sa plume comme une épée et son épée comme une plume. Bien cambré, larges d'épaules, hardi, cynique, presque insolent, regardant de haut tout le monde, il m'avait déplu tout d'abord ; mais, depuis que j'avais appris qu'il osait aspirer à Léa, il m'était tout à fait odieux.

Je demandai tout bas à mon ami Lenoir quel titre avait d'Escarbouillac à l'intimité du vieux Buchamor.

Quel titre ? Aucun, répondit Lenoir. Le général ne peut pas le souffrir... C'est Mme de Korenberg qui l'a introduit ici et qui le maintient envers et contre tous.

— Mais alors il est dans l'intimité de la dame ?

— Peut-être. Il y a des goûts si bizarres ! Dans tous les cas, il voudrait le faire croire, car ce critique d'art, qui se dit gentilhomme et catholique et qui doit l'être (pour moi, je l'en crois sur parole), ne rêve que des amours éclatantes et formidables ; il voudrait enlever une reine ou mieux être son Mazarin... Au reste, tu l'entendras tout à l'heure, quand on aura vidé quelques bouteilles. Mme de Korenberg flatte sa manie dominante : voilà pourquoi il ne la quitte pas. Faute de grives, on mange des merles.

— Mais elle ? que fait-elle de lui ?

— Elle le craint, elle le caresse ; elle espère qu'il fera recevoir au Théâtre Français une tragédie de *Cléopâtre* qu'elle garde en portefeuille depuis dix ans... Tu ne sais pas ce que c'est que d'être femme, baronne, riche, et d'avoir une tragédie de *Cléopâtre* en portefeuille, de sentir qu'elle moisit, et qu'on moisit soi-même, qu'on est quinquagénaire et qu'on ne peut plus être autre chose... Le rêve de toute vieille farceuse qui a rôti le balai depuis sa naissance, c'est de le rôtir éternellement, mais d'une façon splendide ; d'avoir la beauté, le génie, la toute puissance, de voir les rois se rouler à ses pieds

comme de simples esclaves, d'avoir César pour amant
après qu'il a conquis le monde, de le tromper pour un
esclave d'Abyssinie à l'œil plus doux que celui de la
gazelle et plus féroce que celui du tigre, de trembler
devant lui, de le faire poignarder et jeter dans le Nil
pour se venger d'avoir tremblé, de changer César pour
Cneius Pompée, pour Antoine, pour Scapin, pour Anti-
noüs, pour un boxeur, pour n'importe qui, de s'accou-
der rêveuse à la fenêtre d'un palais de marbre et d'or,
pour voir couler le fleuve aux ondes bleuâtres, de recevoir les envoyés des cinq parties du monde et avec eux
ce que les rois mages apportèrent à l'enfant Jésus, —
l'or, l'encens et la myrrhe, — d'être entourée des poètes
qui chanteront son génie et sa beauté, et enfin (mais le
plus tard possible), quand on se sentirait tomber dans
la décrépitude, de se percer d'un poignard orné de pierreries, — ce qui est très bien porté dans les romans du
temps passé... Et comme n'est pas qui veut Cléopâtre
ou Sémiramis, on essaye du moins de mettre son rêve
sur le papier et de se faire applaudir du public...
Malheureusement les directeurs de théâtre sont rétifs ;
ils ont douze *Cléopâtre* dans leurs cartons et ne sauraient
que faire d'une treizième. Et voilà pourquoi le superbe
Letranchant d'Escarbouillac, qui promet sa protection
auprès des directeurs, est si bien vu de la dame et vient
ici très souvent, en dépit du médiocre accueil que lui fait
le vieux Buchamor... Et c'est aussi pourquoi Mᵐᵉ de Korenberg qui déteste au fond du cœur la belle Léa, cache
ses griffes et fait patte de velours. Au cas où l'on jouerait
Cléopâtre, Léa s'engage à prendre le rôle principal, et
Letranchant d'Escarbouillac se charge de la faire engager au Théâtre-Français. A-t-il tout le crédit dont il se
vante ? Je n'en sais rien, ce n'est pas mon affaire de le
savoir ; mais dans ce crédit, vrai ou faux, est l'origine
de l'amitié que les dames lui témoignent. Voilà pourquoi, quelque impertinence que d'Escarbouillac ose
lancer, ni l'une ni l'autre ne s'en fâchera jamais et ne
voudra se brouiller avec lui. Règle là-dessus ta conduite,
sinon tes sentiments, cher ami.

Comme je remerciais Lenoir de cette explication et

du bon avis qui la terminait, un autre convive s'approcha de nous : c'était le vaudevilliste. Celui-là, quoique beau garçon, plein d'esprit et bien vu par tous pays, comme Joconde, n'affichait aucune prétention ni à l'esprit ni aux bonnes fortunes. C'était la plus riante, la plus aimable et la plus joyeuse figure que j'eusse vue de ma vie, et ses œuvres ne démentaient pas sa physionomie. Aussi était-il grand ami du général. « Celui-là, du moins, me fait rire avec ses pièces, disait le vieux Buchamor ; les trois quarts des autres ne font que des grimaces qui sont laides ou des discours longs d'une aune, qui me font bâiller dès le premier acte. »

Les deux derniers convives étaient Mᵐᵉ Kronz, la bonne grosse Hambourgeoise divorcée, à qui Lenoir portait, comme je l'ai dit, un intérêt particulier, et un petit homme large d'épaules, râblé, barbu jusqu'aux yeux, avec un nez demi-aquilin, demi-camus, des cheveux durs, frisés, hérissés comme les poils d'un sanglier et des yeux où rayonnaient la fermeté, le bon sens et presque le génie.

— Celui-là, me dit tout bas Lenoir, c'est le peintre qui a fait ces quatre magnifiques paysages qui sont dans le grand salon et ce cinquième tableau, plus petit, que tu vois ici accroché au mur et qui représente une vieille maison de paysan creusois. C'est le portrait de la maison où le général est né, et ces trois enfants qui mangent leur soupe, pieds nus, devant la porte, l'un debout, l'autre assis sur le banc, le troisième couché à plat ventre sur la terre, sont ses arrière petits-neveux. Je suis étonné de le voir ici, car il ne va guère dans le monde et vit seul comme un ours, à quarante ou cinquante lieues de Paris. Regarde-le ; sous cet aspect fruste et presque sauvage se cache l'un des plus grands peintres du siècle, un paysagiste tel que l'Europe n'en a pas vu depuis Claude Lorrain.

— Il est bien mal vêtu.

— C'est un goût particulier, car, d'ailleurs, il gagne beaucoup d'argent et doit être très riche. Le général l'a invité ce soir, et comme il a déjà fait plusieurs commandes importantes, l'autre n'aura pas cru pouvoir refuser; mais je serai bien étonné s'il ouvre la bouche, car il n'est pas bavard.

— En ce cas, il ne vous ressemble guère, ami Lenoir, dit de sa grosse voix joyeuse le vieux Buchamor, qui venait d'arriver sans être aperçu... Tout le monde est à son poste ? à table !

IX

Nous étions douze; un seul domestique en grande livrée nous servait. C'était un grand et gros homme à face large et plate, dont les yeux sans expression ne s'allumaient qu'à la vue du pâté de foie gras et des bouteilles; un sourire obséquieux et niais se dessinait à peine sur ses grosses lèvres et semblait souhaiter la bienvenue à chacun des convives.

Quand tout le monde fut assis et eut déplié sa serviette, Buchamor fit signe de la main qu'il allait parler.

— Mes amis, dit-il, nous sommes ici à cinq cents lieues de Paris et de tout l'univers; personne ne nous voit, personne ne nous entend, pas même ce nigaud, qui est Allemand, qui sait à peine dix mots de français, avec qui je suis forcé de m'expliquer par gestes, et qui est sourd par dessus le marché. Je l'ai choisi tout exprès pour cela. Parlez donc librement, en ayant égard aux dames, « toutefois et quantes qu'elles sont d'un sexe à qui l'on doit le respect subséquemment, » comme disait le sergent qui m'apprit la charge en douze temps, trois semaines avant la bataille de Hohenlinden... Voyons, Fontpertuis, vous qui êtes un orateur, et un fameux encore, à ce que disent ces dames, racontez-nous quelque histoire.

Je m'en défendis fort.

— En vérité, général, je n'ai rien vu, je ne sais rien, je n'ai rien à raconter: mais vous, qui avez couru la terre et la mer.

— C'est cela, interrompit Léa; racontez-nous vos campagnes et les beaux coups de sabre que vous avez donnés.

— Ou reçus? dit Buchamor en riant, car à la guerre on en reçoit presque autant qu'on en donne; mais j'ai dû vous dire cela cinquante fois.

— Pas une seule ! reprit Léa.

Tout le monde répéta en chœur :

— Pas une seule !

— Eh bien ! dit le général, remplissez vos verres... je vais commencer. Voulez-vous du dur ou du tendre ? car, ajouta-t-il en riant, il y a un peu de tout dans mon existence.

— Nous voulons du dur et du tendre, s'écria Léa, qui paraissait avoir pris le commandement. Mais commencez par le tendre, général ; le dur aura son tour.

— Eh bien ! je vais vous raconter mon mariage. Ça, c'est le tendre.

— Comment, général, vous êtes marié, et vous ne le disiez pas ? s'écria Zerline d'un air de componction.

Tout le monde parut étonné.

— Oui, j'ai été marié, reprit le vieux Buchamor, et légitimement marié à une femme excellente et charmante, et de bonne race, je vous le garantis, et qui avait dans ses coffres des millions à remuer à la pelle. Je l'adorais, elle m'adorait, c'était une perle sans tache, et j'étais heureux comme un coq en pâte, et vous verrez tout à l'heure comment tout ça a fini et comment la meilleure des femmes a voulu... Vous conviendrez alors avec moi que si la meilleure des femmes était celle-là, il faut terriblement se défier de toutes les autres, et même qu'on ferait bien de les enfermer, puisqu'enfin on ne peut pas les noyer... Et ce sera la morale de l'histoire.

— Non ! non ! Pas de morale ! interrompit la comédienne.

— De la morale ? il n'en faut plus ! cria Armand.

— A Chaillot, la morale ! ajouta le prince, qui avait attrapé dans les coulisses des petits théâtres un certain nombre de bêtises qui traînaient partout. Il les répétait souvent dans le monde diplomatique, et s'était fait par là une réputation d'homme d'esprit et de causeur brillant.

— Donc, reprit le général, je reviens à mon mariage.

C'est à peu près vers 1819 que commence mon his-

toire. J'étais alors général instructeur de la cavalerie de
Méhemet-Ali, pacha d'Egypte. De vous dire en détail
comment j'étais allé là, ce serait trop long; en quelques
mots voici l'affaire:

Cinq ans auparavant, en 1814, j'étais colonel de dragons en demi-solde, car l'Etat ne payait pas, lorsqu'un
maudit officier prussien m'insulte un jour au Palais-
Royal devant deux ou trois cents personnes et me donne
un coup de fourreau de sabre dans les jambes, me prenant sans doute pour un pékin sans défense, à cause de
ma redingote verte, dont les coutures blanchies par l'u-
sage ne me faisaient pas honneur.

Moi, furieux, je jette mon prussien dans la vitrine
d'un coiffeur, la tête la première; je le barbouille de
pommade, d'huile de Macassar, et, pour le consoler, une
heure après, devant quatre témoins français et étrangers, au bois de Vincennes, je le régale d'un coup de sabre qui l'étend roide mort sur l'herbe.

— Très bien! interrompit Léa. Ça, c'est digne de
vous, général.

— C'est dans ce rôle que je vous ai toujours connu,
ajouta Zerline en riant.

Et se tournant vers le diplomate:

— Eh bien! cher prince, vous n'applaudissez pas?

— Les convenances diplomatiques s'y opposent, répliqua le vaudevilliste... S'il allait être demain ambassadeur en Prusse, jugez du scandale!

La vérité, c'est que le prince était tourmenté d'une
inquiétude que les pauvres diables ont rarement. Il
avait trop bien dîné et craignait en soupant de ne pas
digérer. C'est ce qui lui donnait l'air rêveur d'un bœuf
qui rumine.

Buchamor reprit son récit:

— Jusqu'ici tout allait bien; mais voilà que les Prussiens veulent me saisir, sous prétexte que le mort était
un seigneur dans son pays. La police me poursuit. Je
me sauve à Naples, chez mon ancien général, le roi
Murat, qui m'embrasse, me promet un régiment et me
dit: « Reste avec moi; j'ai besoin de gaillards de ta
trempe, car mes pauvres Napolitains, vois-tu, c'est joli

à la parade, joli et bien tourné, musqué, pommadé,
frisé comme des ténors ; mais au premier coup de fusil,
pfff ! ce n'est pas la poudre à canon qu'il leur faut, c'est
la poudre d'escampette. Toi, moi, Exelmans et quelques
autres, nous leur donnerons l'exemple et nous les ac-
coutumerons au feu. D'ailleurs, avant peu, il y aura du
nouveau en France. Tu verras... je ne te dis que ça. »

J'accepte son offre et j'attends le nouveau, qui ne
tarda guère. C'était le retour de l'île d'Elbe. Je reviens
avec Napoléon. Je vais à Waterloo. Je charge neuf mois
à fond l'infanterie anglaise, sur le plateau de Mont-Saint-
Jean. A la dixième, mon cheval est tué ; on me larde à
coups de baïonnette. Le lendemain, je suis ramassé sur
le champ de bataille par mon ordonnance Abdallah, un
brave nègre enrôlé en Egypte par Napoléon, et qui se
battait avec moi depuis quinze ans par toute l'Europe.
Je guéris. Les Bourbons me mettent à la porte de l'armée comme brigand de la Loire. Ne sachant que faire
et plus pauvre que Job, je conspire deux ou trois fois ;
je suis dénoncé, trahi, forcé de fuir ; je passe en Suisse,
en Italie, ne connaissant qu'un métier, qui était de me
battre, trop vieux pour en apprendre un autre (j'avais
alors 32 ans) et ne sachant que faire de mon sabre ni où
sabrer.

Là-dessus j'apprends que Méhemet-Ali veut avoir une
armée, qu'il demande des instructeurs européens, qu'il
les paye bien, et qu'il est bon enfant pour un Turc. Je
dis à mon ami Abdallah : « Veux-tu revoir le Nil ? » (il
était né près des cataractes). Il me répond comme Ruth
à Noémi : « Mon général, je vous suivrai partout. » Je
vais voir Méhemet-Ali. Je retrouve là mon ancien camarade, le colonel Sève, qui me présente en faisant mon
éloge. Le pacha me donne un régiment de moricauds et
me dit : « Qu'est-ce que vous savez faire, colonel ? » Je
réponds sans hésiter : « Tout ce qu'il vous plaira, pacha ;
mais mon fort, c'est la cavalerie. » Lui, voyant ma
bonne volonté, me dit en me montrant par la fenêtre
les moricauds qui dormaient étendus au soleil dans la
cour du palais, nus comme des vers, sans abri ni tente,
attendant pour être à l'ombre qu'il fût neuf heures du soir :

— Voilà vos hommes ; faites-en ce que vous voudrez. C'est doux et docile comme des moutons, c'est sobre comme des chameaux du désert ; ça n'a qu'un défaut, c'est de déserter à la première occasion. Qu'est-ce qu'on fait aux déserteurs en France ?

Moi, je réponds bonnement : « On les fusille, mon pacha. »

Mais le vieux n'entendait pas de cette oreille. Il me réplique vivement :

— Pas de ça, colonel, pas de ça ! Il faut ménager ces pauvres diables... C'est ma propriété... Vous leur donnerez pour la première fois cent coups de bâton sous la plante des pieds.

— Et pour la seconde ?

— Vous leur couperez une oreille. Ça n'empêche pas de faire l'exercice.

— Et s'ils recommencent ?

— Oh ! alors vous ferez couper l'autre oreille et une jambe, ça ne les empêchera pas de travailler dans mes manufactures.

Je réponds :

—.Compris, pacha, compris !

Il me fait donner un magnifique cheval arabe de son écurie, une pelisse d'honneur, une paire de pistolets, — ceux que vous voyez ici, suspendus au mur, — un sabre de damas (celui qui est à côté des pistolets) et dix mille piastres turques, c'est-à-dire un peu plus de deux mille cinq cents francs. Il m'en promettait autant tous les mois.

Je pense en moi-même : Ça va bien, et je sors du palais avec mon ami Sève, qui me dit quand nous fûmes dehors :

— Es-tu content ?

— Parfaitement. Les appointements valent mieux qu'en France et la vie est moins chère ici.

Sève se mit à rire :

— Ça, c'est le commencement, mais prends garde au defterdar.

— Je demande :

— Le defterdar ? Qui est cette bête-là ?

— C'est le caissier du pacha ou, comme on dit en Europe, c'est le ministre des finances. Tout le monde vole ici, mais lui plus que tous les autres.

Je dis :

— Nous verrons bien...

Deux mois, trois mois, six mois se passent. Le defterdar me faisait toujours bonne mine et payait *recta*, rubis sur l'ongle, mes dix mille piastres. Je disais en moi-même : « C'est trop beau, si ça dure. » Un matin, c'était le premier jour du septième mois, le pacha Méhemet-Ali venait de partir pour la Haute-Égypte, le defterdar était seul au Caire. Je passe à la caisse vers sept heures du matin, suivant mon habitude. Pas de defterdar. On me dit qu'il est à la promenade. Je réponds : « C'est bien, je reviendrai. » À midi, je reviens. On me dit qu'il fait la sieste. Cette fois je commence à m'impatienter. Je reviens à cinq heures du soir. On me dit qu'il est à table. Je prends par le bras le secrétaire qui me faisait cette réponse, je lui fais faire deux tours sur lui-même; il va tomber sur un sofa. Je pousse une porte, deux portes, trois portes; je trouve un corridor, une porte intérieure. J'entre dans l'appartement des femmes; les eunuques veulent m'arrêter; je tire un pistolet de ma ceinture et je l'arme; tout ce monde s'écrase et se sauve en criant : Au feu ! à l'assassin ! les femmes crient plus fort que tout et se précipitent dans le jardin en appelant le defterdar, qui justement fumait sa pipe et regardait une jolie fille occupée à bourrer sa pipe, pendant qu'une autre fille pas trop jolie, mais grasse comme une caille en automne, chantait pour le charmer des airs persans à porter le diable en terre.

Au bruit, mon homme se lève, prend un pistolet, et, voyant que j'étais armé, tire le premier. Heureusement il était si troublé qu'il me manqua, quoique je ne fusse qu'à trois pas. La balle va frapper un eunuque armé d'un sabre qui venait pour me poignarder par derrière... Moi, voyant que le defterdar était désarmé, je le prends de la main droite par la barbe et je lui dis :

— Si tu ne renvoies pas tout ce monde, tu es un homme mort.

Il crie aux autres de partir ; ça venait à propos, car le poste averti prenait les armes et j'allais être fusillé comme un chien. Par politesse, je dis aux dames qu'elles pouvaient rester ; elles ne se firent pas prier, comme vous pouvez croire ; elles étaient trop curieuses de voir de près un chien de roumi.

Le defterdar me dit :

— Qu'est-ce que tu veux, colonel ?

— Mes 10.000 piastres.

Il me répond :

— Le pacha m'a défendu de payer sans son ordre.

Je lui réplique en tirant mon sabre :

— Choisis d'avoir la tête coupée ou la barbe, ou de payer.

Voyant ça, il prend son parti en brave, me conduit dans son bureau et paye.

Deux jours après, comme je passais seul à cheval sur le bord du fleuve, au coucher du soleil, des Arabes, cachés derrière un mur, me tirèrent quatre ou cinq coups de fusil. Mon cheval fut tué sous moi. C'était un tour du defterdar.

La semaine suivante, comme j'allais voir mes hommes au quartier, mon camarade Sève vient me voir et dit :

— Je t'avais bien averti de te défier du defterdar.

— Qu'est-ce qu'il a fait ?

— Il a écrit au pacha pour te dénoncer. Il dit que tu avais des intelligences avec les Anglais, avec les Turcs, avec le sultan Mahmoud, avec je ne sais qui ; que tu as forcé, le pistolet en main, l'entrée du harem, que tu as voulu le tuer..., que sais-je enfin ?

— Et le pacha ?

— Méhemet-Ali, qui est à cent lieues d'ici et qui n'a pas le temps de vérifier, a fait comme tous les gouvernements : il m'a ordonné de t'empoigner...

— Et tu venais pour cela ?

— Moi, s'écria Sève, pour qui me prends-tu ? Je viens pour t'avertir de monter à cheval, de mettre dans tes poches le plus de piastres que tu pourras, et de filer au galop sur Alexandrie, où tu t'embarqueras *presto, subito*, sans attendre la justice du pacha.

Ainsi dit, ainsi fait. J'embrasse Sève, qui me sauvait la vie; je pars au galop avec mon nègre Abdallah qui ne voulut pas me quitter; je m'embarque à Alexandrie sur un vaisseau français, je débarque en Syrie, à Beyrouth; je traverse un coin du désert, je me rembarque à Suez sur un vaisseau anglais, je redébarque à Bombay dans l'Inde, assez embarrassé de ma personne, mais décidé à tout plutôt qu'à vivre avec les pachas et les defterdars.

C'est à Bombay que la fortune m'attendait, — la fortune et l'amour. Mesdames, écoutez bien ce qui va suivre, et vous saurez ce que c'est que le vrai bonheur.

— Le bonheur, interrompit Letranchant d'Escarbouillac en jetant sur Léa un regard passionné, le vrai bonheur est dans l'amour.

— Dans la science, répliqua la princesse de Korenberg, qui se croyait savante et surtout qui voulait passer pour l'être.

— Dans l'art, dit le comédien d'un ton sentencieux et profond qu'il prenait quelquefois à la ville pour se dédommager de faire rire les gens au théâtre.

Le vaudevilliste, désespérant d'atteindre à ces sommets, cria :

— Le bonheur, c'est de croire l'être.

Vieille plaisanterie qui fit rire tout le monde.

Alors le général se tournant vers moi :

— Et vous, Fontpertuis, que vous faudrait-il pour être heureux ?

Je répondis en riant :

— Ce qu'il fallait à nos pères, *une chaumière et son cœur*.

— Mesdames, mesdames, répliqua le vieux Buchamor, si ce jeune homme pense seulement la moitié de ce qu'il vient de dire, il n'a pas son pareil...

— Sur la terre et sur l'onde, ajouta la vaudevilliste.

— Voyons, général, dit Zerline, nous ne sommes pas ici pour nous faire des compliments; reprenez votre histoire où vous l'aviez laissée. Vous étiez tout à l'heure à Bombay, où la fortune et l'amour vous attendaient.

— Sous quelle forme ? demanda Léa.

— Sous la forme d'une princesse de dix-sept ans, dont les yeux bleus auraient induit les anges en tentation... Voici la chose :

Sur le vaisseau anglais qui m'avait transporté de Suez à Bombay se trouvait un brave et bon garçon, sir John Hawkins, Anglais, colonel du 3ᵉ régiment de cipayes, qui, voyant mon uniforme égyptien et mon parler français, voulut faire connaissance... Vous savez, quand on est enfermé pendant trois semaines dans un espace de cent pieds de large, on ferait connaissance avec le diable en personne plutôt que d'avaler sa langue tout seul dans son coin.

Hawkins, d'ailleurs, était bon diable et ne demandait qu'à causer. Après qu'il m'eût dit son nom et demandé le mien, il me serra la main cordialement comme à un vieil ami et s'écria :

— Mais nous nous connaissons depuis longtemps, très cher.

Je le regardai avec étonnement.

— Certainement, dit-il, nous nous sommes vus face à face en Espagne. N'étiez-vous pas dans l'armée de Masséna?

— J'y étais.

— Et moi dans celle de Wellington, à Talaveyra d'abord, et un peu plus tard, à la bataille de Fuentès di Onoro. N'y étiez-vous pas, colonel?

— J'y étais.

— Et vous commandiez?

— Le 5ᵉ dragons.

— C'est cela même, dit Hawkins, et vous avez dû être aussi à Waterloo, en face de moi? C'est vous qui avez chargé notre infanterie avec Kellermann et Ney?... Mon compliment, colonel. Vous n'avez pas réussi, mais c'était bien travaillé, je vous jure sur mon honneur; tout ce que des hommes et des chevaux peuvent faire, ce jour-là, vous l'avez fait... Vous n'avez pas eu de mal, j'espère?...

— Presque rien, sept ou huit coups de baïonnette seulement; mais les montagnards de mon pays ont la vie dure. Et vous-même, Hawkins?...

— Moi ? oh ! vous savez, très cher, dans une partie de boxe, le vainqueur ne compte pas ses plaies et ses bosses. Moi, j'étais lieutenant-colonel des dragons de Ponsonby, et c'est à nous que Wellington donna l'ordre de charger la batterie d'artillerie française qui montait dans le chemin creux. Nous sabrâmes tout, c'est vrai ; mais, cinq minutes plus tard, nous fûmes sabrés à notre tour par les cuirassiers de Milhaud. De nos deux régiments, quand nous revînmes, il ne restait pas trente hommes valides. Moi, j'avais deux balles et un coup de sabre dans la poitrine.

— Et maintenant tout va bien ? lui dis-je en riant.

— *Well, very well, all rigt !* répondit Hawkins. Et pour preuve, si vous n'avez pas de préjugé contre le sherry ?...

Je n'avais pas de préjugé.

— Ni contre le porto ?

— Encore moins, mais je préfère le bordeaux.

— Moi, dit Hawkins, je les préfère tous les trois... Tom, apportez des rafraîchissements.

Tom obéit et nous commençâmes à boire comme de vieux amis. A la troisième bouteille, Hawkins proposa la santé du roi Georges ; je ripostai par celle de Napoléon, et, pour nous mettre d'accord, je portai un toast aux dames...

Alors Hawkins poussa un profond soupir et me dit :

— Colonel Buchamor, je boirai volontiers, pour vous faire plaisir, à la santé de toutes les dames de ce vaste univers, mois non à celle de lady Arabella Cockerill, précédemment miss Arabella Fox, de Fox-House, dans le comté de Somerset.

— Eh bien, Hawkins, je ne veux pas forcer vos inclinations ; nous ne boirons pas à la santé d'Arabella... Et, à propos, qu'est-ce qu'elle vous a fait cette femme perfide ?

Il décoiffa la quatrième bouteille, remplit nos verres, vida le sien, le remplit encore, et me dit :

— Buchamor, vous êtes un gentleman ; oui, je vois à vos paroles et à votre sagesse que vous êtes un gentleman. D'ailleurs on n'a pas été colonel du 5° dragons sans être un gentleman. Je puis donc vous parler à cœur ouvert. Arabella m'aimait, je l'aimais; nous nous aimions. Elle me disait tous les soirs, dans le parc de feu son père : *Hawkins, my dear love*, en regardant coucher le soleil et montrant le blanc d'opale de ses yeux bleus. Moi, je répondais comme c'est l'usage : *Arabella, sweet creature!* Et je le croyais, sur mon honneur! Oui, je croyais à la douceur de cette perfide créature. Eh bien, un soir elle m'a cherché querelle à propos des étoiles, à propos de Sirius, à propos de rien. Nous nous sommes brouillés, je suis allé en Espagne vous faire la guerre. Au retour, je l'ai trouvée mariée avec sir Georges Cokerill, qui avait quinze ans et quinze mille livres sterling de revenu de plus que moi. Que pensez-vous de ça, Buchamor? Y a-t-il une femme plus perfide dans l'univers?

J'avouai qu'il n'y en avait pas.

— Et n'ai-je pas raison de refuser de boire à sa santé?

— Vous avez raison, Hawkins... Mais n'y a-t-il pas d'autres femmes en Angleterre?

— Non, Buchamor, il n'y en a pas, ou, s'il y en a, je n'ai pas eu le temps de la chercher; et, si je la trouvais, elle ne voudrait peut-être pas de moi, et si elle voulait de moi, je ne voudrais peut-être pas d'elle.

Il y eut un instant de silence. Hawkins commençait à s'attrister en pensant à ses amours. Enfin il revint à moi et me demanda :

— Où allez-vous, colonel Buchamor?

— Devant moi. La terre est grande.

— Mais où d'abord?

— Dans l'Inde.

— Chercher fortune?

— Pourquoi non? Bussy l'a bien fait, et Clive, et Dupleix, et Hastings, et des milliers d'autres. En ce moment même, un officier de Napoléon, le général Allard, commande l'infanterie de Rundejih-Sing, roi de Lahore...

— Eh bien, dit Hawkins, bonne chance, cher ami.

Si jamais vous aviez besoin de quelque chose, disposez de moi, sir John Hawkins, colonel du 3ᵉ régiment de cipayes, en garnison à Bombay. A cette distance de l'Europe, voyez-vous, on n'est plus ni Anglais ni Français, on est gentleman, et quand on est gentleman, de la religion des gentleman, on est ami du premier coup. Venez me voir à Bombay ; nous irons chasser le tigre ensemble. C'est un autre plaisir, je vous assure, que d'assassiner un lièvre ou une perdrix à l'affût...

Je lui fis promettre à mon tour qu'il viendrait me voir si jamais le sort me faisait rajah, c'est-à-dire seigneur de quelque province indienne.

C'est dans ces dispositions que nous débarquâmes à Bombay et que nous nous quittâmes sur le port : moi, pour aller au *Kings' George-Hotel*, lui pour aller prendre le commandement de son régiment.

Le soir, je me trouvai à table au milieu de quarante ou cinquante Anglais et Anglaises, tous habillés correctement comme s'ils voulaient aller au bal. Les hommes étaient en cravate blanche, les femmes avaient les épaules et les bras nus. Moi seul, avec mon costume de colonel égyptien, qui ressemble à celui du même grade en France, et le fez rouge dont j'étais coiffé, j'avais l'air d'un gentleman si l'on veut, mais d'un gentleman exotique et excentrique. Aussi personne ne me dit un mot, pas même ma plus proche voisine, la femme du major Curraghan, à qui j'offris vainement du sel, du poivre, du gigot, du pâté, de la moutarde, du curry, du claret et du sherry. Elle accepta tout sans m'accorder un regard.

Voyant cette majesté insulaire, je n'insistai pas et j'écoutai la conversation, qui, par hasard, était intéressante ce jour-là.

— Savez-vous, messieurs, dit le major Curraghan, un accident dont le *Bombay-Times* n'a pas encore parlé et qui est arrivé, il y a cinq jours, dans la principauté de Tchanadar ?

— Nous le savons, Curraghan, répliqua un capitaine à la mine grognante, qui paraissait content d'agacer, en dehors du service, l'amour-propre de son supérieur,

— nous le savons, mais faites comme si nous ne le savions pas... Après tout, parler du Tchanadar ou parler d'autre chose...

Le major Curraghan fronça le sourcil. Son amour-propre était froissé. Il dit d'un air piqué :

— Puisque vous savez tout...

— Mais non, crièrent les dames ; nous ne savons rien du tout.

— Vous savez tout, reprit Curraghan, puisque le capitaine Stronghold avoue lui-même qu'il sait l'histoire tragique de la bégum du Tchanadar. Et certainement s'il la sait il n'a pas dû la garder pour lui.

A ces mots, le capitaine se hérissa.

— Voulez-vous dire, major Curraghan, que je suis incapable de garder un secret ?

Un murmure général lui coupa la parole. Les dames voulaient apprendre l'histoire de la bégum.

(Une *bégum*, en indoustan, ça veut dire une princesse).

Alors, soutenu par ce murmure qui coupait la parole à son ennemi et la lui rendait à lui-même, le major Curraghan continua :

— Puisqu'il en est ainsi, et que, si l'on excepte le capitaine Stronghold qui sait tout, personne ne connaît l'histoire de la bégum, la voici :

La bégum s'appelle Satarah, c'est-à-dire la *belle des belles*. Cherchez son royaume à cent lieues de Bombay, entre l'embouchure du Taphy et la source du Godavery, sur les deux versants des Gates. La capitale, Tchanadar, est une jolie ville de cent mille âmes. La bégum en hérita l'an dernier de son grand père, lequel avait poignardé l'ancien rajah, et s'était fait proclamer à sa place, vers 1797, au temps des batailles de Tippoo-Sahib et de lord Wellesley. Enfin Satarah était reine légitime de Tchanadar autant qu'on peut l'être quand on hérite du bien volé par un grand-père. Il y avait prescription, comme disent les avocats.

— Mon Dieu ! Curraghan, interrompit le vieux Stronghold, nous n'en finirons jamais si vous expliquez la généalogie de Satarah et ses droits au trône de Tchanadar. Dites-nous plutôt si la bégum est jolie.

— Oh! dit Mme Curraghan avec mépris, une Indienne!

Cette exclamation méprisante, dont le pauvre major connaissait le sens mieux que personne, l'empêcha, je crois, de dire de la bégum tout ce qu'il pensait... Après tout, qu'elle fût laide ou jolie, le potage de Curraghan n'en serait ni meilleur ni pire.

Il répondit donc avec quelque embarras :

— Vous le savez mieux que moi, Stronghold, puisque vous savez tout... Pour moi, ces pauvres cuivrées ne me font pas grand plaisir.

Il fut récompensé de sa lâcheté par un regard et un sourire d'approbation de Mme Curraghan.

Mais le capitaine Stronghold était en verve et continua :

— Eh bien, puisque Curraghan ne veut pas dire tout ce qu'il pense, moi, qui suis garçon et qui n'ai rien à ménager, Dieu merci!...

— Excepté les convenances, capitaine Stronghold, interrompit sévèrement Mme Curraghan.

— Excepté les convenances, répliqua Stronghold, auxquelles je me flatte de n'avoir jamais manqué depuis le jour où ma mère me fit baptiser à Bristol en l'an 1775... Moi donc, reprit-il avec énergie, qui n'ai rien à ménager, madame Curraghan, et qui ne crains pas que ma femme me fasse un sermon ce soir sur les devoirs de l'époux envers l'épouse, pendant que je mettrai mon bonnet de nuit, je déclare que la bégum Satarah, toute cuivrée que le ciel l'a faite, est l'une des plus belles brunes qui soient dans l'univers, si ce n'est la plus belle...

Oh! oh! s'écrièrent à la fois tous les gentlemen qui mangeaient et buvaient à la table d'hôte du *King's-George-Hotel*.

Les dames, par une grimace pleine de dédain, témoignèrent qu'elles regardaient Stronghold comme un être sans goût, sans discernement, et dont l'opinion n'avait aucune valeur.

— Belle ou non, reprit le major Curraghan, elle est aujourd'hui dans un embarras terrible. Son premier ministre, un drôle nommé Yarkand, en qui elle avait pleine confiance, a fait assassiner son mari le mois dernier et voulut épouser la veuve... La pauvre bégum qui est une honnête femme, à ce qu'il paraît, malgré sa peau cuivrée, a pleuré le défunt d'abord, puis a voulu le venger et faire couper la tête à l'autre... Mais Yarkand, qui est un coquin sans être un imbécile, avait pris les devants. Il s'était assuré de sept ou huit mille cipayes qui forment la meilleure partie de l'armée du Tchanadar, et tout ce que la bégum a pu faire est de nous demander asile : Elle est arrivée ce matin à Bombay, suppliante, à la tête de cinq ou six cents cavaliers armés de fusils à mèche, et demande justice au gouverneur, sir John Crushpather.

— Qu'est-ce que sir John a répondu? demanda une dame.

— Sir John est bien embarrassé. Certainement la bégum est jolie... mais sir John, qui est sexagénaire...

— Curraghan! Curraghan! s'écria la femme du major. Prenez garde à ce que vous allez dire. Il y a des choses qu'un gentleman doit ignorer.

Le major plia les épaules avec résignation.

— D'ailleurs, ajouta-t-il, on craint un soulèvement prochain des indigènes dans le Bengale, et le gouverneur général a recommandé de se tenir sur ses gardes, de concentrer l'armée et de ne pas s'engager à la légère dans les querelles des Indous. De plus, il paraît que Yarkand a promis de doubler le tribut de trois millions de roupies que son prédécesseur payait à la compagnie des Indes, et les actionnaires, comme vous savez, ne connaissent que leur dividende.

— Alors, dit Stronghold, la pauvre bégum n'a plus qu'à se traîner de porte en porte en demandant son pain? C'est dommage! Une jolie fille, ma foi!

— Une jolie veuve! répliqua Curraghan, et, si le cœur vous en dit, Stronghold... Vous êtes garçon et même joli garçon, malgré vos 58 ans, ou du moins vous l'avez été... Satarah n'en a pas plus de 16 ou 17... Qui sait ce qui peut arriver?

À ces mots, les dames et les demoiselles se levèrent

de table pour aller au salon et de là au jardin, suivant la coutume anglaise. Deux ou trois jeunes officiers les suivirent. Les vétérans, mariés ou non, gardèrent intrépidement le champ de bataille que jonchaient un nombre respectable de bouteilles vides.

Pour moi, j'allai me promener dans le *Zoological garden*, qui est le jardin des plantes de Bombay.

Je rêvais au moyen de ne pas mourir de faim. Excusez, mesdames, cette pensée un peu vulgaire, mais enfin, sauf la cape et l'épée, et quatre ou cinq mille francs ou à peu près que j'avais amassés au service de Méhemet-Ali, il ne me restait rien.

Heureusement le bras était bon, la tête était solide, le cœur était hardi, et enfin un vieux soldat de la République et de Napoléon ne pouvait pas se laisser mourir de faim, comme un mendiant au coin de la rue.

Entrer dans le commerce comme un bon bourgeois, acheter et vendre des cotonnades ou du poivre, auner du calicot, faire des additions, des multiplications, des soustractions, n'étant pas possible, il fallait chercher ailleurs. Je cherchais donc en me promenant, les mains derrière le dos, et regardant les tigres et les panthères enfermées dans leurs cages et qui grondaient sourdement.

Tout à coup, voici que je vois entrer dans le jardin un cortège magnifique.

Une trentaine de braves gens à mine de coquins, armés de sabres et de fusils à mèche, et derrière eux un éléphant de quatorze pieds de haut et de grosseur proportionnée, sur le dos duquel, dans une litière, était assise, les jambes croisées, la plus belle fille de l'Orient...

— Oh! interrompit Léa, c'est par politesse pour nous que vous dites « de l'Orient »; avouez, général, qu'elle n'avait pas non plus son égale en Occident.

— Peut-être, ma chère Léa, puisque vous n'étiez pas encore née, répliqua galamment le vieux Buchamor. Ce que je veux dire, c'est que je n'avais rien vu de pareil à elle et à son costume... De la soie partout, des perles magnifiques, des diamants de tous les côtés, sous forme de colliers, de bracelets, de pendants d'oreilles... Ma princesse, — car vous jugez bien que c'était la belle Satarah, — était comme un écrin de pierreries, mais elle était aussi le plus beau diamant de l'écrin.

J'en fus d'abord si ébloui que je demeurai quelques secondes immobile à la contemplation : ce qu'elle souffrit d'ailleurs avec beaucoup de bonne grâce, car les femmes d'Orient ne sont pas prudes avec les étrangers, excepté, bien entendu, en présence de leurs maris, et celle ci n'avait pas besoin de faire de façons, étant veuve et princesse.

Donc, elle me regarda comme je la regardais, franchement, fixement, les yeux dans les yeux. Elle habitait à cent lieues de Bombay, dans l'intérieur des terres, et ne voyait pas un Européen deux fois par an ; j'étais donc pour elle un objet presque aussi curieux qu'elle pour moi.

Cette attention me parut de bon augure, et je cherchais un moyen d'engager la conversation, lo rsque le hasard me servit à souhait.

Vous savez qu'entre le tigre et l'éléphant, il y a une antipathie de naissance. Un grand tigre du B engale, d'une longueur et d'une grosseur prodigieuses, devant lequel Satarah s'était arrêtée, avec son cortège, s'indigna de servir de spectacle à tant de gens, et poussa un rugissement rauque qui fit frémir tous les spectateurs et qui ressemblait à un défi.

En même temps, d'un bond, il s'élança vers la grille de fer, se leva tout debout, ouvrit la gueule, et nous menaça des plus terribles mâchoires que jamais tigre en fureur ait montrées à une princesse. Satarah frémit et fit signe au cornac de conduire l'éléphant hors du jardin zoologique. Malheureusement le brave animal, irrité à son tour du défi du tigre, saisit avec sa trompe un des barreaux de la cage et l'arracha.

Le tigre, profitant de l'avantage que lui faisait son ennemi, se glissa comme un éclair par cette ouverture et s'élança dans le jardin. Aussitôt les gardes de la princesse prirent la fuite en jetant leurs armes et poussant des cris affreux.

La pauvre Satarah, aussi effrayée que les autres,

mais n'osant descendre de son éléphant et ne pouvant le gouverner seule, car le cornac était en fuite avec les autres, invoquait Brahma et Wichnou, n'attendant plus rien que du secours céleste.

— Et alors, dit Letranchant d'Escarbouillac, vous avez dégaîné pour elle?

— Je fis mieux que dégaîner, mon ami. Je ramassai à terre un des lourds fusils à mèche que les pauvres gens avaient jetés pour fuir plus vite, et profitant du détour que le tigre avait fait pour prendre l'éléphant par derrière, je lui assénai un si rude coup de crosse qu'il eut comme le fil des reins cassé et tomba, les quatre pattes en l'air, sur le sol, où l'éléphant l'acheva en l'écrasant de tout son poids et lui ouvrant le ventre avec ses défenses.

Voilà comment nous fîmes connaissance, Satarah et moi.

Quand elle eut repris un peu de sang-froid, car il faut avouer qu'elle avait eu grand peur, elle me paya d'un coup d'œil qui m'entr'ouvrit la porte des cieux, et d'un geste, sans se soucier davantage de l'étiquette orientale, me fit signe de monter sur l'éléphant, à côté d'elle. Ce que je fis non sans peine. (Je vous ai déjà dit qu'elle était veuve.)

— Oh! le veuvage! s'écria Zerline en riant, le veuvage! si l'on savait ce que c'est, toutes les femmes voudraient être veuves!

— Oh! répliqua Mme Kronz, la belle grosse Hambourgeoise, *le tiforce est pien meilleur; il ne fait te peine à berzonne.*

La réflexion naïve de la bonne Allemande fit éclater de rire tous les convives.

— Quelles furent vos premières paroles? demanda Zerline. Saviez-vous l'indoustan d'abord?

— Pas un mot.

— Savait-elle le français?

— Encore moins.

— Alors vous avez gesticulé pour vous faire comprendre?

— Très peu. Elle tourna vers moi ses beaux yeux pleins d'ombre et de lumière et ne me dit qu'un mot :

sing, qui signifie lion. Puis elle me fit signe de m'asseoir les jambes croisées en face d'elle et me donna sa main à baiser. C'est tout ce que nous avons dit pendant dix minutes, c'est-à-dire pendant le temps que les fuyards mirent à revenir en ramenant avec eux les gardiens de la ménagerie, armés de fusils et de piques... et je vous assure que je ne me suis pas ennuyé pendant ces dix minutes.

Voyez-vous, les femmes de France ont trop d'esprit. Elles veulent toujours causer, raisonner, discuter, déraisonner, se fâcher, pleurer, se consoler, quereller, faire la paix, poser, prendre des attitudes... Ma belle Satarah n'était pas aussi savante; elle ne savait qu'aimer, je l'avoue, mais avec quelle perfection! En trois ans de mariage, je n'ai pas eu trois minutes d'ennui avec elle, excepté quand... Mais vous saurez la fin tout à l'heure.

— Vous avez donc été véritablement marié, général? demanda la grosse Hambourgeoise.

— Aussi marié que possible, chère madame Kronz.

— Avec une princesse sauvage encore!

— Mais non, madame, pas sauvage du tout, interrompit le vaudevilliste, puisque, dès le premier choc elle donna sa main à baiser au général et l'appela « mon lion », comme dona Sol faisait pour Hernani.

— Ce qui vous étonnera peut-être, ajouta le vieux Buchamor, c'est que la cérémonie du mariage suivit aussitôt.

— Hum! voilà une veuve bien pressée, dit Letranchant d'Escarbouillac.

— L'occasion, l'herbe tendre..., ajouta Zerline.

— Les femmes sont si fragiles, dit le comédien.

La vérité, continua Buchamor, c'est qu'elle était de la religion de Brahma, la plus ancienne, la plus poétique, et peut-être la plus belle et la plus humaine du monde entier, et que, dans les religions primitives, la parole de la femme suffit à l'homme et la parole de l'homme à la femme. Satarah m'avait appelé « son lion » : c'était une déclaration. J'avais répondu en lui baisant la main : c'en était une autre. Qu'est-ce qui peut empêcher deux êtres humains qui sont libres de tout lien et qui s'aiment, de s'épouser tout de suite et pour l'éternité?

— Et vous l'avez accompagnée dans ses États et replacée sur son trône? demanda le diplomate.

— Comme vous dites, cher prince, et ce fut l'affaire d'une quinzaine de jours. J'achetai sept ou huit cents fusils anglais à Bombay; je fis jeter à l'eau toutes les arquebuses à mèche, qui dataient du temps de Tamerlan; j'armai l'escorte de la princesse, et un soir, quand personne ne nous attendait, ni elle ni moi, dans Tchanadar, j'entrai par surprise dans la ville avec mes hommes, j'enlevai le palais en trois minutes, je fis saisir et étrangler l'usurpateur, je remis ma princesse sur son trône, où je m'assis moi-même avec elle; je fis empaler (c'est une habitude turque qui a du bon, parce qu'on n'en revient pas) quinze ou vingt mauvais gueux qui auraient pu m'assassiner un jour ou l'autre pour prendre ma place, et je fus prince souverain de Tchanadar, en payant bien entendu aux Anglais le tribut accoutumé. Après quoi je ne m'occupai plus que d'être heureux...

— Oui, interrompit le vaudevilliste, comme le célèbre Arbogaste,

Qui ne demandait plus, pour prix de ses services,
Qu'à passer tous ses jours au milieu des délices.

— Eh! eh! dit Zerline, ce n'est pas si sot ce que demandait Arbogaste... Et vous, général, l'avez-vous obtenu?

— J'ai eu mieux que cela, répondit Buchamor. J'ai eu l'amour tendre, fidèle, caressant, poétique, délicieux, plein de joies sans nombre et de soumission infinie de la plus belle et de la plus noble créature que jamais Dieu ait donnée pour compagne à un homme. Je l'ai aimée moi-même comme vous n'aimerez jamais, vous tous qui êtes ici, qui vous croyez d'habiles gens et qui n'êtes que des gens d'esprit qui usent leur vie à la recherche de l'argent, des honneurs, de la gloire ou de je ne sais quoi de plus mince encore. Mon âme était liée à la sienne par le lien le plus fort, le plus indénouable qui fut jamais. Elle ne voulait rien que je n'eusse voulu d'abord, et je devinais dans ses yeux tous ses désirs. J'ai passé des heures, presque des journées entières, à côté d'elle, sans parler, content de la regarder, sentant rayonner autour d'elle l'amour le plus pur, le plus tendre, le plus exclusif, et ne me lassant jamais de me réchauffer à ses rayons. Elle était belle comme la fleur de lotus, que Brahma trouva si belle, qu'il voulut l'avoir pour berceau ; elle était douce comme la main du petit enfant qui caresse les joues de sa mère ; elle était... ah ! je n'ai jamais vu, je ne reverrai jamais une femme pareille !

Ici la baronne de Korenberg fronça ses terribles sourcils d'impératrice ; mais le vieux Buchamor était tout entier au souvenir de sa jeunesse et de ses amours perdues. Il ne s'aperçut même pas ou n'eut aucun souci du mécontentement de la dame.

Tous les autres convives écoutaient avec un étonnement respectueux. Aucun d'eux n'aurait soupçonné tant de tendresse dans l'âme endurcie de ce vieux soudard.

— Enfin, demanda Léa, comment vous êtes-vous séparés, général ?

Il répliqua vivement :

— Nous ne sommes pas séparés : c'est la mort qui me l'a arrachée, la mort seule, et, je dois l'avouer aussi, ma propre imprudence. Ah ! si j'avais pu deviner !... mais pouvais-je croire qu'un si étrange caprice ?... Enfin voilà comment je l'ai perdue, et que ceci vous apprenne, jeunes gens, à ne jamais résister aux caprices des femmes, car une femme dont les caprices ne sont pas satisfaits est capable de tout.

Elle avait pour esclave favorite ou, si vous voulez, pour femme de chambre, une jolie fille nommée Vita, mille fois moins jolie qu'elle, à coup sûr, mais assez jolie pourtant pour inspirer de la jalousie à toute autre femme que Satarah.

— Ah ! ah ! interrompit Zerline en riant.

— Oh ! oh ! dit le comédien d'un air malin ; tout s'explique.

— Rien ne s'explique, monsieur, répliqua sérieusement et presque sévèrement le vieux Buchamor. Tant que Satarah vécut, les autres femmes furent pour moi comme si elles n'étaient pas.

Cependant je ne sais comment, après trois ans de mariage, pendant lesquels je n'eus même pas une pensée à me reprocher, la begum devint jalouse de son esclave.

Ce fut sans doute l'œuvre de quelqu'un des serviteurs du palais, jaloux de la faveur dont jouissait la pauvre Vita.

Un matin, sans me douter de rien, je prends dans les bras de Vita ma petite fille, alors âgée de deux ans. Satarah, qui me voyait de la fenêtre du palais, car la scène se passait dans le jardin, se méprend sur le sens de ce geste, si innocent et si naturel à un père ; elle descend, pleine de fureur, me reproche ma perfidie, accable Vita d'injures auxquelles l'esclave n'osait répondre, et, à mes protestations d'innocence, s'écrie qu'il n'y a qu'un moyen de me justifier.

— C'était de poignarder l'esclave de votre propre main ? dit Zerline.

— Vous l'avez deviné.

— Parbleu ! reprit Zerline. C'est si naturel. Faire poignarder sa rivale par celui qui vous a trompée, c'est l'A B C de la jalousie... Et vous avez poignardé, j'espère ?

— Je fis, continua le général, tous les efforts que peut faire un homme raisonnable pour la détromper. Elle déclara qu'il fallait choisir entre elles et poignarder l'une ou l'autre. La pauvre Vita, sentant que sa vie ne tenait qu'à un fil, se jeta à genoux pour me supplier de la sauver. Cette prière si naturelle redoubla la fureur de la bégum, qui se crut plus que jamais trahie et délaissée, et qui finit par appeler les eunuques pour faire trancher la tête à Vita sous mes yeux.

— Peste ! dit le vaudevilliste, voilà une situation corsée ! Au quatrième acte d'un mélodrame, ça serait d'un effet terrible. J'attends le dénoûment.

— Enfin, après une scène des plus violentes et qui dura plus de deux heures, Satarah parut se calmer et croire à mes protestations. J'obtins qu'elle se bornerait à renvoyer l'esclave, qui, déjà plus morte que vive, regardait les eunuques avec épouvante; il fut convenu qu'elle partirait le soir même et serait renvoyée à vingt lieues de là. Mais le lendemain, étant sorti à cheval du palais pour aller à la chasse, je vis à mon retour la tête de la pauvre Vita plantée au bout d'une pique sur la grille de la porte d'entrée du palais.

Je suis un vieux soldat, vous le savez, et j'ai regardé d'un œil tranquille des centaines de mille hommes couchés à terre dans les batailles par les boulets, les obus, la mitraille, le sabre ou la baïonnette : eh bien ! à cette vue, je sentis un frémissement effroyable et, quoique je n'eusse pour la pauvre fille que l'attachement un peu machinal dont on ne peut pas se défendre pour son cheval ou pour son chien, je sentis tout mon amour pour la bégum se changer en une horreur profonde, insurmontable.

Elle cependant s'avança vers moi d'un air doux, caressant, presque voluptueux, aussi exempte de remords que si, au lieu d'une créature humaine, elle avait ôté la vie à un moucheron.

Je l'écartai de la main, et, la regardant fixement dans les yeux, je lui montrai la tête sanglante de Vita :

— C'est toi qui as fait cela ? lui dis-je.

Elle répondit fièrement :

— Oui, c'est moi ; je suis bégum et je punis de mort les esclaves qui osent m'offenser.

Je lui dis :

— Bégum, il y a un fleuve de sang entre nous ; je ne te verrai plus.

En même temps, je fis seller mon cheval pour partir.

— Ah ! dit Zerline, c'était cruel, ce que vous faisiez-là, général.

— Les hommes se croient tout permis, dit amèrement Mme de Korenberg, et ils ne nous permettent rien.

— Peut-être, répliqua le général ; mais, comme vous vous permettez tout, il y a compensation.

— Et alors, demanda Léa, que fit la pauvre bégum ? Elle m'intéresse, à cause de sa jalousie.

— Et moi, dit mon ami Lenoir, qui jusque là n'avait pas soufflé mot, elle m'intéresse parce qu'elle ressemble à la fleur de lotus... N'est pas qui veut fleur de lotus, n'est-ce pas, madame Kronz ?

— Oh ! non, répondit la sensible Hambourgeoise en poussant un profond soupir.

— La bégum, reprit Buchamor, me supplia de lui pardonner. Je ne répondis pas un mot ; je n'avais plus d'amour pour elle, ni d'amitié, ni d'estime, ni rien, si ce n'est un impatient désir de la fuir et de ne la revoir jamais.

Quand elle se vit condamnée, elle me dit :

— Ecoute-moi, ce sont les derniers mots que tu entendras de moi ; puisque tu m'as préféré une esclave, puisque même morte tu la préfères encore à moi, puisque tu me fuis à cause d'elle, je ne peux plus, je ne veux plus vivre. Souviens-toi de moi quand tu seras seul.

Je me rappelle encore le regard plein d'amour, de reproche et de désespoir qu'elle jeta sur moi en ce moment et qui aurait dû m'éclairer. J'aurais dû deviner qu'elle ne parlait pas en vain comme toutes vos femmes européennes qui promettent dix fois par mois de se tuer, et dont une à peine sur douze ou quinze cents, ose tenir sa promesse.

J'aurais dû arrêter son bras, la désarmer, pardonner enfin ; je n'en fis rien, et elle, voyant que ni ses prières, ni ses larmes, ni son amour, ne pouvaient me toucher, tira de sa ceinture le poignard à manche d'or incrusté de pierreries qui était comme la marque de sa dignité et s'en perça le cœur.

Epouvanté, je la reçus dans mes bras, mais trop tard ; je voulus la rappeler à la vie : elle ouvrit les yeux, me donna un dernier baiser, et mourut.

Voilà l'histoire de mon mariage et celle de ma fortune. A la première nouvelle de cette horrible tragédie, mon ami Hawkins fut chargé par le gouverneur de Bombay d'aller à Tchanadar pour s'assurer que la mort

de la bégum ne porterait aucune atteinte aux traités et
que le successeur payerait le tribut accoutumé.

Il me trouva consterné, abattu, inconsolable, et me
conseilla de retourner en Europe avec ma fille. « Aussi
bien, dit-il en riant, vous serez forcé tôt ou tard d'en
venir là ; à la première mauvaise affaire que vous aurez
soit avec vos sujets, soit avec le gouvernement de la
compagnie des Indes, on vous enverra une armée anglaise : vous serez abandonné, battu, tué peut-être, et
dans tous les cas dépossédé. Prenez les devants, partez
de bonne grâce. L'héritage de la bégum fera de vous, en
Europe, quelque chose de pareil à un prince allemand. »

Je suivis son conseil ; je revins en France avec une
vingtaine de millions que la pauvre chère Bégum laissait en héritage à sa fille, outre des diamants auprès
desquels ceux de la couronne de France pâliraient. Au
cap de Bonne-Espérance, ma pauvre petite-fille, trop
jeune encore pour supporter la traversée, mourut dans
mes bras. Les enfants de race européenne et indienne
mêlées vivent d'ailleurs rarement.

Je restai seul sur la terre, riche, il est vrai, ce qui me
fit donner la pairie, puis le sénat : mais regrettant toujours ma chère bégum et m'accusant quelquefois d'être
son meurtrier.

Le vieux Buchamor finit là son récit et se leva sous
prétexte de passer dans le grand salon et de s'occuper
de ses hôtes qu'on entendait chanter et danser à deux
pas de là. Peut-être ne voulait-il que nous cacher sa
douleur.

Il y eut d'abord, après qu'il fut sorti, un assez long
silence. On était venu pour souper, danser et rire, et
l'on venait d'entendre une histoire tragique à laquelle
personne ne s'attendait. Les dames surtout semblaient
fort émues, et la belle Léa rêvait en regardant vague-
ment un magnifique poignard orné de pierres précieu-
ses, qui était suspendu à la muraille, parmi beaucoup
d'autres armes de prix.

Elle se leva et le regarda de plus près.

— Ah ! dit-elle, voici une tache de sang ou de rouille.
C'est le poignard de Satarah, sans doute.

Elle regarda le manche, sur lequel se trouvait une inscription en caractères arabes ou indoustans, que naturellement personne ne put déchiffrer. Elle appuya la pointe du poignard sur sa poitrine en faisant le geste de se percer le cœur.

— Ah! dit-elle, demi-riant, demi-sérieuse, c'est comme cela que je voudrais mourir. Satarah s'est tuée en pleine beauté, en plein bonheur; elle n'a pas descendu lentement la pente de la vie jusqu'à la vieillesse, jusqu'aux rides, jusqu'aux infirmités ; c'était une femme d'esprit, cette bégum.

— Aussi le général la regrettera éternellement, ajouta le vaudevilliste.

IX

— Voyons, dit Zerline en levant son verre, nous ne pouvons pas rester sur cette impression lugubre. Qu'est-ce que nous allons chanter de gai pour nous distraire ?

— Au lieu de chanter, reprit le comédien, raconte-nous l'histoire de tes débuts.

— Au théâtre ?

— Non, dans la vie.

— Vous êtes trop curieux, mon cher, répliqua Zerline. Les gens d'esprit ne demandent pas ces choses-là.

— Ils les devinent, ajouta le comédien.

— Précisément, reprit Zerline ; mais, si vous voulez, je vais vous raconter l'histoire d'une de mes amies qui fut autrefois première chanteuse du théâtre de ***, de la *** ou des ***. Je garde pour moi le nom du théâtre, afin de ne compromettre personne. C'est aussi une histoire de femme jalouse, mais où l'on n'a poignardé personne.

— Tant pis ! dit le vaudevilliste ; quand une femme jalouse poignarde une autre femme, c'est toujours une méchante femme de moins et quelquefois deux... si le bourreau fait son devoir.

— Mon cher, répliqua Zerline, quand un homme dit du mal des femmes, il donne à penser quelque chose qui n'est pas flatteur pour lui.

— Quoi donc ?

— C'est qu'il a eu à s'en plaindre, mon cher.

— Ou à s'en louer trop, ma belle amie, répliqua le vaudevilliste qui passait pour avoir été autrefois l'ami très intime de la comédienne.

— Voyons l'histoire de Zerline, reprit le prince.

— En ce temps-là, dit la comédienne, celle dont je parle avait seize ans au plus...

— ... Et le nez retroussé? demanda le vaudevilliste en regardant celui de Zerline, dont la pointe se dirigeait à l'horizon. .

— ... Et le nez retroussé, si vous voulez. De beaux yeux du reste, de petites dents blanches et de l'émail le plus pur, la taille fine et bien cambrée...

— Enfin un ensemble agréable... Je vois cela d'ici, interrompit le vaudevilliste, qui ne pardonnait pas à Zerline d'avoir insinué qu'il avait à se plaindre des femmes.

— Un ensemble agréable... C'est cela même ; et, pour preuve, sept ou huit jeunes gens de bonne famille s'étaient déjà battus pour elle, car vous saurez que le théâtre où elle chantait est l'un des plus beaux de France, à cent pas d'une rivière très fameuse, et que les habitants du pays ont la tête chaude.

— Dis-nous tout de suite que tu parles de la Garonne, reprit le comédien.

— La Garonne, ou le Rhône, ou la Loire, peu importe...

— Je parie, dit mon ami Lenoir, qu'elle avait déjà fait un choix.

— Non, répliqua le vaudevilliste; plusieurs choix... C'est plus sûr et moins trompeur, n'est-ce pas, Zerline?

Elle lui lança un regard noir et chargé de menaces.

— Mon cher, si vous m'interrompez encore, je laisse là mon histoire et je commence celle de la représentation du *Prince des Caribons*..

C'était le titre d'une pièce du vaudevilliste que le public avait cruellement sifflée trois mois auparavant.

— Là! là! Zerline, soyez indulgente, dit M. Letranchant d'Escarbouillac. On n'est pas tous les jours le vainqueur d'Austerlitz. Notre ami prendra sa revanche un autre jour.

— Oui, oui, dit le comédien en riant, c'est cela même. La pièce était l'erreur d'un homme d'esprit qui prendra sa revanche. N'est-ce pas la formule des enterrements?

— Je reviens à mon histoire, continua Zerline. Parmi tous ces beaux jeunes gens qui se battaient pour elle, la chanteuse avait fait un choix... Je dis un, et non deux ou plusieurs, entendez-vous, mauvaise langue ?

— Un bon choix, sans doute ? dit le vaudevilliste.

— Un choix excellent.

— Un choix de cent mille livres de rente au moins ?

— Un peu moins, mais assez pour faire bouillir la marmite commune. Un bel appartement, un mobilier élégant, un cheval fringant attelé à un léger tilbury, un groom, une cuisinière du premier ordre, une femme de chambre très laide mais expérimentée, sept ou huit cents louis d'argent de poche ; c'était le paradis pour la chanteuse, qui sortait de l'enfer des pommes crues et qui jusque là n'avait cessé de faire elle-même ses robes et ses chapeaux... Avec cela, joli garçon, le jeune homme, toujours gai, de belle humeur.

— *Point froid et point jaloux*... interrompit le vaudevilliste.

— Ni l'un ni l'autre, mon cher. Il était trop bien élevé pour cela. D'ailleurs il avait tiré à la conscription trois mois auparavant, cela dit tout.

Enfin elle était heureuse autant qu'on peut l'être en ce bas monde, et même elle faisait beaucoup d'envieuses, ce qui est le bonheur suprême.

— C'est trop beau, dit le comédien. Il y a un cheveu dans la vie de chacun. Ici l'on ne voit pas le cheveu.

— Le cheveu, dit Zerline, c'est qu'elle était jalouse... Oh ! mais jalouse comme une tigresse d'Hyrcanie, comme un castor du Canada, comme un eunuque du sérail; jalouse à rendre des points au nègre Othello... D'autant plus jalouse qu'elle était comme un homme qui va dîner chez un ami qui n'a pas de patères dans son antichambre pour accrocher les chapeaux... elle ne savait où accrocher sa jalousie; car lui, le pauvre garçon, ne s'en doutait même pas, et, sûr de son innocence, ne prenait pas la peine de la rassurer ou de la tourmenter. Il la conduisait au théâtre, suivait religieusement la représentation, comme s'il avait attendu le dénoûment de la pièce avec impatience, allait dans les coulisses pendant l'entr'acte, causait avec le directeur, le régisseur, les chanteurs, les chanteuses, les chœurs, les

pompiers de service, l'enveloppait dans une bonne pelisse de martre de Sibérie à la sortie, la conduisait dans
un restaurant à la mode, commandait le souper, invitait
quelquefois ses amis, souvent restait seul avec elle, suivant le caprice du jour, et la ramenait vers deux heures
du matin, au logis commun, avec la régularité d'une
horloge.

— C'est ce que les bourgeois appellent une vie de dé-
bauche, dit le comédien en riant.

— Qu'est-ce qui manquait à cela, excepté le sacrement ? demanda le vaudevilliste.

— Et, ajouta Zerline, le sacrement faillit bien y être.

— C'est elle qui n'a pas voulu, je parie, reprit le vaudevilliste.

— Certainement c'est elle, répliqua fièrement Zerline ;
elle était trop honnête femme pour cela.

— Ah ! ah !

— Oui, trop honnête femme. Quand elle vit ce bon
garçon à ses genoux, pleurant, suppliant, caressant,
menaçant de se tuer, si elle ne promettait pas d'assurer
son bonheur pour l'éternité en le conduisant devant
M. le maire de la paroisse, elle se consulta elle-même,
se tâta, et, ne se sentant pas la force de tenir ses serments, elle préféra n'en faire d'aucune espèce... C'est
d'une honnête femme, cela, j'espère ?

— Ça, dit le vaudevilliste, c'est d'une Lucrèce.

— Bien plus... d'une Jeanne d'Arc, reprit M. Letranchant d'Escarbouillac, feuilletoniste dramatique et critique d'art éminent.

— C'est d'un honnête homme, dit le peintre barbu
qui rompit le silence pour la première fois.

— Lucrèce ou Jeanne d'Arc, honnête homme ou
ce qu'il vous plaira, continua Zerline, la chanteuse
avait raison et rendit un fameux service à son amant
aussi bien qu'à elle-même, car tous deux ont fait leur
chemin plus tard. Lui est aujourd'hui sept fois millionnaire, propriétaire et administrateur de mines, de forges,
de hauts-fourneaux, d'actions de la Banque de France,

. . . . Seigneur de lieux, dont j'ignore le compte.

interrompit le vaudevilliste, dont la manie principale était de citer *Ruy-Blas* ou *Hernani*, mais elle?

— Elle?... répondit Zerline en riant. Elle est contente de son sort, Dieu merci! et n'a plus rien à désirer que la faveur du public.

— La vertu trouve toujours sa récompense, ajouta Letranchant d'Escarbouillac d'un air malin.

— Plus que vous ne pensez, mon cher, dit Zerline.

— Tout cela, dit Mme de Korenberg, n'achève pas l'histoire de Zerline.

— Voici, reprit la comédienne, qu'au milieu de ce calme plat, de ce bonheur parfait, le cheveu dont on parlait tout à l'heure vint à se montrer.

— Comme le serpent dans le paradis terrestre, dit le comédien.

— Oui; mais cette fois ce n'est pas à la femme que le serpent s'adressa, c'est à l'homme. En un mot, le serpent était une rivale, une Dugazon de vingt-cinq ou vingt-six ans, pas laide, si vous voulez, mais brune à faire frémir, avec deux sourcils noirs qui se joignaient et semblaient n'en faire qu'un, avec des yeux brillants comme des escarboucles et une méchanceté du... Celle-là aussi avait beaucoup de partisans dans le public, surtout depuis que la première chanteuse ayant fait un choix et s'y tenant, on n'avait plus d'accès qu'auprès de la Dugazon.

— Oh! dit le vaudevilliste, j'entrevois des pleurs, des égratignures, des cancans, des chignons arrachés, du sang versé, des sifflets, des applaudissements, des coups de pieds, des coups de poing, et, dans le lointain, la silhouette sévère du commissaire de police. N'est-ce pas cela, Zerline?

— A peu près. La Dugazon commença, comme c'est l'usage, par faire les yeux doux au jeune homme; puis elle insinua que sa rivale n'était pas moitié aussi fidèle qu'elle en avait l'air; elle parla de billets perdus et retrouvés, de jeunes gens rôdant à des heures indues sous certaine fenêtre, d'absences qu'on ne pouvait pas facilement expliquer... Surtout elle recommanda le secret le plus absolu; elle plaignit vivement, laissa voir qu'elle pourrait consoler, et enfin un soir, croyant le terrain assez bien préparé, lâcha le dernier mot et fit glisser, par un de ses amis, dans la chronique d'un journal obscur, que la première chanteuse devait ses plus belles dents au dentiste...

— Horreur, s'écria le vaudevilliste.

— Cette prétendue révélation, qui n'était d'ailleurs qu'une atroce calomnie, continua Zerline en riant et montrant aux convives les plus belles dents du monde, manqua son effet justement parce qu'elle était abominable. Le jeune homme, indigné de la perfidie de la Dugazon, révéla tout à la première chanteuse... En pareil cas, qu'auriez-vous fait, mesdames ?

— Moi, dit le comédien, j'aurais d'abord prouvé la calomnie...

— C'est ce qu'elle fit sur-le-champ, reprit Zerline, et, comme il vit que jamais plus belles dents, plus naturelles, plus fines, plus pointues, plus blanches et mieux rangées, n'avaient orné un plus frais et plus joli visage (du moins à ce qu'il eut la bonté de dire), il en conclut tout naturellement que la Dugazon, qui avait menti sur ce point, devait avoir menti sur tous les autres, et jura de tirer une vengeance éclatante de cette atroce perfidie.

Et, comme c'était un homme d'action, plus vif et plus prompt qu'un fulminate, il arrangea sa vengeance pour le lendemain.

Le soir, dès que la Dugazon parut en scène, une bordée de sifflets l'accueillit comme une tempête.

Le public cria : Chut !

Les siffleurs (ils étaient quatre, placés aux quatre coins de la salle, comme les vents aux quatre coins du ciel) recommencèrent leur tapage.

La Dugazon, embarrassée, troublée, consternée, ne sachant que faire, s'évanouit en scène. On baissa la toile. Le commissaire de police ceignit son écharpe, se pencha hors de sa loge et commanda le silence, menaçant de faire évacuer la salle.

Les siffleurs se turent. La Dugazon, qu'on venait de ranimer à grand renfort de sels anglais et de verres

d'eau sucrée, reparut sur la scène. Triple salve d'applaudissements du côté de ses amis, triple salve de sifflets
du côté des siffleurs.

Tout le monde crie : A la porte ! à la porte ! Défis
lancés de tous côtés. On échange des cartes. On se
donne rendez-vous pour le lendemain, l'épée à la main.
Le commissaire fait évacuer la salle par la troupe et
mettre au violon quelques-uns des plus furieux.

Le lendemain, cinq coups d'épée. L'ami de la première chanteuse en donna deux pour sa part et en
reçut un très grave, dont il était plus fier qu'Artaban...

— Il avait raison, interrompit Letranchant d'Escarbouillac ; car on se doit tout entier à Dieu et à sa dame,
et un bon coup d'épée n'a jamais fait de mal à personne... Voulez-vous maintenant, Zerline, que je dise
la fin de l'histoire que votre modestie vous empêcherait
peut-être de raconter ici ?

— Dites, mon cher, répliqua Zerline d'un ton assez
dédaigneux.

— La fin, la voici, reprit le critique d'art. Deux mois
après le duel et la guérison du blessé, la première chanteuse suivit à Paris un galant préfet, qui venait d'être
appelé à un poste très-élevé dans l'État.

— C'est vrai : comment le savez-vous ?

— Elle entra dans un théâtre que je ne nommerai pas
pour imiter votre discrétion, Zerline ; elle fit du premier
coup la joie du public, car elle était jolie et avait du
talent... toujours comme vous, Zerline, et de plus une
certaine manière de lancer le pied à la hauteur de l'œil,
qui est fort appréciée des amateurs... Qu'en dites-vous,
prince ?

Le diplomate ne répondit pas, il feignit de ne pas
entendre.

— Le préfet, continua d'Escarbouillac, est devenu ministre. Ce que la première chanteuse est devenue, tout
le monde le sait... et le jeune homme belliqueux est
aujourd'hui directeur principal de l'une des plus puissantes sociétés financières de France... Est-ce bien cela,
Zerline ?

— Je vois qu'on ne peut rien vous cacher, répondit la

comédienne en riant. Mais, vous qui savez tout, dites-
moi ce qu'est devenue ma rivale, la pauvre Dugazon ?

— Elle a fait fortune aussi; elle est venue à Paris ;
elle a végété quelque temps sur le boulevard, ayant
grand'peine à vivre. Enfin, un soir, elle rencontra un
prince allemand qui était blond, et à qui ses yeux plus
que noirs causèrent une impression si forte que pour
s'assurer la possession exclusive de cette créature charmante et à son avis unique dans son genre, il prit la
fuite avec elle, passa le Rhin, le Neekar, le Weser,
l'Elbe, et l'emmena dans ses Etats, où il l'épousa mor-
ganatiquement, après l'avoir faite comtesse de Chruche-
nau. On la revoit de temps en temps à Paris.

— Mais vous, où étiez-vous pendant ce temps-là ?

— Moi, j'étais l'ami le plus intime de la Dugazon.
C'est moi le vaillant qui défia votre champion et qui le
perça d'un coup d'épée. Ce coup fâcheux fit d'ailleurs
notre bonheur à tous, la Dugazon en devint princesse.
Vous, obligée de chercher un successeur à votre... ami.
que vous crûtes un instant perdu, vous suivîtes le préfet galant. Votre... ami vous suivit jusqu'à Paris, où
vous le fîtes consigner à la porte par le concierge, et
pour se consoler devint millionnaire Moi-même enfin,
qui moisissais en province à l'ombre de la pauvre Dugazon, je vins à Paris, où les journaux, les éditeurs et le
public, m'ont fait, je dois l'avouer, un sort assez heureux...

— Sans compter la faveur du gouvernement impérial,
ajouta Lenoir à demi-voix...

— En effet, répliqua d'Escarbouillac, Morny me veut
du bien, Morny aime les arts. Hier encore, en se faisant
la barbe, il me disait :

— Mon cher d'Escarbouillac, je ne vois que vous à
qui l'on puisse donner la direction des musées de
France.

Il n'achète pas un tableau sans me demander conseil.
C'est moi qui ai poussé les enchères au nom de l'Etat,
quand on vendit la galerie du maréchal Soult... Sans
moi, le fameux Murillo qu'on voit au Louvre aurait
passé en Angleterre

Le fier, le tranchant d'Escarbouillac était en veine ; il aurait volontiers parlé de lui-même, de son crédit, de ses relations et de ses bonnes fortunes pendant vingt ans de suite et sans débrider ; mais Mme de Korenberg, qui savait à quoi s'en tenir là-dessus, ayant entendu vingt fois cette histoire, leva la séance en disant :

— Mesdames, je crois que le cotillon va commencer. J'entends les premières mesures.

A ces mots, les dames se levèrent avec empressement, les hommes suivirent, et je restai seul en arrière avec le peintre barbu, qui avait écouté en silence toute la conversation.

— Que pensez-vous de tout cela, monsieur Fontpertuis ? me demanda le peintre.

Je le regardai avec étonnement et sans répondre. Il continua :

— Toutes ces femmes sont folles.

— Oh ! vous êtes sévère.

— Je dis qu'elles sont folles, reprit le peintre. Elles étaient là quatre qui n'ont pas dit un mot de bon sens en deux heures. Zerline, qui est jolie, qui a passé la trentaine, mais qui fait bonne figure au dessert ; Mme Tripp, l'Allemande, que le Créateur a taillée dans un beau bloc de lard frais ; Mme de Korenberg, qui rachète par la majesté des attitudes ce qu'elle peut avoir de couperosé dans le teint, et enfin celle qu'on appelle Léa, qui est marquise authentique, dit-on.

— Oh ! pour Léa, m'écriai-je vivement, soyez indulgent, je vous prie.

— Vous l'aimez ?

— Je l'ai vue ce soir pour la première fois.

— Cela ne fait rien, dit le peintre. Il y a des gens qui aiment du premier coup sans savoir pourquoi, et vous la regardiez d'un air qui n'a pas dû lui déplaire, mais qui aurait fait rire tout autre qu'elle. Vous aviez tout à fait la physionomie du chat qui regarde la crème et qui attend qu'on soit parti pour s'élancer... Ne vous fâchez pas, vous n'êtes pas le premier ni le seul ; d'Escarbouillac était tout-à-fait dans les mêmes dispositions, et le vaudevilliste aussi... Tout à l'heure, vers la fin du souper, c'était un spectacle à réjouir les désintéressés comme moi.

— Etes-vous si désintéressé, vous qui parlez ?

— Moi ! dit-il, mille fois plus que vous ne pouvez penser, mon cher. J'ai du pain sur la planche... Voyez-vous, l'homme n'as pas été mis au monde par le Créateur pour faire sa cour à des femmes jolies, charmantes, si vous voulez, mais plus vides de cervelle qu'un colibri. Ça, c'est bon pour des petits jeunes gens, à qui leurs parents ont préparé un nid bien chaud, bien ouaté, et dont le plus grand effort est d'apprendre à monter à cheval et à galoper dans le bois de Boulogne... Ce n'est pas des hommes, çà ; c'est des singes et des perroquets, et, comme ça ne sait rien faire d'utile et d'honnête, on en fait des préfets, des sous-préfets, des receveurs généraux et particuliers, des consuls, des ministres, des ambassadeurs, pour leur permettre de vivre sans travailler, ce qui est leur vocation véritable. Mais, vous et moi, mon cher Fontpertuis (car je vous connaissais un peu par mes amis avant de vous rencontrer ce soir et je savais que vous étiez un homme), nous ne devons pas perdre le temps à tourner autour des femmes oisives, comme font ces beaux petits jeunes gens. Nous avons une œuvre à faire. Vous êtes avocat, n'est-ce pas ?

— Je le suis.

— Vous voulez être député ?

— Si c'est possible.

— Et chef de parti ?

— Pourquoi non ?

— Et vous voulez fonder la république ?

— Ah ! certes !

— Et vous êtes prêt à donner votre vie pour cela ?

— A la première occasion. J'ai déjà essayé.

— Je le sais, dit le peintre, et voilà pourquoi je vous parle virilement, comme à un homme. Eh bien ! quand on a de l'ambition, une véritable ambition, c'est-à-dire lorsqu'on ne veut pas seulement être ministre et voir des solliciteurs dans son antichambre, mais rendre service à la patrie, à l'humanité, et laisser un nom glorieux dans l'histoire, il faut se garder de l'amour des femmes comme du feu ..

Je fis un geste de surprise.

— Entendez-moi bien, continua-t-il; ce n'est pas de l'amour légitime qu'il faut se garder. C'est de l'autre. Aimez votre femme, si vous êtes marié; aimez-là uniquement, de tout cœur : je ne m'y oppose pas, quoique je sois sur ce point de l'avis de saint Paul, qui dit que le mariage est bon, mais que le célibat est meilleur. Il entendait par là le vrai célibat et non celui de cent mille Parisiens, qui se croient bien habiles parce qu'ils vivent sur le champ commun et qu'ils se sont dispensés de toutes les charges de la société.

Donc défiez-vous des femmes, la meilleure ne vaut rien. Souvenez-vous de l'histoire de Jésus-Christ ! Il est dit dans l'Evangile que pendant qu'il haranguait le peuple, une femme, plus hardie que les autres, toucha par-derrière ses vêtements. Il se retourna en disant : « Je sens qu'une vertu est sortie de moi. »

Ce mot nous donne une leçon, dont vous comprendrez toute la profondeur à mesure que vous avancerez dans la vie... Mon cher, il n'est pas de femme, jeune ou vieille, belle ou laide, dont le contact ne nous coûte une vertu et nous détourne du travail. Si elle vous aime, c'est par ses caresses ; si elle vous hait, c'est par ses fureurs.

Je lui dis en riant :

— Ou vous êtes garçon, ou vous êtes séparé de votre femme.

— Ni l'un ni l'autre, répliqua le peintre. Je suis l'homme le plus marié et l'un des mieux mariés qui soient au monde. C'est une faiblesse que j'avoue. J'aurais mieux fait de rester garçon, de vivre seul, tout entier à l'art, à la nature, à la philosophie; mais que voulez-vous? Pour vivre tout à fait seul comme Jésus-Christ, Bouddah, Newton, et William Pitt, il faut avoir des grâces d'état que le ciel m'a refusées... Je suis donc marié, très légitimement marié, et à cause de cela, je ne ferai qu'entrevoir les sommets lumineux de l'art, je n'y atteindrai jamais.

— Votre femme est-elle ici ? Vous me présenterez, j'espère ?

— Ici ! dit-il en riant aux éclats; pour qui me prenez-vous et pour qui la prenez-vous ?... Ma femme est à cinquante lieues d'ici, dans le Morvan, avec mes enfants ; elle n'a jamais mis le pied à Paris et ne l'y mettra jamais, du moins de mon vivant. Elle ne saura jamais qu'il y a sur la terre de belles dames couvertes de soie, de satin et de dentelles, qui vont au bal, à l'Opéra, aux Français, qui entendent trois fois par semaine une belle fille, toute pâmée dans les bras d'un beau monsieur, chanter :

> Viens, oh ! viens, dans une autre patrie,
> Viens cacher ton bonheur !

et mille autres fariboles de la même espèce.

Elle ne saura pas que ces dames et d'autres beaucoup moins riches, mais tout aussi sottes ou folles ou comme il vous plaira de les appeler, passent leur vie à se montrer sur le boulevard, aux Champs-Elysées, aux courses, dans les magasins à la mode; et si par malheur elle l'apprend, car tout se sait à la fin, je l'ai attachée de tant de liens si serrés et si chers, qu'elle n'aura jamais l'idée de leur porter envie. J'ai trente-six ans, Fontpertuis et je suis marié depuis dix ans, et j'ai maintenant six enfants, qu'elle a tous nourris de son lait, qui remplissent la maison, qui débordent dans le jardin, dans la chénevière, dans la prairie, dans les bois, qui rôdent au bord de la rivière, sur lesquels elle veille constamment comme la poule sur ses poussins, et qui lui donnent tant de joies, de craintes, d'inquiétudes et d'espérances, qu'elle n'a pas le temps de s'en détourner une minute pour penser aux splendeurs de Paris. S'il lui reste un peu de loisir, eh bien ! ce reste est pour moi.

— Aime-t-elle la musique au moins ?

— La musique ! pourquoi faire ?... Sa musique à elle, ce sont les cris joyeux de ses enfants, les cocoricos de ses poules, les mugissements de ses bœufs, le bêlement de ses moutons.

— Est-ce que vous êtes riche ?

— A peu près... Je l'ai d'ailleurs été de bonne heure. Mon père m'avait laissé de quoi vivre modestement... douze cents francs de rente, pas davantage. Je vins à Paris, à l'âge de dix-huit ans. Cinq ans plus tard, je commençais à me faire connaître. Mon premier tableau de l'exposition fut vendu par moi trois cents francs, et par le marchand, trois mille. Un an plus tard, j'étais presque célèbre. Alors je pensai à me marier.

J'avais vu de près, chez plusieurs de mes amis et de mes camarades, l'inconvénient de ces liaisons qu'on noue au hasard, qu'on ne sait comment dénouer, qui sont pleines d'orages, de tempêtes, de cris, de larmes, de réconciliations, qui s'éternisent quelquefois, et qui vous laissent sur les bras, à l'âge des rides et des réflexions, une femme qu'on n'a jamais estimée, qu'on a rarement aimée, qui s'accroche à vous comme le crabe au rocher, qui craint, si elle vous lâche, de retomber sur le pavé... Je résolus de prendre femme hors de Paris.

Un matin, comme je voyageais à pied, le sac sur le dos, dans les montagnes du Morvan, cherchant un sujet de paysage et mon déjeuner, je vis une belle paysanne de dix-huit ans, qui mangeait sa soupe, sur le devant de sa porte. Elle me plut, j'entrai; la maison et la famille me plurent encore davantage. Au bout de huit jours, j'étais décidé, je la demandai en mariage. On me l'accorda sans hésiter. Ce n'est pas qu'elle manquait de prétendants, car elle avait six cents francs de dot. Six cents francs! à dix lieues de Nevers, qui était pour elle une capitale! Voilà tout. Ma femme n'est pas savante, comme vous pensez bien, et elle ne raisonnerait pas comme Mᵐᵉ de Korenberg sur les exégèses allemandes. Mais elle sait tout ce qu'il faut savoir : la cuisine, le ménage, coudre, repasser, prendre soin avec la servante de la volaille et des bestiaux; voir si le garçon de ferme (car j'ai maintenant une ferme à moi) bêche, fauche et laboure. Enfin les six enfants qu'elle m'a donnés sont vifs, gais, robustes, agiles, bruyants, mais point criards. Les aînés vont à l'école primaire. Tous les ans, grâce à mon travail et au sien, je vois croître ma famille et ma fortune. Je ne viens à Paris que rarement, pour deux ou trois jours, dix jours au plus. Je vends ma marchandise, et je pars heureux de me replonger dans mon village, dans ma maison, dans ma famille.

Voyez-vous, Fontpertuis, une femme laborieuse et gaie est un trésor inestimable, fût-elle d'ailleurs ignorante comme un brochet ; mais ces belles dames ne sont ni laborieuses ni gaies ; elles ne sont qu'ignorantes et oisives, et ne travaillent pas plus du cerveau que des mains, ou, si le cerveau travaille, ce n'est qu'à rêver de choses dangereuses et absurdes. Quand une femme ne fait rien de ses dix doigts, soyez sûr qu'elle ne pense ni à son père, ni à son mari, ni à ses frères, ni à ses enfants... Non, non ; elle pense à la robe de madame une telle ou, ce qui est pire, à la moustache d'un garçon qui a passé sous ses fenêtres. L'oisiveté, Fontpertuis, c'est l'avant-garde du diable. Autrefois les grandes dames seules en avaient le privilège. Aujourd'hui les bourgeoises s'en mêlent et se regarderaient comme déshonorées, si quelqu'un les voyait mettre du sel dans la marmite ou raccommoder les culottes de la famille. Aussi la famille va tout de travers, on a moins d'enfants parce qu'on ne peut plus les nourrir ; tout le monde veut être employé ou fonctionnaire, on crève de faim, on passe sa vie dans les antichambres, et, si cela continue, la France, notre vieille France, autrefois admirée, enviée du monde entier, deviendra la risée de l'Europe.

Je fus surpris de la véhémence de mon nouvel ami.

— A qui la faute ? lui demandai-je.

— Aux femmes riches d'abord, qui, suivant un vieux proverbe, ne savent que s'habiller, se déshabiller et habiller ; et ensuite aux autres femmes qui suivent ce bel exemple de loin, mais le plus qu'elles peuvent.

Là-dessus je voulus quitter ce misanthrope : mais il me retint.

— Où allez-vous ? demanda-t-il. Revoir la belle Léa, sans doute ?

— Pourquoi non ?

— Fontpertuis, Fontpertuis, vous êtes tenté du diable. Laissez-là cette belle marquise ; elle est charmante, j'en conviens, mais elle vous portera malheur.

— Vous êtes nécromancien ?

— Non, je suis peintre de profession, et un peu philosophe par nécessité. C'est une femme tragique, je le sais, je le sens... Vous savez ce que les Italiens disent du pape Pie IX, qu'il est *jettatore* et qu'il a le mauvais œil. Cela est mille fois plus vrai de Léa... Je pourrais vous en donner des preuves terribles : tout ce qui l'entoure, tout ce qu'elle aime est condamné à mourir d'une mort prématurée et peut-être elle-même... Vous ne me croyez pas ?

— Bon ! vous vous vantez d'être philosophe et vous parlez du mauvais œil ! Je crois que vous vous moquez de moi.

— Vous ne croyez donc pas à la fatalité ? dit le peintre. Eh bien ! j'y crois, Fontpertuis, et j'en ai vu des exemples étranges, innombrables. Il y a des gens qui sont marqués pour la mort tragique, comme d'autres sont marqués pour le bonheur. J'en ai vu qui, sans être malheureux eux-mêmes, portent malheur à tout ce qu'ils touchent.

Tenez, vous connaissez ce journaliste célèbre qui dans son métier est resté longtemps sans égal en Europe. Puissance, crédit, richesse, réputation : il a eu tout ce qu'un homme pouvait désirer, mais il voulait davantage, il voulait être ministre. Eh bien, il n'y arrivera jamais. S'il y arrivait par hasard, le ministère serait renversé le soir même et là dynastie le lendemain. Dès qu'il offre ses conseils au gouvernement et qu'on les accepte, tout s'écroule... C'est qu'il a le mauvais œil.

Eh bien ! craignez celui de Léa. Vous ne m'écoutez pas... vous riez... vous allez la rejoindre. Allez, mon ami, allez ; je ne vous retiens plus.

Il me quitta en effet et je courus auprès d'elle.

Léa m'accueillit avec le plus charmant sourire du monde et me dit à demi-voix :

— Il est bien tard. Monsieur Fontpertuis, serais-je indiscrète en vous priant de me reconduire jusque chez moi, rue de Grenelle-Saint-Germain ? Le temps est sec et froid, il fait clair de lune ; nous irons à pied, si vous voulez.

Je me hâtai d'accepter cette proposition inattendue.

Léa se leva et me prit le bras de l'air d'une déesse qui marche sur les nuages.

Au premier pas, le superbe Letranchant d'Escarbouillac se hâta d'accourir et de faire ses offres de service. Mais Léa le remercia, alléguant que je m'étais offert le premier, et je reçus du Toulousain un regard terrible comme une lame d'épée dans la main d'un prévôt d'armes.

— Votre faveur vient de me faire un ennemi, dis-je en riant à Léa quand nous fûmes dans l'antichambre.

Elle sourit sans répondre, regarda de tous côtés et appela :

— Luce ! êtes-vous là ?

Au même instant je revis ma cliente de la semaine précédente, qui rougit un peu en m'apercevant et qui aida sa maîtresse à s'habiller.

Comme nous allions descendre l'escalier, Mᵐᵉ de Korenberg nous suivit jusqu'à la porte de l'antichambre et nous dit :

— Vous partez déjà, ma belle ? Si vous aviez voulu m'attendre un peu, je vous aurais reconduite dans ma voiture.

Léa remercia et refusa.

Alors, se tournant vers moi de son air le plus gracieux :

— Et vous, monsieur, dit Mᵐᵉ de Korenberg, vous me ferez le plus grand plaisir si vous voulez venir à mes jeudis. Léa, je vous charge de me l'amener.

Je promis d'être exact, et je sortis en toute hâte, donnant le bras à Léa, que Luce suivait à une petite distance, et craignant qu'il ne prît fantaisie à quelqu'un de nous accompagner jusqu'au faubourg Saint-Germain.

La promenade fut assez longue, mais j'étais loin de m'en plaindre. La belle Léa s'appuyait doucement et légèrement à la fois sur mon bras, en regardant la lune et les étoiles, qui brillaient dans un ciel pur. Personne à droite ni à gauche dans les Champs Élysées ; tout au plus, dans le lointain, ce silence tumultueux qui semble la respiration de la grande ville endormie.

Je restai quelque temps sans parler, alors Léa commença la conversation. Il fut question du bal, des danseurs, du souper, et de mille autres choses indifférentes.

Tout à coup, nous arrivâmes devant la porte de sa maison. Elle s'arrêta, me tendit la main, — que je serrai à l'anglaise, au lieu de la baiser, comme j'en avais bonne envie, — me remercia de l'avoir accompagnée, et ajouta :

— Monsieur Fontpertuis, on m'a dit et je sais par moi-même que vous êtes un avocat excellent, un homme de cœur et d'honneur. J'ai besoin de vous consulter sur une affaire d'où ma vie dépend, il s'agit de secrets terribles et que je ne puis confier qu'à un ami. Voulez-vous venir demain dans l'après-midi chez moi ?

Ma surprise fut pour le moins égale à ma joie. Elle me priait d'aller chez elle ! Elle me prenait du premier coup pour ami, pour confident !... En un clin d'œil, j'oubliai tous les avertissements du peintre, et je répondis à Léa, avec un empressement dont elle voyait bien la sincérité, que j'étais trop heureux de me mettre à sa disposition.

Sur ces entrefaites, Luce ayant sonné, la porte s'ouvrit et Léa disparut à mes yeux éblouis.

X

Le lendemain, dès midi, je commençai à délibérer sur la manière de me présenter chez Léa. Devais-je me présenter en avocat ou en homme du monde et en ami?

En avocat, c'était le plus sûr, puisqu'on ne m'invitait à venir qu'à ce titre; en ami, c'était plus doux, et surtout cela assurait l'avenir : on peut changer d'avocat, on ne change pas d'ami.

Un avocat, doublé de la peau d'un ami, c'était le meilleur, du moins en apparence, car, en réalité, cela m'aurait imposé les devoirs des deux possessions.

Oui, mais ces devoirs me donnaient aussi des droits.

Tout bien pesé, j'optai pour ce dernier parti, et, après avoir essayé devant la glace une demi-douzaine de cravates blanches, dont l'une était trop longue, l'autre trop large, l'autre trop courte, l'autre trop étroite, l'autre trop empesée, l'autre trop molle, je finis par me contenter d'un nœud travaillé avec art, et dans lequel on pouvait reconnaître à la fois l'homme d'étude, l'homme du monde, l'homme de plaisir, le penseur sévère et le républicain ardent.

Après quoi je regardai la pendule. Deux heures !... deux heures seulement... A quelle heure commençait l'après-midi dont Léa m'avait parlé? Problème nouveau, et non moins difficile à résoudre que les précédents.

Pour une bourgeoise qui se met au travail dès sept heures du matin et qui s'assied à son comptoir vers huit heures, l'après-midi commence à midi; pour une grande dame oisive, qui a passé la nuit au bal, l'après-midi commence à cinq heures, au moment où l'on va chez le pâtissier anglais de la rue de Rivoli et de là au bois. Mais pour Léa, marquise sans marquisat, quelle était l'heure ? Arriver trop tard, n'était-ce pas montrer peu d'empressement ? Arriver trop tôt, n'était-ce pas s'exposer à la surprendre en négligé, chose que les femmes pardonnent rarement, ou se donner le rôle d'un avocat novice, trop heureux d'avoir trouvé un procès à plaider ?

Dans cette incertitude, je me décidai pour quatre heures, et ne sachant comment tromper mon impatience, j'allai aux Champs-Elisées pour voir défiler les carrosses armoriés et les flacres numérotés.

Enfin quatre heures sonnèrent, et j'eus le bonheur d'apercevoir la rougeaude et ronde figure de la portière de Léa.

— A droite, au fond de la cour, tout près de la grille, me cria la bonne femme. Mais Mme la marquise est sortie.

Je donnai au diable la sotte idée que j'avais eue d'attendre, et j'allais rebrousser chemin en grondant contre Léa et contre moi-même, lorsque j'entendis une belle voix bien timbrée qui m'appelait par mon nom. C'était celle de Luce, qui me cria :

— Monsieur Fontpertuis ! monsieur Fontpertuis ! Madame n'y est pas, mais elle m'a chargée de vous prier de l'attendre. Entrez donc, s'il vous plaît.

J'obéi, et j'entrai dans un petit salon d'apparence assez sombre, très modestement meublé, où le feu était allumé d'avance.

— C'est vous, Luce ?

— Oui, monsieur, c'est moi.

— Je pensais que vous étiez retournée dans le Berri, chez vos parents.

— Ah ! monsieur, me dit la pauvre fille en baissant les yeux et paraissant prête à pleurer, que pourrais-je dire à mes parents ? Que j'ai eu un enfant, qu'il est mort ; que je ne suis pas mariée, qu'on m'a menée en cour d'assises ? Mon père et ma mère en mourraient, s'ils le savaient au village ; heureusement ils ne lisent pas les journaux, ni leurs voisins non plus... Mme la marquise a bien compris ça ; aussi quand je suis sortie de prison, le soir même, elle m'a prise avec elle... car

7

vous ne savez pas comme elle est bonne, monsieur !
Elle m'a dit : « Ma pauvre Luce, tu as fait une grande
folie ; tu l'as payée bien cher, mais les hommes ne te
pardonneraient pas. Reste avec moi. » Et je suis restée.
Ah ! voyez-vous, monsieur, je donnerais ma vie pour
elle... Et si vous saviez tout ce qu'elle a encore à souffrir ! C'est un ange du bon Dieu. Elle rit toujours ou
fait semblant de rire : mais, au fond du cœur, elle est
bien malade, allez !

Comme j'allais faire quelques questions à Luce sur sa
maîtresse, elle s'écria tout à coup :

— Tenez, la voilà !

En effet, c'était Léa suivie de quelqu'un que je ne reconnus pas d'abord, et qui recula d'un pas en me voyant
assis dans le fauteuil, au coin de la cheminée.

Je me levai aussitôt pour saluer Léa, et je reconnus le
fier Letranchant d'Escarbouillac. Il ne s'attendait pas
plus sans doute à me rencontrer là que moi-même à me
trouver face à face avec lui.

Quant à Léa, elle reçut mon salut avec une aisance
parfaite, et comme elle s'aperçut que le critique d'art
cherchait des yeux un fauteuil et voulait s'installer, espérant sans doute, à force de persévérance, me faire
quitter la place, elle dit tout d'abord :

— Je suis bien aise, monsieur, que vous ayez été
exact, car j'ai à vous parler d'affaires très-sérieuses.

A ces mots, qui étaient pour lui un congé formel,
d'Escarbouillac tortilla sa moustache d'un air contrarié,
mais il n'osa pas s'asseoir et sortit après m'avoir fait un
salut glacial.

Je le payai du reste en même monnaie.

Comme il allait fermer la porte, il se retourna et demanda :

— A quelle heure, madame, faudra-t-il vous prendre
demain pour aller au théâtre ?

— A une heure, si vous voulez, dit Léa avec un sourire charmant, ou... comme vous demeurez assez loin
du théâtre, il vaudra mieux peut-être nous y donner
rendez-vous.

— Non, non, je viendrai, reprit d'Escarbouillac, en

fermant la porte avec une brusquerie dont Léa ne parut pas s'apercevoir.

Dès qu'il fut parti, elle entra dans sa chambre à coucher et revint quelques instants après dans le plus charmant négligé.

Elle s'assit dans un fauteuil, en face de moi, et dit :

— Monsieur Fontpertuis, vous avez dû être un peu étonné de la prière que je vous ai faite hier au soir de venir aujourd'hui ?

— Madame, en tout temps je serai heureux de pouvoir me mettre à votre disposition

— Eh bien ! donc, monsieur, c'est à vos talents d'avocat que je m'adresse aujourd'hui. M. Rondelet, qui est votre ami et le mien, m'a fait de vous le plus grand éloge ; M. Lenoir prétend que vous serez un jour Chaix-d'Est-Ange et peut-être Mirabeau ; Luce, dit que vous lui avez sauvé la vie, et moi-même, qui vous ai entendu quand vous plaidiez pour elle, la semaine dernière, je ne crois pas qu'aucun des trois exagère. Voilà ce qui vous vaudra ma clientèle, si vous voulez bien vous charger de plaider mon procès.

Elle s'arrêta un instant pour réfléchir, le visage tourné vers le feu, et plus éclairé par la flamme des tisons que par la lumière de la bougie. Elle paraissait hésiter devant certaines confidences, nécessaires sans doute, mais bien délicates ; les deux mains entrelacées autour du genou droit, qui reposait sur l'autre, elle semblait chercher ses mots. Enfin elle se décida et reprit :

— Je vais plaider contre mon mari pour obtenir judiciairement une séparation de corps et de biens.

Et comme je paraissais étonné de cette brusque déclaration :

Hier je l'ai dit devant vous au général Buchamor, qui m'a blâmée, vous le savez. Le général est le plus vieux et le plus dévoué de mes amis. Il m'a vue naître, il m'a tenue sur ses genoux, il était l'ami de mon père, mais il n'entend rien à mon malheur, que, d'ailleurs, il ne connaît pas tout entier et qui est sans remède. Voici mon histoire, que je ne puis raconter à personne, excepté à mon avocat; c'est à vous de juger ce que je puis révéler au tribunal.

On a dû vous dire que je suis née riche, que mon père était le vicomte de Kerbras, et que mon mari, le marquis de Rochepont, n'est pas moins noble que mon père. Non-seulement il est riche et bon gentilhomme, mais il est bon voisin, bon chasseur, bon vivant, hospitalier, fidèle à sa parole, tendrement amoureux de moi. Vous voyez que je ne le charge pas de torts imaginaires et que je lui rends volontiers justice. J'avouerai même quelque chose de plus, c'est qu'il est jeune encore, et aussi grand, aussi robuste et aussi beau qu'un gentilhomme campagnard peut l'être. Il monte bien à cheval, solidement et non sans grâce; il n'est ni avare, ni sot, ni de mauvaise humeur. Enfin je devais me croire heureuse et je suis sûre qu'à six lieues à la ronde on m'enviait mon mari.

J'écoutais avec une curiosité toujours croissante l'énumération des vertus et des qualités diverses de M. de Rochepont. Elle s'en aperçut et me dit avec un sourire demi-mélancolique :

— Vous cherchez quel défaut pouvait avoir un gentilhomme si parfait? Le voici: il m'aimait ardemment (à ce qu'il disait du moins), mais il n'aimait pas moins toutes les autres femmes, et jusque dans les auberges on le voyait prendre le menton des servantes et se donner en spectacle au public... Dans la première année de mon mariage, j'ai changé trois fois de femme de chambre; toutes trois sont sorties de chez moi emportant des gages vivants de la tendresse de mon mari. La quatrième, qui était borgne, âgée de 45 ans et marquée de la petite vérole, ne put pas échapper au sort commun. La cinquième enfin (c'est Luce) aurait peut-être succombé à son tour si elle n'avait eu la malheureuse idée de prendre pour amant le valet de chambre qu'elle croyait épouser. Cet amant la préserva de l'autre.

— Mais, madame, voilà de justes sujets de plainte! Une concubine dans la maison conjugale! Le code a prévu le cas, et si vous avez quelque preuve...

— Où les trouver ces preuves? dit Léa. En ce temps-là, je prenais patience ; j'espérais ramener mon mari à moi par la douceur, la patience, la résignation, sottes vertus que l'homme impose à la femme, qui ne peut pas se défendre et qui n'a pour elle ni la loi, ni la société, ni la force !...

» Cela dura trois ans. J'aimais mon mari, monsieur Fontpertuis, ou je croyais l'aimer. Je l'avais épousé quelques mois après avoir quitté le couvent des Oiseaux. On me l'avait beaucoup vanté, avant son mariage, mon père me le destinait depuis longtemps ; il montait bien à cheval : n'est-ce pas assez pour éblouir une jeune fille et cacher quelque temps à une jeune femme inexpérimentée le vide de sa vie ?...

Par malheur il devint jaloux. Lui, pour qui toutes les femmes étaient bonnes, même celles qui lavaient la vaisselle et qui sentaient le graillon, il s'avisa de se défier de moi...

Ici je n'osai pas faire de question directe ; mais à défaut de ma langue mes yeux interrogeaient Léa. Elle baissa les siens et répondit à cette question que je ne faisais pas :

— Non, je n'ai rien à me reprocher ; j'ai gardé jusqu'à la fin mes devoirs d'épouse.

Je me souvins alors de l'aventure de M. Olivier d'Aubespeyre, dont Luce m'avait parlé dans sa prison, et qu'elle appelait « le cousin de madame ; » je demandai avec des précautions infinies si parfois des apparences...

Léa rougit et parut un peu troublée de ma question. Sans répondre directement :

— J'arrive maintenant, dit-elle, au funeste secret qui est entre mon mari et moi et dont la seule pensée m'inspire pour M. de Rochepont une horreur effroyable...

Nous habitions la campagne, à six lieues de Châteauroux, au milieu d'une lande presque déserte que traverse un ruisseau qui va se jeter un peu plus loin dans l'Indre. D'un côté la lande, de l'autre côté un bois épais qui nous appartenait. Entre les deux le château. C'est là que nous passions les deux tiers de l'année et que nos amis venaient nous voir, chasser, pêcher et quelquefois danser.

» Parmi les jeunes gens, un surtout se faisait remarquer et venait plus souvent au château. C'était un jeune homme de bonne famille, M. Olivier d'Aubespeyre, le cousin de mon mari et le mien en même temps. Comme il venait plus souvent et paraissait prendre plaisir à causer avec moi, M. de Rochepont en devint jaloux, lui qui avait si peu de droits à l'être, et dont la conduite aurait d'avance excusé la mienne, si j'avais eu besoin d'excuse... Olivier...

Je remarquai cette façon familière de parler du cousin et je commençai à craindre que Léa...

Elle continua sans s'apercevoir :

— ... Olivier faisait des vers pour moi, de la musique avec moi ; il me plaignait aussi, mais discrètement, et me tenait compagnie en l'absence de M. de Rochepont. Un jour enfin, ce qui devait arriver arriva, il se mit à genoux devant moi, me jura qu'il m'aimerait toujours et me pria de l'aimer aussi. Hélas ! pauvre Olivier ! ce serment était son arrêt de mort.

— Quel accueil lui fîtes-vous, madame ? Excusez ma question. Un avocat, comme un confesseur, doit tout savoir.

En même temps, j'attendais sa réponse avec des palpitations de cœur incroyables.

Léa me regarda en souriant :

— L'accueil que toute honnête femme doit faire. Je lui défendis de reparaître devant moi, je m'indignai de son audace ; mais, par réflexion...

A ces mots, je me sentis pâlir. *Par réflexion !*

— ... Par réflexion, continua Léa, et, de peur que mon mari, dont je connaissais la violence, ne se doutât du motif qui empêchait Olivier de revenir au château, je n'osai pas le bannir tout à fait.

— Et alors il abusa de votre indulgence, il écrivit peut-être ?

— C'est vrai... Comment le savez-vous ?

— Madame, c'est la marche ordinaire... Et vous reçûtes les lettres ?

— Une seule! dit vivement Léa, et encore je ne pus refuser de la prendre, car elle était sur un guéridon, à la portée de mon mari, et, s'il l'avait trouvée, je devais m'attendre à tout. Hélas! la témérité d'Olivier fut cruellement punie. Dans sa lettre, il me priait de lui accorder un rendez-vous et me remerciait, avec un accent passionné, de quelques menues faveurs qu'il croyait avoir reçues de moi... Par malheur, au moment même où je finissais de la lire, mon mari rentra, et demeura avec moi toute la soirée, de sorte qu'il me fut impossible de la jeter au feu, comme je me l'étais promis.

On eût dit ce jour-là qu'il avait des soupçons. Il parlait peu, lui qui d'ordinaire me racontait longuement à souper les exploits de ses chiens, les courses à fond de train qu'il faisait avec son cheval favori et vingt autres histoires tout aussi intéressantes.

Il appuya ses coudes sur la table après souper et me dit tout à coup :

— Léa, vous n'avez pas reçu de lettres aujourd'hui ?

Je sentis mon sang se glacer dans mes veines. Je répondis pourtant d'un air tranquille que j'avais reçu une lettre de Mme Chauderive, ma cousine germaine... Et c'était vrai.

Sans insister davantage, il me demanda la lettre pour la lire, et je me crus hors de danger. Je la cherchai dans mes poches, et, ne la trouvant pas, je me levai pour voir si elle ne serait pas dans ma chambre à coucher. C'est à ce moment-là, sans doute, que la lettre d'Olivier que j'avais cachée dans mon corsage en entendant venir mon mari, tomba par terre, sans que je m'en fusse aperçue.

Lui-même la ramassa, sans dire un mot, pendant mon absence. Arrivée dans ma chambre et voulant la brûler, je vis avec épouvante qu'elle était perdue ; je la cherchai vainement partout. Enfin je trouvai celle de Mme Chauderive, qui nous invitait à une fête de campagne pour le dimanche suivant, et je l'apportai à mon mari.

Il la lut d'un air indifférent, sortit un instant, sans doute pour lire la lettre d'Olivier, et rentra aussi calme en apparence que s'il était allé seulement allumer un cigare.

Le lendemain, Olivier vint au château, comme à l'ordinaire. Mon mari ne le quitta pas une minute, de peur sans doute que je ne voulusse l'avertir du danger ; il l'emmena à la chasse au sanglier, et le soir... Oh ! quelle soirée !... Il rentra en annonçant qu'il avait tué Olivier par imprudence.

Je vis rapporter le corps tout sanglant sous le vestibule du château. M. de Rochepont criait, se lamentait, déplorait sa maladresse ; mais le soir, quand nous fûmes seuls, les domestiques étant couchés, il m'avoua tout : qu'il avait trouvé la lettre d'amour d'Olivier ; que cette lettre, sans m'accuser tout à fait, donnait à penser que j'avais laissé des espérances au malheureux jeune homme, qu'il l'avait conduit au milieu du bois sous prétexte de le poster à l'affût, qu'il lui avait reproché sa trahison et qu'il l'avait tué d'un coup de fusil à bout portant.

— Voilà, dit-il enfin, ce que je réserve à ceux qui lèveront les yeux sur toi.

Pour moi, pétrifiée d'horreur, je répondis :

— Si Olivier m'aimait, je l'ignore ; mais je ne l'aimais pas, moi, je le jure, et cette mort est un affreux assassinat. Adieu ; je ne vous reverrai jamais ; vous me faites horreur.

Et j'ai tenu parole ; malgré ses prières, ses menaces, ses supplications, ses repentirs, ses protestations d'amour, je suis partie de sa maison pour n'y jamais revenir... Et, si la loi dont il me menace était assez injuste, assez cruelle, assez barbare, pour m'imposer de revenir au foyer conjugal, alors je connais un asile où les hommes ne peuvent plus rien, et c'est là que je me réfugierai. Oui, je me tuerai, plutôt que de retomber au pouvoir de M. de Rochepont.

Les beaux yeux de Léa brillaient du feu d'une résolution inflexible.

Dois-je dire qu'au fond du cœur je lui donnais raison ? Il est vrai qu'une femme a toujours raison, lorsqu'on est jeune et qu'on l'aime.

Quant à savoir si elle avait aimé le cousin d'Aubespeyre ou non, je n'osai le demander davantage, me promettant d'interroger Luce, et, en attendant, je sentis qu'il fallait prendre mon rôle d'avocat au sérieux.

Je lui dis :

— Madame, la loi est formelle, et, quelque horreur que vous inspire le crime de votre mari, vous serez forcée de le suivre.

— Forcée ! s'écria-t-elle avec indignation. Emmenée entre deux gendarmes et par le commissaire de police, n'est-ce pas ?

— Avez-vous subi devant témoins quelque mauvais traitement de votre mari ?

— Non.

— Vous a-t-il injuriée, frappée ?

— Jamais.

— Les femmes de chambre que vous avez renvoyées étaient enceintes ?

— Elles l'étaient ; mais, par compassion pour ces pauvres femmes, je les ai renvoyées sans dire le motif du renvoi, et elles sont allées faire leurs couches à Paris ou dans quelque autre grande ville.

— Alors, madame, puisque vous n'avez de preuve d'aucune espèce contre lui, et que, d'ailleurs, vous n'oseriez, vous ne voudriez pas révéler le vrai motif de votre départ, il ne vous reste plus qu'une chose à faire, c'est de l'obliger à désirer lui-même cette séparation.

Il faut avouer qu'au fond de ma conscience je sentais quelques remords du dangereux conseil que je donnais à mots couverts. Ce n'est pas là ce que m'avait recommandé le vieux Buchamor.

Il y eut un assez long silence.

Léa réfléchissait. J'avais honte d'être compris ; car quels moyens peut avoir une jeune et charmante femme de dégoûter d'elle un mari qu'elle déteste ? Il y en a plusieurs sans doute, suivant le caractère du mari ; mais, pour un homme dont la jalousie allait jusqu'à tuer sur un simple soupçon, le plus sûr n'était pas difficile à deviner, et Léa n'avait autour d'elle que trop de gens disposés à l'aider dans sa vengeance.

Tout à coup elle leva la tête et me dit :

— Monsieur Fontpertuis, j'ai pensé à ce que vous me dites là... j'y ai pensé depuis longtemps...

Le tonnerre serait tombé sur ma tête sans m'étonner davantage. Beaucoup de femmes assurément étaient capables de raisonner ainsi et de songer à la vengeance ; mais qu'une femme telle que Léa eût le courage de l'avouer si franchement (est-ce le mot courage qu'il faut dire ?) j'en fus presque consterné.

Quoi ! cet ange, cette marquise, cette merveille dont les yeux m'avaient, dès le premier regard, troublé jusqu'au fond du cœur, prenait si bravement, si facilement son parti ? L'idée me vint alors que M. de Rochepont n'était pas si coupable, et que le bel Olivier d'Aubespeyre avait été plus heureux que je n'aurais voulu.

— Oui, reprit Léa, on m'a déjà donné ce conseil en présence de l'impuissance de la loi à protéger les faibles contre les forts. M. Letranchant d'Escarbouillac...

— Ah ! ah ! dis-je avec dédain, le critique d'art qui sort d'ici ?

Et en même temps il me vint cette pensée cuisante que mon conseil profiterait sans doute au critique d'art... Pourquoi non ? Il était jeune encore, il avait un nom connu, du crédit dans les théâtres, il était en pied auprès de Léa : il pouvait préparer ses succès dramatiques, faire donner des rôles, vanter le talent, chauffer les directeurs, les auteurs et même le public... Je sentis un mouvement de rage contre moi-même et contre le Toulousain : — contre moi-même, à cause de ma coupable sottise ; contre le Toulousain, à cause de son bonheur.

Léa, sans deviner mon agitation intérieure, continua :

— M. Letranchant d'Escarbouillac m'a proposé d'entrer au théâtre, où le crédit de son journal et le sien m'assuraient un prompt début : c'était le moyen le plus sûr de blesser l'orgueil de M. de Rochepont et de lui ôter tout idée de réconciliation. Ne le pensez-vous pas ?

Je répondis avec distraction :

— En effet, madame, en effet!

— De plus, il faut avouer que j'avais à peine le choix. Mon mari, pour me ramener par force à la maison, a gardé ma dot. Que faire? Je ne sais ni coudre, ni broder, ni faire la classe aux petits enfants. Excepté un peu de musique, de français et d'italien, je n'ai rien appris au couvent. Avec ce bagage et le titre de marquise sans argent, on ne va pas loin dans le monde. Mes bijoux vendus, il ne me reste plus rien. Tout cela m'a décidée à entrer au théâtre. M. R.... le savant professeur, m'a donné depuis trois mois des leçons à l'insu de tout le monde, excepté de M. d'Escarbouillac, et paraît content de mes progrès. Il assure que je ferai merveille dans l'ancien répertoire, et que le rôle de Célimène dans le *Misanthrope* est fait pour moi.

— Je le crois, madame, je le crois, dis-je avec quelque amertume en pensant à la place que d'Escarbouillac tenait déjà dans sa vie. Oui, vous avez toutes les grâces de ce type admirable, le plus beau peut-être que Molière ait jamais créé. Vous devez exceller dans les grandes coquettes.

— En vérité? répliqua-t-elle en souriant, puisque vous me le dites, je le crois. Cependant il y a dans la manière dont vous le dites quelque chose qui ne ressemble que de loin à un compliment. Nous éclaircirons cela plus tard.

J'aurais donc essayé de débuter à la Comédie-Française et mon savant professeur m'y encourageait d'abord; mais les portes sont si bien gardées qu'il me conseilla plus tard de n'en rien faire. Il me parla de certaines influences, des galanteries que j'aurais à essuyer de la part d'un ministre, d'un secrétaire général, d'un chef de division, d'un chef de bureau, de je ne sais qui... Il n'osa pas me dire tout ce qu'il pensait, mais ce que je pus entrevoir dans ses discours me fit horreur. « Voulez-vous obtenir demain un ordre de début? dit-il. Jeune et belle comme vous êtes, rien n'est plus facile. » Il me cita deux ou trois exemples connus de tout Paris. « Mais voulez-vous devoir votre fortune et votre réputation à votre talent et au public?... adressez-vous ailleurs... L'empereur est galant, le ministre est galant, le secrétaire est galant, et au-dessous d'eux tous ceux dont vous dépendrez, chacun suivant son grade. La galanterie française est une plaie qui s'étend du haut en bas de l'échelle. Il n'y a pas de gratte-papier qui ne se croie le droit d'insulter une jolie femme, sous prétexte de lui rendre service, et qui, comble d'ignominie, ne croie lui faire beaucoup d'honneur. »

Ici Léa s'arrêta un instant. Son indignation, qui n'était pas feinte, me gagnait. L'idée qu'un haut fonctionnaire pourrait mettre à prix (et à quel prix, grand Dieu !) un ordre de début la transportait de fureur. Je comprenais alors le crime du marquis de Rochepont.

Enfin Léa reprit :

— Vous vous demandez sans doute pourquoi j'ai persisté dans mon projet ? C'est à M. Letranchant d'Escarbouillac que je le dois.

(Je pensais, sans le dire, que le Toulousain lui rendait là un médiocre service et surtout médiocrement désintéressé.)

— Oui, continua Léa, c'est lui qui a relevé mon courage. « Qui vous force, dit-il, à entrer dans un thâtre subventionné ? Faites votre réputation ailleurs, et quand le public vous aura adoptée, alors vous ne dépendrez plus de personne. » C'est un véritable ami, M. d'Escarbouillac, un peu tranchant, un peu suffisant peut-être, un peu haut sur cravate... Mais qui n'a pas ses défauts en ce monde ? et, après tout, c'est un ami. Il faut savoir supporter quelque chose de ceux qui vous aiment.

— Même de ceux qui vous aiment trop ? dis-je vivement.

Léa sourit.

— Monsieur l'avocat, répliqua-t-elle, qu'entendez-vous par ces paroles ?

— Que l'amitié de M. d'Escarbouillac est bien vive et peut-être bien passionnée.

— Croyez-vous ? dit-elle. Je ne m'en suis pas aperçue. Mais, si c'est vrai, j'en suis bien aise.

— Il ne s'est jamais déclaré ?

— Jamais... Du moins je ne m'en souviens pas...

Peut-être m'a-t-il baisé les mains deux ou trois fois, mal à propos ou hors de propos, peut-être m'a-t-il dit que j'étais belle ou quelque chose de pareil; mais ce sont de ces paroles en l'air que je reçois comme on les offre, sans y faire attention. C'est la menue monnaie de la conversation... Et à propos, monsieur Fontpertuis, qui faites le sévère et qui vous occupez de d'Escarbouillac, voudriez-vous me dire pourquoi vous faites tant de questions, auxquelles je suis vraiment bien bonne de répondre ?

Je répondis gravement :

— Parce que vous m'avez fait l'honneur de me choisir pour avocat, madame, et parce qu'il faut s'attendre, — si vous attaquez votre mari devant les tribunaux, — qu'il demandera une enquête sur votre conduite comme vous sur la sienne, qu'on interrogera des centaines de témoins, tous ceux qui vous ont connu autrefois ou qui vous connaissent maintenant; qu'on voudra savoir qui vous voyez, où vous allez, ce que vous faites, ce que vous dites et même ce que vous pensez; que l'avocat de votre mari ne vous épargnera pas, qu'il tirera parti des moindres apparences, qu'il grossira, exagérera, défigurera, mentira, inventera, calomniera peut-être...

— Ah ! le méchant homme ! s'écria Léa en se couvrant le visage des deux mains... Mais vous serez là pour me défendre, n'est-ce pas ?

— Assurément, madame, et pour rendre les coups qu'on vous aura portés. C'est pour cela qu'il faut que je connaisse tous les points faibles du rempart, tous ceux où l'ennemi peut faire brèche, et si M. Letranchant d'Escarbouillac...

— Rassurez-vous, dit Léa; M. Letranchant d'Escarbouillac ne me fera aucun tort. C'est un homme passionnément dévoué à l'art dramatique, un critique de premier ordre qui ne se soucie pas de plaire, mais d'instruire et d'éclairer le public, et qui n'a pas le moindre souci de moi, hors de la scène, où, d'ailleurs, je dois dire qu'il me donne les meilleurs conseils, au dire de M. R..., mon professeur, qui est lui-même l'un des plus savants hommes du métier.

— Hum ! Hum !

— Vous ne croyez pas à cette amitié désintéressée ?
Vous pensez qu'il est amoureux de moi, ou occupé de
moi, ou quelque chose de pareil ?...

— J'en suis sûr; car enfin on le rencontre partout à
votre suite, et l'amour de l'art ne fait pas faire tant de
pas et de démarches.

— Eh bien ! dit-elle, monsieur l'incrédule, monsieur
le saint Thomas, monsieur mon avocat, je veux vous en
donner une preuve certaine et vous le montrer à l'œuvre. Demain à une heure, je vais répéter au théâtre ***
le rôle de la baronne d'Ange dans le *Demi-Monde* qu'on
va reprendre cette année. C'est un rôle qu'il m'a fait
donner et dont il espère beaucoup pour moi. Au contraire de M. R..., il pense que je suis faite pour le
théâtre moderne, que j'en aurai la passion et les fureurs; il me croit née pour le drame. Enfin vous le verrez, vous l'entendrez, et vous jugerez s'il peut avoir sur
moi d'autres idées et d'autres projets que ceux d'un
critique d'art... Vous viendrez ?... vous me le promettez ?

Je le promis.

— Et vous plaiderez contre mon mari, si c'est nécessaire ?

— Je plaiderai, madame, contre lui et contre l'enfer
même.

— Eh bien ! à demain, une heure, au théâtre ***.

Là-dessus, je sortis, un peu rassuré sur le compte de
Léa, mais non sur les projets de M. Letranchant d'Escarbouillac.

XI

Le lendemain, à l'heure indiquée, je fus exact devant la porte du théâtre, et j'eus la mortification de voir arriver ma belle Léa, donnant le bras au fier d'Escarbouillac, dont le chapeau était posé sur l'oreille d'une façon triomphante.

Ses moustaches, affilées comme des lames de sabre et relevées vers le ciel, semblaient menacer à la fois les mortels et les immortels. Quant à ses yeux, ils défiaient la terre, la mer et les passants.

Mais Léa était toujours Léa, c'est-à-dire la grâce, la beauté, la simplicité même. Elle me tendit la main avec un sourire charmant et dit à son compagnon :

— Nous allons voir si vraiment vous ne m'avez point flattée. Monsieur Fontpertuis nous donnera son avis avec franchise.

Escarbouillac grommela je ne sais quoi d'indistinct dont le sens intime était sans doute qu'il se serait bien passé de ma présence ; la forme pourtant était plus polie et ne me donnait aucun prétexte pour me fâcher. Il eut même la politesse, — sans doute sur un signe de Léa, — d'ajouter qu'il aurait le plaisir de me montrer, si je le désirais, tout l'intérieur du théâtre.

Peut-être aussi voulait-il, par ce moyen, montrer sa supériorité et me prendre sous sa protection, comme si j'eusse été provincial affamé de voir des coulisses et des actrices.

Pour moi, sans m'arrêter à lui répondre, excepté par un salut exactement mesuré sur le sien, je promis à Léa d'étudier son jeu avec la plus grande attention et d'être plus sévère que le public de Rouen, qui est, dit-on, le plus sévère de tous les publics de France.

— Il tiendra parole, ajouta-t-elle en riant ; car d'abord c'est un homme d'honneur, et de plus il a promis au

général Buchamor de m'empêcher de faire des folies.
Or vous savez, monsieur d'Escarbouillac, que la plus
grande des folies, au dire du général, c'est de me montrer sur le théâtre.

— Ah! ah! dit Escarbouillac, il paraît que M. Fontpertuis n'est pas seulement votre ami, mais aussi votre
confesseur et votre directeur de conscience?... Eh bien,
nous allons voir ce qu'il dira tout à l'heure.

Ils entrèrent par un couloir étroit et obscur, où je les suivis avec précaution en tâtant le terrain avec la pointe du
pied.

Au bout de dix pas, je rencontrai un escalier tortueux
qui grimpait le long d'un mur humide. Après l'escalier
vint un nouveau couloir ou corridor tournant, puis une
porte ou plutôt une portière s'ouvrit, et je me trouvai
sur la scène, où déjà plusieurs acteurs et actrices en
habit de ville, c'est-à-dire fort mal habillés les uns et les
autres, et le chapeau sur la tête, allaient répéter une
comédie dès ce temps-là très connue par cent représentations, et dont la maladie de l'actrice principale avait
interrompu le succès. On l'a jouée depuis, je crois, sur
la plupart des théâtres de l'Europe.

L'auteur est un de nos contemporains les plus célèbres. Quelque chose qu'il écrive, histoire d'amour ou
sermon mystique (il a beaucoup écrit de l'un et de l'autre), un public immense le suit et l'admire. J'aurais donc
tort d'en faire la critique. Il était alors, malgré un ou
deux succès éclatants, jeune encore et presque au début
de sa carrière, et ne songeait pas à prêcher, comme il
a fait depuis, soit par lassitude, soit pour étonner ses
contemporains.

Sa comédie était de celles qu'on appelle morales, car
elle é tait remplie de tirades (dans le style d'aujour-
d'hui, on dit tartines) où le vice était fouetté avec vigueur. On y voyait un jeune homme, bien élevé, de
bonne famille et plein d'esprit, qui vivait toute la journée au milieu de femmes perdues, se moquant d'elles
et ne pouvant pas s'en passer. Il était gentilhomme, cela
va sans dire; car le bourgeois n'a pas bonne mine sur
la scène, et les petites bourgeoises, qui écoutent si soi-

gneusement leur pot-au-feu, ne s'intéresseraient pas à un épicier amoureux.

Fi donc! l'amour est bon pour l'officier qui sabre ou pour le gentilhomme qui ne fait rien; mais pour un boucher, un boulanger, un cordonnier, un maçon, un peintre en bâtiment, un homme utile enfin? Jamais!... L'amour, tel qu'on le peint au théâtre, est un amusement d'oisif.

Le brillant gentilhomme donc, le héros de la pièce, lassé de succès amoureux dont il connaissait le tarif, n'était occupé pendant cinq actes que de prêcher la vertu à un autre gentilhomme (officier, celui-là), plus novice, et amoureux d'une jolie femme, déjà connue depuis longtemps dans le monde galant.

Là-dessus, description du monde galant; histoires de table d'hôte, femmes aviles, comtesses ruinées, se soutenant par le jeu et l'amour; enfin pendant cinq actes un spectacle à faire lever le cœur. Puis les deux gentishommes se réconciliaient au moment de se battre, et la dame qui avait été la maîtresse du premier et manqué d'être la femme légitime du second s'en allait en fureur, laissant triompher la morale ou plutôt le moraliste.

Voilà, si je m'en souviens bien, le squelette de la comédie. C'est dans cette œuvre d'art et de morale que Léa jouait le rôle principal. Par le crédit de M. Letranchant d'Escarbouillac, et grâce aux savantes leçons de M. R..., elle allait du premier coup — ce qui est difficile — être mise en vue de tout Paris. Si elle réussissait, quel succès!... si elle échouait!...

— Mais pouvait-elle échouer?... Escarbouillac garantissait — sur son honneur — un triomphe éclatant. Or qui pouvait mieux s'y connaître qu'Escarbouillac? M. R... lui-même, avec plus de réserve, laissait voir de grandes espérances. Quant au directeur du théâtre, que Léa fût applaudie ou non, au point de vue de l'art, il s'en *contrebattait l'orbite*, comme il disait lui-même; mais, au point de vue de la recette, c'est autre chose: il suivait tous ses mouvements, ses gestes et ses inflexions de voix avec le plus vif intérêt... Le succès de Léa l'aurait sauvé d'une faillite imminente.

8

Quand elle parut, ce fut un cri général, non d'admiration, comme je croyais, mais d'impatience. Comédiens et comédiennes attendaient depuis un quart d'heure, et le directeur lui-même se promenait sur la scène, les mains derrière le dos, d'un air agité et colérique.

Ce directeur était un homme à peindre.

Il avait été d'abord huissier en province et s'acquitttait très convenablement de ses fonctions, faisant le plus d'exploits, d'assignations, et de saisies qu'il pouvait, et les faisant payer le plus cher possible aux pauvres gens déjà demi-ruinés dont il achevait la ruine. C'est l'usage, et comme dit un vieux proverbe, la justice vend cher ses coquilles.

D'huissier, devenu riche, il voulut monter en grade et vivre en gentilhomme, c'est-à-dire gagner beaucoup d'argent et s'amuser beaucoup en travaillant le moins possible. Son rêve avait toujours été d'être sultan. Ce n'est pas, comme vous pensez peut-être, pour gouverner l'Europe et l'Asie ou pour couper la tête aux gens. Non; il n'enviait au sultan que son harem, ses six cents femmes, l'amour toujours varié et toujours prêt, les Circassiennes aux formes rebondies, les Grecques au nez fin et droit, les Syriennes à l'œil noyé de langueurs, les Africaines ardentes... Un vrai rêve d'huissier sur le retour.

Sur ces entrefaites, le théâtre de la ville de X... vint à faire faillite. La ville est grande et assez peuplée, située sur le bord d'une large rivière, au carrefour de cinq ou six chemins de fer, mais laide, noire et triste comme un couvent de chartreux. La seule distraction qu'elle offre à ses habitants vient de l'évêque, dont les mandements font grand tapage en France et quelquefois en Europe.

Le théâtre ayant sombré faute de spectateurs, le maire, ami des arts et des artistes comme Périclès, persuadé d'ailleurs, qu'une ville qui se respecte doit avoir à sa disposition un musée, un théâtre, un régiment d'infanterie (à cause des tambours), un régiment de cavalerie (à cause des clairons), (et les deux réunis pour accroître la consommation de l'alcool, qui donne des bénéfices considérables à l'octroi), chercha de tous côtés l'homme hardi qui voudrait relever le culte des arts un peu négligé dans sa capitale.

C'est alors que l'ancien huissier se montra et fit des offres de service. Moyennant vingt mille francs, il promit de refaire une troupe de comédiens, de repeindre les décors, de représenter toutes les semaines une pièce nouvelle de Corneille, de Racine, de Scribe, d'Augier, de Dennery, de Bouchardy, de Saint-Georges, d'Alexandre Dumas père et fils, et de deux jeunes gens qui commençaient en ce temps à se rendre célèbres, Meilhac et Halévy.

Ses acteurs, cela va sans dire, après deux répétitions devaient jouer le drame, la comédie, le vaudeville, la tragédie, l'opéra, l'opérette, l'opéra-comique, et généralement tout ce qui pourrait plaire au public... La province ne doute de rien...

Non seulement il promit, mais il tint sa promesse... De quelle façon? Dieu le sait. Ses acteurs étaient sur les dents, obligés de faire dix métiers différents, de parler, crier, hanter, danser, glousser, faire des tours de force de toute espèce. Le père noble, après avoir joué la tragédie, recevait des coups de pied au derrière; après avoir rempli le rôle d'Émilie dans *Cinna*, la jeune première dansait le cancan; le grand prêtre Joad maudissait la cruelle Athalie et imitait dans l'occasion le cri du canard : *Coin... coin... coin...*

Enfin le régisseur général, nommé Froment, outre la spécialité qu'il avait de doubler tous les rôles d'homme, quels qu'ils pussent être, était chargé de régler, gouverner, administrer, surveiller, gourmander, louer, blâmer, critiquer, encourager toute la troupe.

Affaire non petite, mais dont il s'acquittait à merveille, ayant déjà fait ce métier pour son compte, comme il s'en ventait lui-même, à Forgeneuve, Larochebricon et dans plusieurs autres villes célèbres, et de plus ayant reçu de la nature, pour enseigner, gronder et offrir des conseils, une vocation sans égale.

Le père Froment était l'homme de confiance et l'*alter ego* de l'ancien huissier, qui se bornait, lui, à donner ou recevoir l'argent, faire les comptes, liarder, prononcer les amendes, poser en public, traiter avec les puissances de toute catégorie, et, — faut-il l'avouer? — prendre la taille et le menton des pauvres filles que le hasard ou leur mauvaise étoile avait poussées dans son théâtre.

A la vérité, le père Froment, sévère sur l'article, et très éloigné d'avoir les goûts d'un sultan ou d'un pacha, dévoué au contraire à l'art, et persuadé qu'il avait, aussi bien que Shakespeare, un rôle à remplir dans le monde, manquait rarement d'appeler son directeur *vieux grigou*, ce qui faisait beaucoup rire toute la troupe.

Mais le *vieux grigou*, feignant de n'avoir pas entendu, l'honneur de l'autorité était sauf; et après tout, quand on donne 150 fr. par mois à un homme intelligent et instruit pour faire un des plus durs métiers qui soient en France, on n'a pas droit d'exiger le respect par-dessus le marché.

Cependant, l'un conduisant l'autre, comme l'ânier mène l'âne qui porte les reliques, ils eurent à eux deux tant de succès dans la ville de X..., que le directeur, après six ans, doubla son capital, offrit à son régisseur une gratification de 300 francs (somme énorme !) et lui proposa de tenter la fortune à Paris, où je ne sais quel directeur « intelligent, » à force de monter des pièces idiotes avec des décors merveilleux, et de montrer au public les jambes de plusieurs demi-douzaines de grues, venait de déposer son bilan.

La faillite était de 500.000 fr. 53 cent., non compris les frais de justice, qui n'étaient guère inférieurs.

L'actif se composait de décors vieillis, de costumes défraîchis, et de plusieurs autres objets à demi-usés, moisis, jaunis, fripés, qui pouvaient, — vendus à l'encan, estimés très hauts et convenablement réparés, recousus ou repeints, — donner la somme ronde de 3.200 fr.

C'est à ce prix que les taxa le commissaire-priseur, et certes il fit tous ses efforts pour exciter le zèle des acheteurs. Mais personne ne se présentait, tant la faillite de l'ancien directeur avait abattu les courages, lorsque l'ancien huissier, téméraire pour la première fois, acheta tout en bloc, le théâtre, les loges, le privilège, les décors et les costumes, au prix de 60.000 fr.

Cette fois il nageait en pleine eau dans son rêve étoilé. Un théâtre de Paris! Et des mieux placés! Et qui avait eu des actrices célèbres! Une entre autres pour qui lord Trilby, de Trilby-Castle, dans le comté de Suffolk, s'était brûlé la cervelle après boire! Une autre qui avait ruiné trois princesses russes, deux lanciers polonais, et ce fameux palatin hongrois qui a, dit-on, plus de bergers dans ses domaines (vous entendez bien, je dis de bergers et non de moutons!) que le duc Absalon n'avait de cheveux sur la tête! Une autre encore que le défunt sultan, sur sa réputation de rondeur, avait voulu acheter pour son sérail, promettant à ce prix de congédier toutes ses femmes!... Une autre... une autre encore!... Mais on n'aurait jamais fini de compter toutes ces actrices célèbres, et surtout de raconter ce qui les avait rendues célèbres...

Enfin l'huissier devint le roi de ce royaume et Froment fut son premier ministre. Sévère celui-là et dur à son peuple, comme Richelieu ou Bismarck, se plaisant à rabaisser l'orgueil des grands, je veux dire des premiers rôles; mais ne ménageant pas davantage les petits, c'est-à-dire les pauvres figurants et les infortunés choristes.

— L'art! messieurs et mesdames, je ne sors pas de là, disait souvent cet homme austère.

Ni la beauté ne le touchait, ni la jeunesse, ni la grâce, ni les caresses, ni les menaces, ni les pleurs, ni rien. Inflexible comme la loi, dur et cassant comme le marbre, n'ayant qu'une faiblesse enfin : c'était de priser, de citer du latin et d'enseigner l'histoire ancienne à propos de tout.

Ces deux hommes terribles (le directeur et le régisseur) attendaient donc Léa sur la scène, et (chacun suivant son caractère) exhalait leur mauvaise humeur, pendant que tout le reste de la troupe riait et se moquait d'eux dans la coulisse.

— Est-ce qu'elle va venir enfin, cette marquise? disait le directeur en fronçant le sourcil. On croirait, ma parole d'honneur! que nous sommes faits pour attendre ses caprices?

A ces mots, Letranchant d'Escarbouillac, le critique d'art, parut sur la scène :

— Mon cher, dit-il d'un air hautain, d'autres qui vous valent bien, je pense, seraient trop heureux d'attendre...

L'ancien huissier effrayé baissa le ton. Il n'était pas de force à se mesurer avec le fier d'Escarbouillac, qui pouvait l'appeler *âne bâté* dans son feuilleton et n'aurait fait que lui rendre justice, — et qui, de plus, pour le consoler de ce coup de plume, aurait offert de lui donner un coup d'épée.

— Ah! dit-il, vous voilà, cher ami? Nous battons la semelle en vous attendant; c'est égal, puisque vous voilà, tout va bien.

En même temps, il fit de profondes salutations à Léa, qui salua de son côté, mais sans le regarder et comme s'il avait à peine existé.

Pour moi, je restai dans la coulisse, n'ayant rien à faire sur la scène, et j'écoutai en silence.

A droite et à gauche, comme des ombres, erraient autour de moi des acteurs et des actrices que je ne connaissais pas et qui n'avaient aucun rôle dans la pièce. Ceux-là venaient soit par curiosité de voir leur nouvelle camarade, soit pour la critiquer et déclarer d'avance qu'elle n'aurait aucun succès devant le public.

Les femmes, cela va sans dire, étaient moins favorables que les hommes, quoique ceux-ci eussent déjà la langue assez piquante; mais Léa, du premier coup, s'emparait du premier rôle, et sa beauté (circonstance atténuante pour les hommes) ne pouvait qu'aggraver son crime aux yeux des autres femmes.

Parmi celles-ci, la plus ardente était Zerline, la charmante Zerline, qui d'abord ne trouvait pas bon qu'on voulût briller à côté d'elle, et qui croyait deviner que son ancien ami le vaudevilliste avait un faible pour Léa et lui réservait un rôle dans sa prochaine comédie.

Une telle offense était dure à digérer, et, pour donner une idée de la fureur de Zerline, je crois qu'elle aurait vu sans s'émouvoir couper la tête à sa rivale.

Si le bon public s'en étonne, je vous ferai remarquer

que les comédiens ne sont pas seuls à se détester, que
les peintres, les écrivains, les musiciens, les évêques
même ne sont pas à l'abri de la jalousie de métier,
qu'Ingres détestait Delacroix, que Balzac appelait
Alexandre Dumas père « ce moricaud », que Rossini et
Meyerbeer se faisaient poliment les plus mauvais compliments du monde ; que Bossuet voulait faire condamner Fénélon comme hérétique, ce qui pouvait le faire
enfermer à perpétuité dans un cachot de la Bastille, et
qu'enfin saint Pierre n'a jamais pu supporter saint Paul,
qui, je l'avoue, d'ailleurs, était d'un mauvais caractère.

Si quelque chose peut faire excuser la fureur de Zerline, à coup sûr ce sont ces illustres exemples. Du reste,
cachée à demi par un des portants de la coulisse pendant
que j'étais moi-même appuyé au portant qui faisait
face, elle ne dissimulait pas ses sentiments.

Dès les premiers mots que dit Léa, Zerline se mit à
ricaner, le directeur à prendre un air soucieux, Froment, à gronder intérieurement, mais si fort que Léa
en parut intimidée.

Letranchant d'Escarbouillac, assis à cheval, en travers
d'une chaise de paille, sur le devant de la scène, à droite
du trou du souffleur, les mains appuyées sur le dossier
et le menton sur les mains, fut le seul qui garda le silence.

Pour moi, je trouvai que Léa n'avait jamais été plus
belle. Dans sa toilette simple et modeste du matin, avec
ses grands yeux d'azur profond, qui semblaient réfléchir
le ciel et peut-être en rêver, elle avait une beauté, une
grâce, une noblesse incomparables.

Mais c'est justement ce qui indigna le père Froment :

— Voyons, madame, lui dit-il rudement, où croyez-
vous être ? Dans le salon d'une marquise ou dans la
chambre d'un gentilhomme pour qui vous avez eu des
bontés, qui ne vous aime plus et que vous n'aimez plus ?
Certes, il est bon d'avoir l'air pudique à la ville, au
couvent, dans sa famille, partout où vous voudrez ; mais
ici rien n'est plus déplacé.

Je vis que Léa rougissait.

Froment continua :

— Mon Dieu, madame, il faut savoir ce qu'on fait, *age quod agis*, comme dit le sage ; il faut être comédienne ou marquise. Ici vous représentez une fille galante, spirituelle, gracieuse, élégante, c'est vrai ; mais une fille entretenue enfin. Voulez-vous lui donner l'air et les manières d'une grande dame qui n'aurait jamais fait de sottise ? Alors il n'y a plus de pièce.

— Mais, dit Léa, dont ce commentaire un peu crû paraissait choquer la délicatesse, est-ce que Mme d'Ange ne s'est pas repentie ? est-ce qu'elle ne veut pas sortir de la boue, se réhabiliter, se marier, avoir un rang dans la société ? Est-ce qu'on ne doit pas voir tout cela dans son air, ses gestes, ses discours ?

— Ta, ta, ta ! s'écria le père Froment : vous croyez donc à ces réhabilitations, vous ? à ces innocences réparées, rapetassées et recousues ? à ces virginités refaites ? Mais l'auteur de la pièce n'y croit pas, lui (ni moi non plus, du reste), et il ne vous permet pas d'y croire puisqu'il donne à la fille entretenue un second amant après le premier. Il est visible qu'après ces deux là vingt autres viendront, puis trente, cinquante, cinq cents, autant qu'il s'en présentera ; et puisqu'il est convenu qu'elle suivra cette pente où l'on ne s'arrête pas, pourquoi donnez-vous à votre personnage un air de Lucrèce ?... — Allons, recommencez-moi ça, et faites-moi une entrée qui indique tout d'abord qui vous êtes. Ayez la grâce, je le veux bien et même c'est nécessaire ; mais ayez aussi l'assurance, l'effronterie, le cynisme spirituel. Soyez fille, en un mot, ou quittez le rôle... Ces demoiselles ne demandent pas mieux que de le prendre à votre place.

Je souffrais cruellement d'entendre parler ainsi le père Froment, et cependant il avait raison. Quand on fait un métier, il faut aller jusqu'au bout. Mais quoi ! était-ce là ce que j'avais rêvé ?

Zerline, qui m'avait reconnu d'abord, m'ayant vu l'avant-veille chez le vieux général Buchamor, se pencha vers moi en ricanant et dit :

— Voilà ce que c'est que d'être marquise à la ville et comédienne au théâtre : on ne fait bien aucun des mé-

tiers, et je crois qu'avant peu elle ne sera plus ni comédienne ni marquise, elle fera tout simplement le
bonheur du sieur Letranchant d'Escarbouillac... si elle
ne l'a déjà fait.

A ces mots, je fus indigné de voir comment Zerline
traitait ma chère Léa, et en même temps, dois-je l'a-
vouer ? je craignis qu'elle n'eût dit vrai.

— Croyez-vous lui dis-je d'une voix étouffée.

— Et vous, dit-elle, croyez-vous qu'un homme de cette
espèce prenne la peine de venir ici tous les matins pour
faire répéter les rôles d'une pièce qu'il doit savoir par
cœur, à force de l'avoir vu représenter ? Croyez-vous
qu'il ait intrigué depuis six semaines auprès de l'auteur, du directeur, du régisseur, du souffleur, et je
pense aussi du pompier de service, qu'il ait obtenu à
force de menaces, de promesses et de flatteries qu'on
fit en faveur de cette marquise les plus horribles passe-
droits, et qu'il n'ait jamais eu d'autre but ni d'autre espérance que de baiser le bout de ses doigts ?... Si vous
le croyez, monsieur Fontpertuis, vous êtes plus naïf
qu'on ne l'est à votre âge, et vous croyez d'Escarbouillac un peu trop nigaud... Après tout, croyez à la vertu
de Léa, si cela vous fait plaisir ; croyez qu'elle n'a pas
encore passé la rivière, je ne m'y oppose pas ; mais, si
elle ne l'a point passée elle la passera. C'est moi qui
vous le dis, mon bel ami.

> Les canards l'ont bien passée
> Ran tan plan tire lire ;
> Les canards l'ont bien passée,
> Ils ont eu du mal assez.

A ce moment et comme elle fredonnait, je lui fis signe d'écouter : la répétition continuait.

— Allons, passez à droite, disait le père Froment ;
passez à droite, Léa. Que faites-vous là ? Nanjac va venir ; il faut qu'il ait de la place pour entrer, saluer son
rival et vous apercevoir ensuite... Bien !... Cet air superbe qui défie le soupçon convient merveilleusement à
une femme coupable... Vous avez la tranquillité de
l'innocence... Bravo ! c'est cela même... Et vous sor-

tez comme une reine... Allons, allons, ça marchera.

Léa, ne devant plus paraître au premier acte, rentra dans la coulisse, suivie d'Escarbouillac, s'attendant sans doute à recevoir mes compliments.

Escarbouillac n'en fut point avare... contre son habitude, car il aimait à faire sentir le poids de son autorité littéraire, et, comme disait Zerline, qui le connaissait bien et l'avait longtemps pratiqué, c'était un *grincheux*.

Mais, en face de Léa, sa voix, ses yeux, tout s'adoucissait; il était sous le charme invincible que cette femme semblait jeter sur tous ceux qui l'approchaient. Il dit avec une certaine solennité :

— J'ai vu Georges qui faisait la joie des empereurs ; j'ai vu Rachel ; j'ai vu même dans ma première jeunesse les derniers jours de Mars : vous ne ressemblez à aucune des trois !...

— Ça, c'est vrai, interrompit Zerline à demi-voix et d'un ton ironique... Pour ça, je vous adhère, mon commandant.

— Mais, continua d'Escarbouillac, vous êtes vous-même et peut-être serez-vous plus grande. On ne peut pas encore vous juger sur une de ces petites comédies du temps présent ; c'est dans les grandes épopées de Corneille qu'il faudra vous voir, — dans *Polyeucte*, par exemple.

Elle écouta en silence, heureuse de s'entendre louer ; puis, se tournant tout à coup vers moi d'un air de bonne humeur :

— Et vous, monsieur Fontpertuis, qu'en pensez-vous ?

Je répondis par quelques louanges banales. Au fond j'étais frappé des explications du père Froment ; j'en étais humilié pour elle. Est-ce que vraiment, pour amuser le public, il fallait ressentir les émotions basses, ou nobles, ou puissantes, qu'on avait à représenter ? Pour être sur la scène une baronne d'Ange accomplie, fallait-il avoir connu, éprouvé peut-être certaines hontes et certaines ignominies ?

A cette pensée, je sentais une indignation profonde ;

cependant je n'osai pas m'expliquer. Elle s'aperçut de ma froideur et parut mécontente. Mais je l'aimais trop pour ne pas craindre de l'offenser en disant la dure vérité.

Tout à coup quelqu'un que je n'attendais pas se fit voir à l'entrée du couloir. C'était le peintre misanthrope et barbu avec qui j'avais déjà causé deux jours auparavant chez le vieux Buchamor, et qui m'avait voulu détourner de m'attacher à Léa.

— Ah ! ah ! dit-il tout bas en me reconnaissant, vous avez singulièrement profité de mes conseils, Fontpertuis ! Vous voilà déjà ici ?

— Et vous-même, homme austère, répliquai-je en riant sur le même ton, qu'y venez-vous faire ? Ne devriez-vous pas être dans le Morvan, avec votre femme et vos enfants, qui sont peut-être en train de tomber dans la rivière et de s'y noyer ?

Il se mit à rire.

— J'y retournerai demain matin ; mais Léa m'a prié de lui dessiner un costume pour son rôle, et je n'ai pas pu lui refuser ce petit service.

Léa s'approcha, et lui tendant la main :

— Ah ! voilà, dit-elle, mes deux ours, mes deux sangliers, mes républicains, qui ont déjà fait connaissance... Qui se ressemble s'assemble... Savez-vous, monsieur le peintre, que je viens de répéter mon premier acte, que M. Fontpertuis n'en paraît pas content ?...

Je me récriai.

— Non, vous n'êtes pas content ; je sais ce que je dis, je l'ai lu dans vos yeux pendant que je jouais... Et savez-vous aussi que M. d'Escarbouillac (qui s'y connaît peut-être) est d'un avis tout opposé. Dites, le savez-vous, monsieur le Van Dyck, le Claude Lorrain, le Murillo, le Salvator Rosa ? Vous, du moins, vous serez plus poli, j'espère ?

— Hum ! hum !

— Que veut dire ceci ? Que vous ne serez pas poli ?

— Non, madame, mais que je serai sincère.

— Eh bien ! c'est ce que je demande. Soyez sincère,

si vous n'êtes pas poli. Dites sincèrement et sans vous faire prier que je ne suis pas Rachel ou Mars, mais quelque chose d'approchant. Parlez donc, expliquez-vous.

— Madame, dit le peintre barbu, qui voulut changer de conversation, voici le costume que vous m'avez demandé.

Et il montra un dessin d'une simplicité d'un effet merveilleux.

Tout le monde en parut charmé, Léa surtout, dont le beau visage, dessiné de mémoire, mais très ressemblant, ressortait d'autant mieux que l'artiste avait supprimé tous les ornements superflus.

Elle remercia le peintre avec effusion.

— Ne remerciez pas, dit l'autre ; c'est une étude que j'ai faite pour mon plaisir et que je veux placer dans un tableau que vous verrez à la prochaine exposition.

— Il ne veut même pas de ma reconnaissance, cet ours de génie ! dit Léa. Voudra-t-il au moins de mon amitié ?

L'autre lui répliqua d'un ton sérieux :

— Léa, je ne joue pas avec le feu. On ne peut pas vous aimer à demi.

— Est-ce un compliment ? est-ce autre chose ? demanda-t-elle en riant.

— Qui sait ?

— Aurez-vous du moins la complaisance d'assister à ma répétition et de me donner votre avis ?

— Moi ! répliqua-t-il, vous donner mon avis ? mais vous n'en avez que faire !

— Au moins, reprit Léa un peu mortifiée, si vous ne vous intéressez pas à moi, que ce soit par amour de l'art.

— L'art ! dit le peintre barbu. Est-ce que vous prenez ces choses qu'on vient de vous faire réciter là sur la scène pour une œuvre d'art ? C'est une histoire de fille entretenue, voilà tout. La fille s'ennuie de son métier et veut épouser un honnête garçon, — ce qui est bien naturel, — comme si une femme de cette espèce avait droit à faire le bonheur ou le malheur d'un homme.

Là-dessus, un autre crie : Gare! et avertit le fiancé. Est-ce que vous vous intéressez à tout cela, vous, Léa, qui êtes une femme d'esprit et une femme charmante ? Est-ce que cette histoire ne vous fait pas lever les épaules, depuis la première scène jusqu'à la dernière ? Est-ce là ce qu'on devrait mettre au théâtre, — des images de filles perdues et mal repenties? Ne savez-vous pas qu'on se moque de nous dans toute l'Europe, et qu'on fait semblant d'y croire que l'adultère est la règle en France, et n'est-ce pas pour cela que les moralistes d'Angleterre et d'Allemagne, vrais hypocrites, sépulcres blanchis, qu'on voit à l'œuvre, quand ils passent la Manche ou le Rhin, nous bombardent de leur vertu solennelle?

Léa gardait le silence, moi-même je ne savais que répondre.

Là-dessus Letranchant d'Escarbouillac, qui était retourné quelques moments sur la scène pour donner des conseils aux comédiens, reparut accompagné du père Froment.

— Allons, dit le vieux régisseur, nous ne sommes pas ici pour nous amuser, mes enfants ; le second acte va commencer.

— Tenez, ajouta le peintre en montrant le père Froment, voici un homme instruit, un homme érudit, un homme de bon sens, qui a lu les anciens et qui connaît les modernes. Demandez-lui ce qu'il pense de la plupart des pièce qu'il est chargé de faire représenter.

Le père Froment ouvrit sa tabatière, saisit une prise entre l'index et le pouce, se l'offrit à lui-même, renifla longtemps pour méditer, et dit enfin :

— Ce ne sont pas mes affaires.

Et comme le peintre insistait :

— Non, dit encore le père Froment ; je ne veux fâcher personne...

— Eh bien ! continua le peintre, ne parlez pas ; contentez-vous de répondre à mes questions... Quel est l'objet du théâtre ?... n'est-ce pas de représenter aux yeux la vie humaine ?

— Ça c'est vrai, dit le père Froment, et aussi, comme dit Horatius Flaccus de corriger en riant: *Castigat ridendo...*

— Bien, très bien, reprit le peintre. Et dans la vie humaine, faut-il tout représenter indistinctement, nos vices, nos sottises, nos verrues et nos belles actions ?

— Qui sait ? dit le père Froment embarrassé.

— N'est-il pas des choses qu'il faut cacher, et des moments où même sans être coupable, on ne se soucie pas d'être vu ?

— Peut-être.

— Donc il ne faut pas tout montrer dans le monde physique. Et maintenant est-ce que ce n'est pas la même chose dans le monde morale ? est-ce qu'on peut dire les mêmes choses devant une jeune fille que devant un vieillard ? Ne cherchez-vous que la réalité crue, et ne voyez-vous pas qu'en toute chose elle est médiocrement belle et le plus souvent répugnante ?

— C'est encore vrai, dit le père Froment.

— Ne voyez-vous pas, continua le peintre, que ce qu'il faut représenter sur le théâtre, ou sur la toile, ou dans les livres, ce n'est pas la réalité bête, c'est l'âme des choses. Tout dans la nature a une âme, c'est-à-dire un idéal ; il s'agit de trouver cette âme, et c'est en cela que l'art consiste.

— Eh bien ! dit le père Froment, c'est l'âme des filles entretenues que l'auteur a voulu montrer, et il a réussi, puisque le public va voir ses pièces, lui apporte son argent et l'applaudit.

— Il a réussi ? reprit le peintre avec fureur. Oui, comme vous dites, s'il n'a cherché que l'argent et la réputation ; mais puisqu'il avait reçu de la nature un grand talent, ne pouvait-il en faire un meilleur usage ? Un talent, c'est une force ; il devait compte de cette force à la patrie. Un poète dramatique a charge d'âme. Voyez Corneille : ses héros nous charment parce qu'il leur a prêté sa poésie, et nous élèvent l'âme parce qu'il leur a donné sa propre grandeur. Est-il quelque chose de plus beau, de plus sublime, de plus tendre, de plus touchant, de plus héroïque enfin que Rodrigue, le héros du *Cid* ? Son amour au lieu de l'avilir, l'élève au-dessus de lui-même, et lui donne plus de force pour remplir son devoir envers son père et sa patrie. Qui de vous refuserait d'être Rodrigue ? Personne.

— Assurément, dit Letranchant d'Escarbouillac, qui se croyait lui-même un Rodrigue, au costume près.

— Et maintenant voudriez-vous être Olivier de Jalin ? Répondez.

— Ça, dit le père Froment, ça mérite réflexion.

— C'est-à-dire que vos réflexions sont toutes faites. Qu'est-ce qu'un fat dont la jeunesse s'est passée à corrompre des femmes soit à prix d'argent, soit autrement ? Qu'est-ce qu'il y a d'héroïque, d'idéal ou même de simplement intéressant ? Je vais plus loin : ce n'est pas seulement un fat, c'est un sot, car il s'est dégoûté lui-même et par sa faute de l'amour honnête, qui est la plus grande joie de ce monde, et la petite fille, demi-corrompue, demi-niaise, qu'il épouse à la fin de la pièce, ne pourra jamais lui rendre le goût de la vertu.

— Avouez pourtant, dit Léa, que la pièce est jolie.

— La pièce est jolie ! reprit le peintre; voilà une belle raison. Vous a-t-elle donné l'ombre d'un sentiment honnête ? Répondez, car voilà la question...

— Mais enfin, dit Léa, on ne peut pas toujours jouer le *Cid*, les *Horaces* et *Polyeucte*....

— Eh bien ! dit le misanthrope, ne dites rien, si vous n'avez que de vilaines histoires à raconter.

Le père Froment, qui se frottait le nez d'un air embarrassé, finit par regarder sa montre, et dit tout à coup :

— C'est bel et bon tout ça, mais il faut vivre, *primo vivere, deinde philosophari :* manger d'abord et philosopher ensuite, si l'on a le temps. Or pour manger, il faut répéter. Mesdames et messieurs en place !

Léa obéit, mais elle paraissait préoccupée. Avant d'aller sur la scène, elle me dit tout bas :

— Monsieur Fontpertuis, attendez la fin de la répétition ; j'aurai affaire à vous tout à l'heure et vous me reconduirez.

Presque au même instant, le fier Letranchant d'Escarbouillac, qui semblait me guetter, vint à moi et me dit :

— Monsieur, je voudrais vous parler en particulier

Voulez-vous me faire l'honneur de descendre avec moi dans l'orchestre, où personne ne peut nous voir ou nous entendre ?

Je le suivis sans difficulté, et là nous eûmes la singulière conversation que voici :

—Monsieur, je m'appelle Letranchant d'Escarbouillac. Mon grand-père était gentilhomme de la chambre du feu roi Louis XIV ; son grand père fut tué à Fontenoy en chargeant les Anglais, à la tête d'une compagnie des gardes françaises, dont il était le capitaine. Je pourrais encore remonter encore plus haut, mais cela doit suffire pour vous faire voir qui je suis.

Je saluai poliment de la tête pour indiquer qu'en effet je n'avais pas besoin d'en savoir davantage.

—Moi, lui dis-je à mon tour, je suis Fontpertuis, avocat. Mon père était bon propriétaire de campagne ; mon grand-père était colonel à Lutzen. Qu'est-ce qui me vaut le plaisir de votre conversation ? Avez-vous un procès ? Je le plaiderai volontiers, mais je l'arrangerai plus volontiers encore, car vous savez qu'un mauvais arrangement vaut mieux que le meilleur procès.

— Monsieur, reprit-il, parlons sérieusement. Il ne s'agit pas entre nous de procès, vous devez le savoir.

— Et de quoi, s'il vous plaît, monsieur ?

Je feignais l'ignorance, mais au fond j'avais deviné à sa contenance qu'il s'agissait de Léa.

Il me regarda quelques secondes, les yeux dans les yeux, comme s'il avait voulu m'intimider. Je soutins ce regard de l'air le plus calme, mais je sentais la patience m'échapper.

Enfin il se décida.

— Monsieur, dit-il, je vais droit au fait : nous aimons tous deux la même femme.

— Ah ! ah ! comment le savez-vous ?

— Peu importe, je le sais.

Je répliquai tranquillement :

— Je ne sais de qui vous parlez... Dans tous les cas, vous ne me gênez pas.

Ce calme redoubla sa colère. Je sentais qu'il bouillonnait intérieurement.

— Monsieur dit-il, vous me gênez, vous !

— Ah ! ah !... Et, comme dans tous les mélodrames, un de nous deux, sans doute, est de trop sur la terre ?

— Vous l'avez deviné, monsieur Fontpertuis.

— Eh bien ! allez-vous-en ; moi, je reste.

Il reprit avec une violence mal contenue :

— Vous sentez bien que si j'ai fait cette démarche assez étrange...

— Très étrange, je l'avoue, dans notre siècle peu chevaleresque.

— ... Je n'ai pas l'intention de m'arrêter là. Depuis deux jours, monsieur Fontpertuis, je vous rencontre partout sur les pas de Léa.

— Mais si vous me rencontrez, je dois vous y rencontrer pareillement.

— Oh ! moi, c'est autre chose, dit Escarbouillac d'un ton superbe... Enfin vous êtes devenu, je ne sais comment, son confident, son ami ; je ne sais si vous avez d'autres visées. Dans tous les cas, ce voisinage me déplaît et m'irrite. Tout à l'heure, vous avez échangé quelques mots à voix basse avec Léa. Que vous disait-elle ?

Je lui dis froidement :

— Monsieur, vous m'ennuyez. Je ne vous dois compte ni de mes idées, ni de mes sentiments, ni de rien du tout. Allez au diable !.. et si vous voulez absolument me chercher querelle, trouvez un bon prétexte, prenez deux témoins, une paire de pistolets, et attendez-moi demain matin dans le bois de Saint-Mandé. Nous causerons là plus commodément.

A ces mots et sans attendre sa réponse, je sortis de l'orchestre et je retournai dans la coulisse, où le peintre barbu et Zerline causaient gaiement ensemble. Je crois même que Zerline faisait la coquette et que le misanthrope, ébloui par ses beaux yeux, oubliait un peu sa vertu sauvage.

— Arrivez donc, Fontpertuis, cria Zerline ; voici l'homme des bois qui va me faire une déclaration.

Je le tirai à part et le priai de me servir de témoin pour le lendemain avec mon ami Lenoir, du consentement de qui je ne doutais pas.

9

Le peintre y consentit de bonne grâce, mais il ajouta :

— Que vous disais-je ? Léa a quelque chose de tragique. Vous n'avez pas encore dit un mot d'amour, et déjà vous avez un duel à cause d'elle... C'est égal, je suis à votre disposition pour demain matin... A propos quel sera le prétexte de la querelle ?

— Une discussion politique... On dira qu'il a fait l'éloge de Napoléon III et que j'ai soutenu qu'il fallait le pendre.

— C'est très bien. A demain !

Il sortit. J'attendis Léa quelque temps ; le fier d'Escarbouillac l'attendait aussi. Mais, aussitôt après la répétition du second acte, elle prit mon bras en lui envoyant un salut charmant, qui était en même temps un congé très net.

Maintenant, me dit-elle, quand nous fûmes sur le boulevard, venez avec moi au bois de Boulogne et causons.

Nous montâmes dans une voiture découverte, et nous partîmes sur-le-champ.

Ce qu'elle me dit ce jour-là devait m'étonner beaucoup plus que tout ce que j'avais déjà vu d'elle.

XII

Il était environ trois heures de l'après-midi. Le temps était chaud et sec, malgré les rigueurs ordinaires de janvier, les promeneurs étaient nombreux dans les Champs-Elysées, et l'on sentait dans toute la nature comme un souffle précoce du printemps.

Sept ou huit cents voitures de toute espèce, depuis le bon gros flacre poudreux traîné par deux percherons poussifs, jusqu'à la voiture impériale, menée grand-train par six cheveaux demi-anglais, se croisaient dans tous les sens. Il y avait là des échantillons de toute les races connues de l'univers, des rois détrônés, des ducs sans place, des princes gréco-moldaves, des Anglais enrichis dans la cotonnade, et des Américains dans le coton. Les Chinois étaient à pied, les Brésiliens en voiture; des nègres et mulâtres se promenaient suivis de leurs domestiques blancs, et vengeaient ainsi les malheurs de l'*Oncle Tom*; des négresses camardes donnaient le sein à de petits enfants roses ou promenaient des petits chiens de la Havanne.

Parmi ces oisifs affairés qui n'attendaient (au fond) que l'heure du dîner, un certain nombre de jolies femmes, étendues dans de grandes voitures de maître, enveloppées jusqu'au menton de fourrures éclatantes, se promenaient au petit trot, prenant la file, à la suite l'une de l'autre, saluant à droite et à gauche, comme des reines, ou faisant des signes de connaissance aux gens à cheval qui passaient.

Les unes étaient de grandes dames, — je veux dire des femmes de gens riches, d'étrangers millionnaires ou de hauts fonctionnaires; — les autres étaient de petites dames. Mais on ne distinguait pas facilement les grandes dames des petites, tant l'air de tête, le regard, le port, la toilette et le luxe avaient de ressemblance. Entre la

princesse autrichienne ou la célèbre espagnole, qui donnaient alors le ton et faisaient rire à leurs dépens tout
Paris, et la fameuse Nini Cadoche, qui jouissait du
même privilège, la différence était si mince que le plus
fin connaisseur aurait pu s'y tromper.

Pourquoi n'avouerais-je pas que ma chère, ma divine
Léa, jetait sur ce spectacle de foire un regard de curiosité et presque d'envie, et qu'il me fut impossible d'entamer avec elle une conversation sérieuse avant que
nous eussions descendu l'avenue de l'Impératrice et
passé la porte Dauphine?... Hélas ! l'homme n'est pas
parfait, comme dit le célèbre vaudeville de Lambert
Thiboust... ni la femme non plus, sans doute.

Enfin nous entrâmes dans le bois de Boulogne, où,
congédiant le cocher et suivant une allée latérale, je me
trouvai bientôt seul avec Léa.

Elle garda quelque temps le silence, un peu gênée, sans
doute, de ce qu'elle avait à dire. Enfin, après quelques
moments de réflexion :

— Vous n'étiez pas content de mon jeu pendant la répétition, n'est-ce pas ?

Je ne répondis rien, sinon qu'elle avait été charmante
comme toujours.

— Ça, dit-elle, ce n'est pas répondre; c'est biaiser.
Je sais bien que je serai toujours charmante ou que vous
me le direz, vous et les autres ; mais enfin quelque
chose me manquait, n'est-ce pas ?... Eh bien ! voyons,
qu'était-ce ?

Je fis un effort.

— A coup sûr, lui dis-je, ce n'était pas la grâce

— Bon !

— Ni la beauté.

— Bon !... très bon ! excellent !

— Ni l'art de toucher les cœurs.

— Allons donc !... achevez. Qu'est-ce qui me manquait,
selon vous ?

Elle était si pressante que je finis par répondre :

— Madame, je n'en sais rien ; je ne m'y connais
pas.

— Eh bien ! c'est répondre cela, autant du moins que

le permet la galanterie française. En deux mots, vous
êtes de l'avis du père Froment, n'est-ce pas ?

— Quel est l'avis du père Froment ?

— Oh ! Il n'y va point par quatre chemins, lui. Il m'a
dit crûment que je ne comprenais rien à mon rôle, que
je jouais comme une pensionnaire ou comme une
femme du monde ; tandis que je devrais être tantôt
fausse et tantôt cynique... Il m'a même cité, car c'est
un savant homme, l'exemple de la reine Cléopâtre, qui
fut l'intime amie de César et d'Antoine, c'est-à-dire, à
ce que prétend le père Froment, des deux plus débau-
chés de Rome, qui les aima tous deux, qui les trompa
tous deux, qui, même à l'âge de quarante ans (ce qui,
sous le climat brûlant de l'Égypte, équivaut à soixante
ans sous le nôtre), essaya de passer pour une innocente
et de se faire aimer d'Octave, dont elle avait aimé le
grand-oncle.

— Il vous citait là un beau modèle, ce vieux coquin
de père Froment !

— Et, pour conclure, il m'a dit que, si je voulais faire
la prude ou la délicate au théâtre, je ferais aussi bien
de n'y jamais mettre les pieds ; que le public n'avait pas
besoin que je fusse vertueuse et même ne s'en souciait
nullement, quoique certaines actrices se soient servies
de cette réputation de vertu pour l'attirer ; qu'il ne me
demandait que d'avoir du talent, et que tout le reste lui
était bien égal, à lui public, comme aussi à lui père
Froment.

— Voilà, dis-je en riant, un beau et touchant sermon
que vous venez d'entendre. Qu'en pensez-vous, madame ?

— Je pense, répliqua Léa d'un ton sérieux, que le
père Froment a raison, et j'en étais désespérée, lorsque
cet ours de peintre barbu est venu m'achever avec les
injures qu'il a dites au théâtre, aux comédiens et aux
comédiennes. A l'entendre, il est honteux de jouer,
même pour quelques heures, et sur la scène, le rôle
d'une fille entretenue, d'en imiter les manières et d'en
exprimer les sentiments... et il a raison... D'un autre
côté, le père Froment assure qu'on ne peut pas être

bonne comédienne sans cela... et il a raison aussi. Faut-il donc quitter le théâtre ? Répondez franchement.

— Je crois, lui dis-je, que le peintre a raison.

Elle reprit :

— Si vous saviez, Monsieur Fontpertuis, quels rêves je faisais sur cette tentative ! J'en attendais tout : l'indépendance, la gloire, la fortune même, qui m'est devenue nécessaire, puisque mon mari garde ma dot et ma fille pour me forcer à revenir près de lui.

— Vous avez une fille ! m'écriai-je étonnée.

— Vous ne le saviez pas ?... Une enfant de trois ans, belle comme les amours, que je n'ai pas voulu laisser à son père, à cause de la vie scandaleuse qu'il mène à la campagne et dont je ne veux pas qu'elle soit témoin ; — que je n'ai pas pu obtenir davantage, parce qu'il m'aurait fallu solliciter un arrêt du tribunal, et que lui et moi nous avions un égal intérêt à éviter tout procès... Mais, aussitôt après mes débuts, la séparation étant inévitable, je comptais la reprendre et lui refaire un nom glorieux, puisque celui de son père ne peut plus représenter pour elle et pour moi que le nom d'un assassin. Voilà pourquoi je me suis fait présenter au théâtre sous ce nom de Léa, nom de fantaisie que j'espérais rendre célèbre un jour.

Elle se tut un instant et reprit :

— Il faudra donc renoncer à tout cela !... Me voilà seule maintenant sur la terre, car mon vieil ami, mon seul protecteur, le général Buchamor, ne comprend rien à ma douleur, Il me dit soir et matin : « Rentrez chez » votre mari ; il vous rouvrira les bras avec bonheur. Il » me l'écrit tous les jours. Il serait déjà venu vous cher- » cher lui-même, s'il n'avait craint quelque éclat. Entre » nous, ma chère Léa, vous êtes un peu folle de courir » les chemins à votre âge. »

Est-ce que je puis dire au général l'assassinat que M. de Rochepont a commis ? Il croit que je suis jalouse, et il m'engage à prendre philosophiquement les infidélités de mon mari... Hélas ! si je n'avais à craindre que cela !

Elle baissait les yeux, et du bout de son ombrelle dessinait machinalement des ronds sur le sable...

Enfin se tournant vers moi :

— Que me conseillez-vous ? dit-elle.

— De quitter le théâtre... Je me charge de tout le reste. Je ferai entendre raison au général et même à M. de Rochepont... Vous serez libre, j'en réponds sur ma parole d'avocat, et quant à votre fortune, je verrai avec le général comment on pourra vous la faire rendre.

— Ah ! s'écria-t-elle en me tendant la main, vous êtes un véritable ami, vous !

Je baisai cette main charmante, au lieu de la serrer, comme, sans doute, elle s'y attendait, et je lui dis :

— Non, Léa ; je ne suis pas un ami ni un avocat, je suis un homme qui vous aime et qui donnerait sa vie pour vous !

Elle me regarda avec des yeux d'une douceur inexprimable et répondit simplement :

— Je le savais.

A ce mot inattendu, je voulus me jeter à ses genoux ; elle me retint et dit :

— Je l'ai deviné, il y a trois jours, au bal du général Buchamor. Ce soir-là, vous me voyiez pour la première fois, et vos regards me disaient ce que vous me répétez aujourd'hui... Et tout à l'heure, à la répétition, quand M. d'Escarbouillac m'accablait de compliments que je n'avais pas mérités, c'est votre suffrage que je cherchais, c'est de vous que j'attendais la vérité !

— O chère Léa !

Elle se mit à rire et ajouta :

— Oui, mais, au lieu d'une critique sévère, je n'ai vu dans ce que vous avez dit qu'une chose, c'est que vous étiez jaloux... Ne vous en défendez pas, vous l'étiez... Est-ce du public à venir, est-ce de quelqu'un des assistants ? Je ne sais. Mais votre jalousie éclatait dans vos yeux, et j'en ai jugé surtout quand le père Froment récitait ces théories dramatiques .. On aurait cru que vous vouliez le dévorer. N'est-il pas vrai, mon ami ?

Ces derniers mots, notés comme un air de musique, furent dits avec une coquetterie si charmante que j'en fus touché jusqu'au fond de l'âme.

— Mais vous, m'aimerez-vous ? demandai-je à mon tour.

— Qui sait ?

— O Léa !...

Et je voulus encore m'agenouiller. Elle me retint en disant :

— On ne nous entend pas, mais deux cents personnes peuvent nous voir.

— Dites-moi que vous m'aimerez !

Elle poussa un profond soupir et leva les yeux au ciel.

— Est-ce qu'on peut répondre de ces choses-là ? Après quatre ans de souffrances presque continuelles, — car mon mariage a été le temps le plus malheureux de ma vie, — puis-je compter que mon cœur trouvera quelque jour la force d'aimer ?... Je ne suis pas une femme comme les autres, mon ami ; je ne puis aimer qu'une fois...

Et comme j'allais répliquer, elle m'imposa silence d'un geste et continua :

— Oh ! rassurez-vous, je n'ai jamais aimé. Mon mari m'épousa du consentement de mes parents et des siens sans s'informer si je consentais moi-même. Nos terres se convenaient, on passait sans intervalle de l'une à l'autre. Mes bois faisaient suite à ses bois : on pouvait chasser pendant une lieue, sans sortir de nos domaines. Il n'en demanda pas davantage, et quand nous fûmes mariés il ne s'occupa de moi que pour m'acheter des robes, des chapeaux, des chevaux, des voitures, et me recommander de faire gaiement à ses amis les honneurs de la maison.

Elle soupira de nouveau.

— Car il voulait que je fusse gaie, mon mari !... Quelque sujet de tristesse ou d'humiliation qu'il m'eût donné pendant le jour, il fallait sourire et rire le soir quand il chantait à tue-tête avec ses amis quelque chanson à boire, — celle-ci, par exemple, qui revenait souvent au dessert, et que j'entendais malgré moi, au salon, pendant qu'on hurlait dans la salle à manger :

> Nous sommes des moines
> De saint Bernardin,
> Qui se couchent tard
> Et se lèvent matin
> Pour aller à matines
> Vider leur flacon.

Voilà la musique et la poésie qui le charmaient !

Cela continua jusqu'au jour où le pauvre Olivier, qui devinait mes ennuis... et alors M. de Rochepont, en qui je n'avais encore vu qu'un gentilhomme campagnard brutal et grossier, livré au vin et aux femmes de la plus basse espèce, me fit l'honneur de devenir jaloux de moi... Vous savez le reste, et j'en garderai un éternel et horrible souvenir... Mais vous aujourd'hui, vous venez demander l'amour à ce cœur attristé. Hélas ! mon ami, sais-je seulement ce que c'est qu'aimer ?

C'est ainsi qu'elle parla, cette créature divine, et si bien, et si longtemps, avec des yeux noyés d'une si douce langueur et des grâces si exquises, que je n'avais rien vu ni entendu de pareil dans la nature. Elle fut tour à tour tendre, rêveuse, mélancolique et passionnée..., que sais-je ? Sa parole avait toutes les notes du clavier féminin.

J'étais si occupé à l'écouter, car elle parla presque seule, que la nuit vint, sans que nous en eussions conscience, et qu'il fallut revenir du bois de Boulogne à pied toutes les voitures étant rentrées dans Paris.

Je la ramenai jusqu'à la rue de Grenelle, où Luce l'attendait tout effrayée.

— Ah ! madame, cria-t-elle en nous voyant entrer, si vous saviez comme j'ai eu peur ! J'ai cru que M. le marquis était revenu et qu'il vous avait enlevée de force...

— Folle ! dit Léa. Tu sais bien que je me tuerais plutôt que de retourner au château de Rochepont.

— Ah ! pauvre bonne dame ! c'est bien cela qui m'effrayait le plus... Du caractère dont il est, c'est un homme terrible.

— Il n'est venu personne ? interrompit Léa.

Luce dit bonnement :

— Si, madame... M. d'Escarbouillac est venu. Lui

aussi était joliment furieux, allez! Il grondait entre ses dents. Il avait envie de prendre un fauteuil et de rester; mais j'ai dit hardiment que madame ne rentrerait pas de sitôt, que je croyais qu'elle devait dîner chez Mᵐᵉ de Korenberg... Ai-je bien fait? ajouta Luce en riant et montrant ses belles dents blanches. Il ne me plaît pas ce monsieur.

— Très bien! dit Léa en ôtant son chapeau et rajustant ses cheveux devant la glace.

Luce, qui tenait déjà le bouton de la porte et qui allait sortir, se ravisa et dit encore:

— M. le général Buchamor est venu lui aussi; il vous a demandé. J'ai dit: « Madame est au théâtre, à la répétition... » Est-ce comme cela qu'il fallait dire?

Léa répondit:

— Oui, oui... Qu'a-t-il ajouté?

— Ah! madame, M. le général aussi était bien en colère quand j'ai parlé du théâtre; car tous les messieurs étaient en colère aujourd'hui...

Elle se mit à rire de sa propre plaisanterie et ajouta:

— Il a frappé le plancher avec sa canne en jurant comme un païen et criant... Faut-il dire, madame, ce qu'il a crié?

— Dis-le donc. Qu'est-ce que tu attends!

Luce me désigna finement du coin de l'œil.

— Mais, madame, peut-être ne faudrait-il pas répéter cela devant M. Fontpertuis...

— Va, va, répliqua Léa; je n'ai pas de secret pour M. Fontpertuis.

— Eh bien! madame... mais je n'oserai jamais...

— Veux-tu que j'ose à ta place?

— Ah! oui, madame, je veux bien.

— Il a dit que j'étais folle, n'est-ce pas?

— Madame, répondit Luce, soulagée par cet aveu, comment avez-vous fait pour le deviner?

— Ce n'est pas difficile, dit Léa en riant; il me l'a répété plus de dix fois.

Cependant Luce achevait les préparatifs du dîner de Léa et mettait déjà le couvert; à mon grand regret, je sentis qu'il fallait partir. Je profitai d'une courte

absence de la servante pour baiser encore une fois les
deux mains de Léa et même le bout de sa robe, et je
m'enfuis, ivre de joie, car je voyais bien que si elle
n'avait pas encore avoué qu'elle m'aimait, du moins
cela ne pouvait tarder.

De plus, Léa, renonçant au théâtre, me délivrait de
la dangereuse rivalité d'Escarbouillac, qui n'aurait plus
de prétexte pour offrir ou imposer sa protection.

Cette pensée me rappela que j'avais un duel pour le
lendemain avec ce Toulousain querelleur.

XIII

Le lendemain, vers huit heures du matin, mon ami Lenoir, que j'avais averti la vieille par un billet, vint me chercher, avec le peintre barbu, pour me conduire à Saint-Mandé.

Dès les premiers mots, Lenoir me dit :

— Quelle raison as-tu de te battre avec ce d'Escarbouillac ? Il y a trois jours, tu ne le connaissais pas.

— Eh bien ! dis-je en riant, c'est pour faire connaissance.

Et comme il insistait :

— Nous avons parlé politique, et nous n'avons pas pu nous entendre. Il est blanc : moi je suis bleu.

— Après tout, dit Lenoir, c'est aussi sage de se battre pour le blanc et le bleu que pour savoir si Jésus-Christ était ou n'était pas Dieu. Quand on a dit une bêtise et qu'on la soutient les armes à la main, ce n'est pas pour la bêtise qu'on se bat, c'est pour soi-même.

— Puissamment raisonné, dit le peintre... Maintenant il ne s'agit plus que de savoir si nous avons le choix des armes.

— Nous l'avons, lui dis-je, car cet Escarbouillac m'a cherché querelle et ne le nie pas.

— Etes-vous fort à l'épée ?

— Médiocrement ; j'ai fait trois mois de salle.

— Alors n'en parlons plus, répliqua le peintre, car Escarbouillac est de première force à l'épée. Et au pistolet, où en êtes-vous ?

— Oh ! là, c'est mon fait, et, à quinze pas je casse douze poupées sur douze.

— Bon ! très-bon ! reprit le peintre.

— De plus, ajoutai-je, les duels à l'épée ne me plaisent pas. Le plus fort des deux, quel qu'il soit, à moins de haïr son adversaire jusqu'à la mort (et ce n'est pas

cas), est toujours forcé de le ménager. On se contente
d'une piqûre au bras ou au poignet, quelquefois à l'épaule:
c'est une affaire réglée comme le prix des petits pâtés.
Le public, qui se promettait un spectacle tragique, n'est
pas content de voir un héros qui revient chez lui plein
d'appétit, avec son bras en écharpe, et qui, le soir, va se
montrer sur le boulevard ou à l'Opéra pour recevoir les
félicitations de ses amis.

— Alors tu choisis le pistolet?

— Oui. Là du moins on ne peut pas régler le hasard.
Il faut viser de son mieux pour éviter de servir de cible.

— Ma foi! dit le peintre, vous avez raison, et le sang-
froid avec lequel vous raisonnez me donne de grandes
espérances que vous couperez le nez à ce critique d'art
mal élevé.

Enfin neuf heures sonnèrent, et nous arrivâmes
presque au même instant à Saint-Mandé, où, déjà, mon
adversaire nous attendait en battant la semelle, car le
temps, toujours sec d'ailleurs, était beaucoup plus froid
que la veille.

Les témoins qu'Escarbouillac présenta lui-même aux
miens étaient deux gentilshommes aux moustaches
retroussées, magnifiquement cambrés dans des redin-
gotes boutonnées jusqu'au menton, et pareils à deux
hidalgos de la Castille Vieille, tant ils paraissaient fiers
et terribles.

— Monsieur le comte de Carcajou, dit-il, en montrant
le plus grand... Monsieur le baron de Corsican... Et il
désigna l'autre.

Après quoi nous nous éloignâmes tous deux, Escarbouillac et moi, pour laisser nos témoins régler les conditions du combat.

La discussion dura longtemps. Carcajou et Corsican
demandaient l'épée, sans doute par ordre d'Escarbouillac. Mes témoins tinrent bon et firent bien, car de ma
première balle j'atteignis mon homme au défaut de
l'épaule pendant que la sienne, à deux pouces au-dessus
de ma tête, cassait quelques brindilles d'arbre.

Alors les témoins, voyant couler son sang arrêtèrent
le combat.

— L'honneur est satisfait, dit Carcajou.

— Tout ce qu'il y a de plus satisfait, ajouta Corsican d'un ton sentencieux.

— Et vous, Fontpertuis, demanda le peintre, êtes-vous satisfait ?

— Parfaitement.

— Et vous aussi, Lenoir ?

— Certes !

— Eh bien, et moi aussi, ajouta le peintre, car ce fanfaron avait besoin d'une leçon : il l'a reçue, elle lui profitera sans doute. Allons déjeuner. Je connais ici près, à Joinville, sur le bord de la Marne, un petit cabaret dont les matelottes et les omelettes sont excellentes, outre que la piquette n'en est pas désagréable.

Et il nous montra le chemin en chantant :

> Mangeons,
> Tuons,
> Buvons,
> Perçons,
> Dansons,
> Hachons,
> Ensemble rigolons.

Les paroles et la musique étaient de lui. Il nous le dit du moins, et pour moi je l'en crois, car on les aurait difficilement attribuées à Lamartine et à Rossini.

Arrivés à Joinville, nous déjeunâmes moins gaiement que ne le faisait prévoir ce début. Je racontai au peintre barbu le succès qu'avait eu son discours de la veille et la conversion de Léa.

Il leva les épaules.

— Elle est charmante, dit-il, mais elle est folle ; elle tourne à tout vent, comme une girouette. Hier c'était moi qui soufflais, avant-hier, c'était Escarbouillac, ce sera vous demain... Voyez-vous, pour les femmes, il n'y a que deux choses solides : le mari et les enfants. Celle qui n'a pas ces deux grappins-là sur le cœur, ou au moins l'un des deux, fera toujours une mauvaise fin...

Et comme je l'écoutais d'un air triste :

— Tenez, dit-il à Lenoir, voilà Fontpertuis, que je ne connais pas beaucoup, car nous n'avons pas mangé un minot de sel ensemble, comme dit un vieux proverbe; mais enfin ce que je vois de lui me plaît et ce qu'on m'en a dit me plaît encore davantage... Il se croit, il est peut-être vraiment amoureux de Léa... Pourquoi ne le serait-il pas? Elle est belle, elle est bonne, elle est gracieuse, elle est tendre, elle a de l'esprit, et ses folies ne font tort qu'à elle seule... Eh bien! demandez à ce Fontpertuis ce qu'il désire et ce qu'il espère de Léa... Vous ne répondez pas, mon garçon... et vous avez raison, car ces choses-là ne peuvent pas se dire en public... Vous en auriez honte...

A la fin, un peu irrité de ce sermon, je l'interrompis en disant:

— Je l'aime. Où cela me mènera-t-il? Je n'en sais rien, mais je l'aime, et après tout, puisqu'elle ne doit jamais revoir son mari...

Le peintre reprit:

— Vous l'aimez! La belle affaire!... D'autres aussi l'ont aimée, l'aiment ou l'aimeront comme vous, témoin cet Escarbouillac... Est-ce qu'il faut pour cela qu'elle se donne à tous ceux... Tenez, vous me feriez lâcher quelque sottise, comme disait je ne sais plus qui... Enfin vous l'aimez, et voici ce qui en arrivera:

Si elle vous aime, vous sauterez le fossé, cela va de soi, car elle a de l'esprit libre de tout préjugé, comme dit Mme de Korenberg, qui, de son côté, n'a jamais été gênée de ce bagage... Depuis que George Sand a prêché (dans sa jeunesse) la liberté des femmes, il y a des milliers de bécasses qui couvrent de ce nom l'envie qui les dévore de faire des sottises. Ça passe pour poésie, amour de l'art, soif de l'inconnu, aspiration aux profondeurs de l'infini et autres balivernes. Au fond, ce n'est que l'attrait des deux sexes l'un pour l'autre...

Le peintre ajouta encore je ne sais quelle comparaison si crue entre l'animal et l'homme que je n'oserais la reproduire ici, puis il continua:

— Fontpertuis fera donc le saut (je ne cherche pas le calembour, il se présente de lui-même), et lorsqu'il l'aura fait, que Léa n'aura lus rien à lui refuser, le mari Rochepont arrivera, armé de son grand sabre et de la loi...

— Pour le sabre...

— Bon ! Vous êtes un brave et surtout vous êtes amoureux, ce qui fait que vous ne craignez pas le sabre. Mais la loi, qu'en ferez-vous, monsieur l'avocat ?

Je gardai le silence.

— Mais, dit-il encore, je ne veux pas insister là-dessus. Supposons que Rochepont reste immobile dans son château du Berri et qu'il vous laisse jouir en paix de vos amours. Reste Léa... Oui, je sais bien que le premier mois, la première année, tout ira bien. Un an de bonheur, c'est beaucoup, mais je vous l'accorde ; et après ?... Aurez-vous des enfants ?... Quel nom leur donnerez-vous ? La loi n'en accorde aucun, et vous ne comptez pas sans doute que M. de Rochepont vous prêtera le sien pour cette occasion... N'en aurez-vous pas et resterez-vous fidèles l'un à l'autre ?... Quelle horrible vieillesse vous vous préparez, n'ayant plus ni la flamme et les illusions de la jeunesse et de l'amour, ni cette chaîne vivante et joyeuse des enfants et des petits-enfants qui rattache le mari à la femme et la femme au mari jusqu'au jour où tous deux, dégagés des liens terrestres, vont se précipiter l'un après l'autre dans le grand inconnu.

Il s'interrompit, tira sa montre, regarda l'heure et dit :

— Les sermons n'ont jamais converti personne, excepté peut-être les vieillards, que l'expériences et la difficulté de prêcher préparent à cette conversion. Je m'arrête... Il est deux heures. Je n'ai plus que le temps de retourner à Paris, de faire ma malle et d'aller au chemin de fer. Adieu. Soyez heureux !...

Nous l'accompagnâmes jusqu'à la gare de Lyon, Lenoir et moi.

En revenant, je dis à Lenoir :

— Il a raison. Mais tout cela me fait regretter davantage qu'on ait supprimé le divorce, en France. Si Léa pouvait divorcer...

— Mon ami, dit Lenoir, quelle différence vois-tu entre

épouser une femme divorcée et épouser une femme qui
a été la maîtresse d'un autre homme ?

Je ne savais que répondre.

— Pour moi, dit-il, je m'en tiens à la coutume. Vois
ma grosse Hambourgeoise... Elle est débarrassée de
son mari et de ses enfants ; elle est riche, elle est belle
quoique un peu trop potelée ; elle est même de bonne
humeur, elle est d'un âge assorti au mien et de goûts
à peu près pareils (sauf la bière et la choucroute, qu'elle
adore et que je déteste). Eh bien ! rien, non, rien ne
pourrait me décider à prendre les restes de M. Kronz,
associé de M. Tripp, à m'entripailler enfin, du vivant de
M. Kronz. Si cet honorable bourgeois de Hambourg
venait à Paris, et si je l'y rencontrais vivant et bien
portant, quelque divorcée légitimement, suivant la loi de
son pays, que soit Mme Kronz (ma chère grosse Char-
lotte), je ne pourrais pas m'empêcher de la considérer
comme la propriété de M. Kronz, et j'aurais envie de
la lui rendre, et je la lui rendrais, corbleu ! ventre-
bleu !

Sur ce mot, nous nous séparâmes, — lui pour jurer à
Mme Kronz un amour éternel et moi pour revoir Léa.

XIV

La bonne Luce était seule à la maison et rêvait au coin du feu ; je la voyais par la fenêtre du salon.

Au premier coup de sonnette, elle se leva précipitamment et vint m'ouvrir.

Dès qu'elle m'eût reconnu, son visage redevint souriant et gai. J'en tirai bon augure, car c'est à l'accueil du domestique qu'on reconnaît presque partout l'amitié du maître.

— Madame est-elle là, Luce ?

Avant de répondre, elle me fit entrer dans le salon.

— Chauffez-vous donc, monsieur ; vous devez avoir froid aujourd'hui... Non, madame n'est pas ici, mais elle ne tardera pas à revenir ; elle vous a attendu toute la journée.

— Elle m'attendait ? Vraiment ! m'écriai-je plein de joie.

— Oui, monsieur. Elle voulait vous prier de venir avec elle.

— Où donc ?

— Je ne sais pas... Vers trois heures, ce soir, elle est sortie en disant : « Si M. Fontpertuis vient, tu le feras attendre ; j'ai besoin de lui parler. »

— Eh bien ! Luce, j'attendrai.

Et je m'assis pour regarder le feu.

Cependant Luce ne s'en allait pas ; elle restait debout devant moi et paraissait avoir quelque chose à raconter. Enfin, elle prit son parti, et, d'un air mystérieux, me dit :

— Il est ici.

— Qui ?

— Lui.

— Qui, lui ?...

— Charles !

Ici elle baissa la voix.

— Votre...

— Oui, monsieur.

Cette nouvelle si intéressante pour Luce me laissa très froid. L'idée de voir en face ce coquin qui avait tué son enfant pour n'avoir pas à le nourrir me causait une vive répugnance.

— Enfin, dis-je, que vient-il faire à Paris ?

— Monsieur, il a quitté le service.

— Quel service ?

— Celui de M. le marquis.

— Ah !

Cet ah ! aurait dû décourager Luce de me parler de Charles, mais elle suivait toujours son idée.

— C'est que, voyez-vous, monsieur, rien ne l'empêche plus...

— De vous épouser, Luce ?

— Oui, monsieur.

— Et qu'est-ce qui l'empêchait auparavant ?

— Je ne sais pas, monsieur ; il ne me l'a pas dit... Ses parents, sa famille, sans doute.

— Enfin il revient ?

— Oui, monsieur. Il est revenu depuis deux jours, mais il n'osait pas d'abord se montrer.

— A cause de Léa ?

— Oui, Mme la marquise n'a jamais pu le souffrir, et cependant il l'aime bien, il lui est bien dévoué, allez !... Si vous saviez comme il m'en parle ! Il se ferait tuer pour elle. C'est un cœur d'or, ce pauvre Charles !

— Quel jour la noce ?

— Ah ! monsieur, quand madame voudra. Il dit que tout cela dépend d'elle, et que si elle veut le prendre à son service... Oh ! mon Dieu ! il n'est pas difficile ; il est si dévoué ! Il la servira pour rien avec moi.

Je soupçonnai quelque intrigue de Charles qui avait pour but de ramener Léa à son mari, et, en attendant, de surveiller sa conduite.

— C'est tout ce que Charles vous a dit, Luce ?

— Oui, monsieur... c'est-à-dire, c'est tout et ce n'est

pas tout. Il paraît que Mme la baronne de Korenberg a
écrit à M. le marquis de Rochepont, mais sans le dire
à madame ni au vieux général... Elle porte beaucoup
d'intérêt à madame, cette baronne, à ce que m'a dit
Charles...

— Et elle voudrait réconcilier le ménage, n'est-ce
pas ? Avez-vous averti madame ?

— Oh ! non, monsieur ; Charles me l'a bien défendu.

Je ne fis plus aucune question. La pauvre Luce, toute
dévouée qu'elle fût à sa maîtresse, désirait avant tout
une réconciliation qui hâterait son propre mariage avec
Charles... Et pourquoi l'en blâmer ? Tout le monde n'é-
tait-il pas du même avis ? La loi, la société, les convenances, le besoin même de vivre, tout poussait Léa dans
les bras de son mari. Le sang versé pouvait seul l'en
éloigner ; mais pouvait-elle l'accuser d'un meurtre commis à cause d'elle, impossible à prouver, où son témoignage eût été odieux et aurait donné lieu contre elle à
d'autres soupçons.

Plus je creusais le problème et moins j'en trouvais la
solution.

Tout à coup la sonnette retentit et m'annonça le retour de Léa.

Elle entra, me tendit sa main dégantée, que je baisai,
et déposa sur la table un objet assez long, de forme ar-
rondie, à peu près cylindrique, enveloppé dans un vieux
journal.

— Ah ! c'est vous, mon ami, dit-elle. Je craignais que
vous ne m'eussiez pas attendue. Vous m'avez beaucoup
manqué aujourd'hui. Où donc étiez-vous ?

— J'avais une affaire à Saint-Mandé.

— Un procès sans doute ?

— Oui, un procès.

— Et vous allez plaider bientôt ?

— Non, l'affaire est arrangée.

— A votre satisfaction ?

— Oui, à ma satisfaction ; mais non à celle de mon
adversaire, dis-je en riant intérieurement de la grimace
que le fier Letranchant d'Escarbouillac faisait après avoir
été blessé.

— Puisqu'il en est ainsi, tout va bien, reprit Léa. Et vous, devinez d'où je viens?

Je cherchai quelques instants.

— Vous ne devinez pas?

— Non.

— Eh bien! regardez ce paquet que je viens de déposer sur la table. Qu'est-ce que cela?

— Un paquet de dentelles, sans doute.

— Ou de gants, n'est-ce pas?... Monsieur l'homme sérieux, monsieur l'ours républicain, vous ne nous croyez pas, nous autres femmes, capables de quelque chose de mieux... Eh bien! monsieur Fontpertuis, ceci est un manuscrit.

— De la Bibliothèque Richelieu?

— Je vous défends de vous moquer. Ceci est un roman que j'ai fait depuis un mois, que je comptais publier plus tard, après que je me serais fait connaître au théâtre, et que je me décide à publier tout de suite, puisque je renonce au théâtre, et que je me vois, par l'abominable conduite de mon mari, obligée de *vivre de ma plume*.

Ce projet, je l'avoue, ne me fit pas beaucoup plus de plaisir que celui d'entrer au théâtre. Il est si difficile à une femme, quand elle écrit son premier roman, de ne pas raconter son premier amour! Je tremblai que Léa n'eût suivi l'exemple de presque toutes les autres.

Cependant je ne fis aucune objection, et même je témoignai une ardente curiosité de connaître le manuscrit mystérieux.

— Je vous le lirai tout à l'heure, après dîner, dit Léa, car je vous garde pour dîner avec moi. Ne me remerciez pas; nous ferons maigre chère... Ne vous prosternez pas comme devant une idole, car ce n'est pas l'attitude d'un critique sévère tel que vous devez être; aidez-moi plutôt à mettre le couvert, pendant que Luce préparera ses fritures.

En effet, le festin fut pareil à celui des dieux de l'Olympe, où l'on ne voyait que deux plats. Il est vrai que ces deux plats étaient le nectar et l'ambroisie ou, pour parler plus bourgeoisement, un maigre bouilli suivi de deux soles frites.

Servi par la main de Léa, je n'enviais pas le sort de
l'empereur de la Chine, qui régne, dit-on, sur quatre
cents millions d'hommes.

Vers la fin de ce magnifique repas, qu'arrosa un verre
de ce vin généreux qui descend des côteaux de La Châtre,
Léa me dit : ·

— Maintenant, mon ami, vous allez faire pénitence et
écouter ma lecture depuis la première page jusqu'à la
dernière. Comme ce serait peut-être un peu long, j'ana-
lyserai un certain nombre de chapitres, au lieu de les
lire, et je brusquerai le dénoûment. Attention! je commence.

Le Cœur brisé..., c'est le titre

Je fis signe que j'avais quelque chose à demander.

— L'avez-vous présenté quelque part ?

— Oui, ce soir, chez l'un des plus célèbres critiques
de France. C'est un petit homme assez gros, au nez arrondi, fin et papelard, qui m'a reçue très-poliment et
avec le plus grand empressement. Il m'a demandé ce
qui lui procurait l'honneur de ma visite, et, sur le vu
du titre le Cœur brisé, il a paru charmé tout d'abord...
De temps en temps, tout en parlant, il jetait un coup
d'œil dans la glace qui réfléchissait sa précieuse image
et changeait l'inclinaison de sa calotte de velours, qu'a-
vec ma permission il avait gardée sur sa tête.

Après cela, il m'a demandé une courte analyse de mon
livre que j'ai faite de mon mieux pendant qu'il exami-
nait ses pantoufles, brodées sans doute par une main qui
lui fut chère, et s'est mis à balancer son pied droit avec
une certaine grâce...

Comme il finissait de contempler ses pantoufles, j'ai
vu qu'il agitait au soleil sa main potelée, ornée d'une
bague presque épiscopale, et je me suis hâté d'arriver au
dénoûment.

— Qu'a-t-il répondu ?

— Rien d'abord. Il a rapproché son fauteuil du mien,
et m'a fait quelques compliments, tels que le premier
venu aurait pu les faire, sur mon talent, ma grâce, mon
esprit, mon titre de marquise surtout, car, dès les premières questions, et pour obtenir sa confiance, j'avais

été forcée de dire mon vrai nom ; puis il m'a confié que lui-même était un *cœur brisé* ; que, dans sa jeunesse, il avait eu toutes les douleurs d'une âme sensible et poétique ; qu'il avait même écrit sur ce sujet une sorte de... Comment appelez-vous cela ?

— D'autobiographie... Enfin, c'est un cœur tendre et incompris, malgré...

— Ses soixante-six ans, acheva Léa. Précisément... vous l'avez deviné... Après quoi, se rapprochant toujours, il m'a offert ses services et m'a demandé la permission de venir me voir... Il voulait m'informer lui-même du succès de ses démarches...

— Et vous avez accepté ? m'écriai-je avec une sorte d'indignation... Mais c'est la scène de Tartuffe chez Elmire...

Léa se mit à rire.

— Calmez-vous, mon ami, dit-elle. Il n'est pas allé aussi loin que Tartuffe, et je l'aurais arrêté à temps. Mais la galanterie française a ses droits à tout âge... Au reste, et pour vous rassurer, sachez que j'ai accepté ses services en apparence ; j'ai pourtant, sans qu'il s'en aperçût, fourré mon manuscrit dans mon manchon. Il devinera sans peine ce que cela veut dire et ne viendra pas... Etes-vous content ? Maintenant je reprends ma lecture ou plutôt je commence.

Et, de fait, elle commença *le Cœur brisé*.

Serait-ce un blasphème de dire que c'était un de ces romans filandreux et ennuyeux qu'une revue célèbre a importés en France ?

Est-ce que Léa n'était pas toujours ma chère, ma divine Léa, même quand elle écrivait *le Cœur brisé* ?

J'avouerai donc franchement qu'un lecteur moins prévenu que moi en sa faveur se serait ennuyé d'entendre cette histoire ; mais que, bien loin de m'ennuyer ou de m'endormir, j'écoutai pendant trois heures, sans détourner un seul instant mes yeux de Léa.

En deux mots, voici ce que Léa avait imaginé :

Un prince russe, barbare et sauvage, cachant la peau rude d'un Tartare sous le gant de l'homme civilisé ;

Une princesse polonaise, admirablement belle (cela

va sans dire), poétique comme Elvire, mariée à ce Russe et cruellement opprimée ;

Un beau Polonais, prince comme les deux autres, proscrit de plus, vaillant, aimé de la princesse, et voulant l'arracher au joug détesté du boyard.

Pour paysage, les forêts de l'Ukraine, dans la nuit sombre; un château à quelques lieues d'Astrakan ; le Volga au pied du château ; la mer Caspienne dans le lointain.

Pour musique, le vent des steppes et le hurlement des loups.

C'est à Paris que l'on commençait à s'aimer, qu'on se le déclarait, que la princesse résistait, mais mal; que le farouche Tartare s'apercevait de tout.

C'est de Paris qu'il partait pour l'Ukraine, afin d'enfermer sa victime. Mais le beau Polonais traqué par la police russe, arrivait dans le château maudit, enlevait sa princesse, venait à bout de toutes ces résistances, et un quart d'heure plus tard était poignardé comme le comte de Konigsmark, par les satellites de ce mari impitoyable.

Elle, au dénoûment, revenue à Paris, promenait dans les salons sa pâleur élégante et son désespoir mortel.

Quand la lecture fut terminée, Léa me regarda avec inquiétude.

— Eh bien ! mon ami, qu'en pensez-vous ?

A ma place, lecteur sincère, qu'auriez-vous répondu ?

Moi, je fus lâche, et je dis avec un air d'admiration :

— Si M. X... (le directeur de la Revue) avait le manuscrit dans les mains, il le publierait dans un mois.

— Vous me flattez, répliqua Léa.

Mais je ne flattais pas, et la meilleure preuve, c'est qu'on n'attendit pas un mois, que Léa porta son manuscrit au directeur dès le lendemain, qu'il fut lu en vingt-quatre heures, envoyé à l'imprimerie sur-le-champ, corrigé, orné, sans le consentement de Léa, de quelques queues de phrases génevoises qui sont comme le cachet, et la marque de fabrique de ce savant recueil, et finalement publié le cinquième jour, à la grande joie des abonnés allemands et suisses.

Il est vrai que, pour amorcer ces abonnés naïfs, l'éditeur avait supprimé toute signature.

Puis, sans qu'on pût savoir d'où partaient tous ces bruits, on vit un certain nombre de ces vieilles personnes bien informées qui composent le public de l'Académie française annoncer à voix basse, d'un air de mystère, que l'auteur du *Cœur brisé* était un homme d'État fort célèbre, protestant des plus orthodoxes, qui ne voulait pas dire son nom ni laisser croire qu'il s'occupât de telles futilités...

... D'autres personnes, mieux informées encore que les premières, attribuaient ce livre à une princesse de famille royale, dont il était défendu de publier, mais non de soupçonner le nom, et les mêmes abonnés allemands et suisses se pâmaient d'aise en apprenant qu'ils avaient lu de la prose un peu ennuyeuse peut-être, mais quasi-royale.

Une dernière hypothèse enfin, non moins probable que toutes les autres, mettait *le Cœur brisé* sur le compte d'une grande dame espagnole, très richement mariée en France, et qui, dans le haut rang où le sort l'avait placée, regrettait souvent, au dire des gens qui se croyaient bien informés, sa liberté perdue.

Grâce à tous ces mystères, le nom de Léa, qui ne fut connu seulement que trois mois après, devint tout à coup célèbre, et le livre eut six éditions.

XV

Il était dix heures du soir quand la lecture du « *Cœur brisé* » fut terminée. Je pris congé de Léa et j'allai dormir. Une nouvelle importante m'attendrit au réveil.

Mon plaidoyer pour Luce avait fait du bruit dans les journaux grâce à deux ou trois de mes amis qui s'étaient empressés d'y reconnaître « l'aurore d'un talent tel que la tribune française n'en avait pas vu se produire depuis vingt ans ».

Je cite le mot final d'un article dont l'auteur était mon plus ancien et mon meilleur camarade. Lorsque j'allai le remercier d'un éloge que je me serais bien gardé de solliciter, il m'offrit un cigare, me regarda du coin de l'œil et dit :

— Est-ce que tu n'es pas content ?

— Je le suis au-delà de toutes mes espérances.

— Mais non au-delà de tes désirs, n'est-ce pas ?

J'avouai en riant que je pouvais désirer encore davantage.

— Eh bien ! répliqua mon ami, puisque tes désirs surpassent tes espérances, homme ambitieux mais modeste, laisse-moi faire. Ce que j'ai dit est presque vrai et le deviendra avec le temps. Maintenant rassure-toi et ne m'empêche pas d'annoncer que tu es un Démosthène. Si ça ne te fait pas de bien, ça te fera encore moins de mal ; le public en rabattra toujours assez, et les confrères encore plus...

— Mais toi ?

— Moi ? j'aime à faire les réputations et quelquefois à les défaire. Je suis fatigué, retiré de la vie... ça me distrait de voir vivre les autres. As-tu jamais vu quarante ou cinquante écrevisses vivantes enfermées dans un panier à salade, cerclé de fer ? Chacune d'elles fait les plus terribles efforts pour grimper sur le bord du panier, redescendre de l'autre côté et retourner à la rivière... Tu as vu cela, n'est-ce pas?

— Qui ne l'a pas vu?

— Et tu as vu pareillement qu'aussitôt que l'une d'elles a grimpé trois ou quatre marches de ce glissant escalier, quatre ou cinq autres la saisissent par la queue et la tirent en arrière pour la faire retomber au fond du panier et se faire de son corps un piédestal? Tu as vu cela aussi, n'est-ce pas?

— Je l'ai vu.

— Eh bien! l'histoire des écrevisses est l'histoire des hommes... Nous grimpons sur le dos les uns des autres pour arriver au sommet, et, quand l'un de nous y touche, tous les autres le tirent par les pieds pour le faire redescendre et, s'il se peut, tomber, la tête la première, dans le panier.

Ayant vu ça, depuis longtemps, je me suis bien promis de ne pas prendre cette peine, de n'envier personne, de servir mes amis, de n'attendre rien d'eux qui ne soit à leur portée, quand ils seront grands seigneurs, c'est-à-dire un salut amical, une poignée de main au passage, une invitation que j'accepte rarement, et, quand ils viennent me voir, la certitude qu'ils le font par amitié pure, ce qui me fait un vrai plaisir, ou parce qu'ils ont besoin de moi, ce qui me réjouit et m'amuse.

Ainsi parlait mon philosophe ami.

Je dis à mon tour :

— Et moi, dans quelle classe me ranges-tu?

Il répliqua :

— Dans la meilleure. Tu es trop jeune encore pour être ingrat..., d'ailleurs il y a des exceptions, et je suis sûr que tu feras ton devoir. Tu l'as déjà fait... Aussi j'ai plaisir à te recommander au public, qui, te voyant modeste, te prendrait au mot et te croirait médiocre... C'est à moi et à tous ceux qui ont du discernement de te faire connaître...

Il fit une pause et dit :

— Si par bonheur tu deviens président de la prochaine république (ça peut arriver à tout le monde), fais-moi une promesse...

Je répliquai :

— Ce n'est pas une promesse que je te fais, c'est un serment sacré.

— Oh ! de toi, une promesse suffit; d'ailleurs ceux qui ne tiennent pas les promesses, ne tiennent guère les serments. Enfin voici ma demande... tu t'en souviendras, j'espère...

— Je m'en souviendrai.... Voyons ce que tu demandes.

— Ecoute, il peut arriver que, comme président de la république, tu rétablisses l'ordre, la famille, la propriété, le bon Dieu et tout ce que tu voudras. Promets-moi de ne pas me faire emprisonner, déporter ou fusiller sans jugement.

— Je le promets, dis-je d'un ton solennel.

Il reprit :

— Tu promets, Fontpertuis, peut-être plus que tu ne pourras tenir, mais enfin je crois à ta parole et je m'en contente... Et maintenant allons dîner.

Et nous allâmes dîner.

. . . .

Donc, grâce à cet ami et à quelques autres camarades, le bruit se répandit en province que le parti républicain s'était renforcé d'un jeune orateur de la plus grande espérance, d'un ancien proscrit, dont on pouvait tout attendre, car il avait vu le feu en plusieurs occasions, d'un homme d'action enfin, — qualité rare parmi les avocats.

Pour moi, j'avais le bonheur, grâce à une petite légende demie-vraie, demi-arrangée par mes amis, de passer pour un héros, pour un homme politique de haut vol.

Il en résulta ceci, que vingt-cinq ou trente républicains zélés s'étant rassemblés à Lyon comme les chrétiens persécutés dans les catacombes de Rome, soit pour boire de la bière en troupe (comme le public les en soupçonna), soit pour chercher en commun le meilleur moyen de propager l'instruction primaire et de la rendre obligatoire pour tous (c'est ce qu'ils disaient, eux), soit pour préparer le renversement de Napoléon III (c'est ce que disait le procureur général, aidé de toute la police lyonnaise), on eut besoin d'un avocat républicain choisi parmi les plus éloquents et les plus purs.

A dire le vrai, on n'avait que le choix entre vingt-cinq ou trente, dont le talent faisait du bruit au palais de justice de Paris; mais les objections ne manquaient pas. Celui-ci était trop vieux. Celui-là, très éloquent d'ailleurs, mais peu chanceux, perdait tous ses procès. Cet autre avait fait, je ne sais en quelle occasion, l'éloge de Robespierre, mais n'avait rien dit de Marat, ce qui ressemblait à un blâme. Le quatrième aimait Chaumette mais blâmait Anacharsis Clootz. Le cinquième était ardent pour l'unité de l'Italie, mais froid pour celle de l'Allemagne; le sixième ne voulait ni de l'une ni de l'autre. Le septième pareillement. Le huitième demandait la séparation de l'Eglise et de l'Etat que refusait le neuvième.

Après avoir hésité longtemps, on se décida en ma faveur. J'avais pour moi l'immense avantage qu'on ne pouvait rien me reprocher car je n'avais rien dit sur quelque sujet que ce fût, et les coups de fusil que j'avais essuyés sur la barricade Saint-Martin et au bout de la Drôme témoignaient assez de mon dévouement à la bonne cause.

C'est pourquoi je partis un matin pour Lyon, bien pourvu d'argent (ce qui est le viatique universel), plein d'ardeur pour la République, et, — pourquoi ne pas l'avouer? — ravi d'avoir à plaider un procès digne de moi.

Dois-je raconter les diverses péripéties de ce procès, dont les unes tournèrent à ma gloire, d'autres à l'avancement du procureur général et de plusieurs magistrats austères, — mais toutes, — j'ai regret de l'avouer, au détriment de mes malheureux clients. C'est un accident si fréquent dans les procès politiques qu'il n'est pas nécessaire d'en parler beaucoup.

Le président de la cour était un homme grave, plein de vertu, de piété, de mille autres talents et qualités, incapable, dans un procès civil ou criminel de faire tort à qui que ce soit, bien moins capable encore de céder à l'intérêt ce qu'il devait accorder à la justice, mais imbu de certains préjugés contre certaines idées, persuadé par exemple que tout va bien dans l'ordre social, quand tout le monde est à genoux devant la hiérarchie. .

La hiérarchie ! voyez-vous, il n'est rien de tel... du moins pour ceux qui en font partie.

Le président donc fut sévère mais juste ; il interrogea les accusés d'un ton à les faire rentrer sous terre, si les lois de la physique l'avaient permis.

Le principal d'entre eux, le plus coupable, au dire de l'accusation, était un petit homme de cinquante-cinq ou soixante ans, à cheveux blancs, à barbe blanche, vieux combattant de quatre ou cinq insurrections républicaines, décoré de juillet 1830, condamné à mort en 1834 pour un fait pareil à celui qui l'avait fait décorer quatre ans auparavant, gracié à l'occasion d'un mariage royal, repris en 1839, recondamné, regracié, repris en 1849, je ne sais où, à Lyon ou à Paris sans doute, envoyé sur les pontons, remis en liberté, à la sollicitation d'un chef du parti bonapartiste, qui s'était souvenu à propos d'avoir conspiré avec lui en 1834, et repris enfin sous la prévention d'avoir fondé en 1855 une nouvelle société secrète ayant pour but le renversement du gouvernement de l'empereur.

Ce vétéran de dix conspirations, toujours sur la brèche, tantôt avec les vainqueurs, tantôt avec les vaincus, marqué de plus de cicatrices que Cambronne, qui reçut dit-on, vingt-trois coups de baïonnette à Waterloo et n'en mourut pas, tant il avait la vie dure et vissée au corps, — cet honnête homme, qui n'avait jamais vécu que de son travail et dont la politique était la seule distraction, fut amené par les gendarmes devant la cour et interrogé en ces termes :

— Corbin, levez-vous.

Il se leva d'un air fier et tranquille,

Après les questions sur le nom et l'âge :

— Ce n'est pas la première fois, dit le président, que vous comparaissez devant la justice de votre pays ?

— Non, monsieur le président, répondit Corbin. J'ai été condamné à mort trois fois, — deux fois sous Louis-

Philippe, qui ne me fît pas exécuter (ce n'était pas sa manière); une troisième fois en 1849, par un officier supérieur dont je n'ai pas su le nom : c'est M. de P..., aujourd'hui ministre et duc, qui se souvint de moi au moment où l'on allait me ranger contre le mur avec quelques autres camarades et nous fusiller tous ensemble. Il me fît sortir du rang, se souvenant que nous avions conspiré ensemble, et me fît envoyer en Belgique après m'avoir offert la sous-préfecture de Barcelonnette, que je refusai. Deux ans plus tard, toujours par sa protection, je suis rentré en France.

— Et vous voilà de nouveau sur les bancs de la cour d'assises... Vous êtes donc incorrigible ? s'écria le président avec indignation.

Corbin sourit.

— Oui, monsieur le président, tout à fait incorrigible, et, quand je vois ceux qui se sont corrigés, qui ont été carbonari avec moi et qui maintenant envoient leurs anciens amis à la mort, à Cayenne ou à Lambessa, je n'ai pas la moindre envie de me corriger.

Tout cela fut dit avec un calme que ne se démentit pas un instant.

Quant au procureur général, le respect que je porte à la magistrature m'empêche de faire l'analyse de son réquisitoire.

Quand il eut terminé, je me levai et je pris la parole à mon tour. Je commençai par faire l'éloge de mes clients, ce qui véritablement n'était pas difficile, car Corbin et la plupart des accusés étaient les plus honnêtes gens du monde (toute passion politique à part), et l'association qu'ils avaient voulu fonder n'avait d'autre but, au moins dans le présent, que de propager l'instruction primaire laïque.

De l'éloge de mes clients, je passai à celui de la république. On m'avait jeté les têtes de Louis XVI et de Marie-Antoinette; je ripostai par les massacres de la Saint-Barthélemy, les dragonnades de Louis XIV, les emprisonnements de la Bastille, les massacres du Midi en 1797 et 1815, les fusillades sans jugement du 2 décembre 1851... »

Ici, comme je touchais aux origines mêmes et aux sources de la dynastie, le président me coupa la parole, le procureur général prit feu et voulut conclure contre moi; l'auditoire composé en grande partie d'ouvriers et de jeunes gens républicains, prit mon parti. Je fus applaudi, le procureur général fut accueilli avec des huées, le président fit évacuer la salle; on condamna tous mes clien sau maximum de la peine, on me défendit par arrêt solennel de plaider à Lyon avant six mois. Le lendemain, je fus invité à un banquet solennel où je fis entendre assez clairement (ce dont j'étais persuadé d'ailleurs) que la république était proche. On me couvrit d'applaudissements; je fus déclaré égal ou supérieur à tout ce qu'il y avait de plus éloquent dans le parti républicain.

Les journaux de Lyon et de Paris répétèrent l'un après l'autre que j'avais été admirable; je le crus moi-même, et je partis deux jours après, ma réputation étant fondée sur des bases solides.

La meilleure preuve, c'est que, si mes clients furent purement condamnés après mon plaidoyer, je fus, moi, nommé député quelques années plus tard, et que l'autorité dont je jouis à présent à l'Assemblée nationale date de ce temps-là.

Une heure avant mon départ de Lyon et mon retour à Paris, je reçus les trois lettres qu'on va lire, et qui diront mieux que tout le reste ce qui s'était passé en mon absence.

XVI

La première était de Léa :

« Mon ami,

» Je lis dans les journaux de Paris que vous faites des
» merveilles à Lyon. On ne parle que de votre éloquence,
» de vos professions de foi républicaines, de l'avenir
» glorieux qui vous attend, de mille choses, enfin, aux-
» quelles je suis aussi sensible que vous-même.

» Mais vous, ne m'oubliez-vous pas parmi ce fracas
» et ces gloires éclatantes ? Est-ce là ce que vous m'avez
» promis et juré, la veille de votre départ ?

» *Un soir, t'en souvient-il ?...* comme disait le poète.

» S'il ne vous en souvient plus, monsieur, restez à
» Lyon, où vous êtes depuis trois jours à savourer votre
» triomphe; mais craignez que vos nouveaux amis ne
» vous fassent perdre les anciens.

» On annonce pour lundi prochain une représenta-
» tion solennelle de je ne sais quel opéra allemand ; les
» paroles et la musique sont d'un prince souverain. Vous
» voyez d'ici ce que cela doit être, monsieur le répu-
» blicain.

» Napoléon III, qui veut bien faire plaisir à un prince
» souverain, mais qui ne veut pas s'ennuyer, lui a livré
» la salle de l'Opéra pour ce jour-là, se réservant pour
» lui-même d'aller voir *Orphée aux enfers*, aux Bouffes.
» L'impératrice, bien entendu, sera de la partie. S'ils
» allaient, en sortant des Bouffes, souper ensemble au
» cabaret, je n'en serais pas étonnée, — ni vous non
» plus, je pense.

» La cour sera donc partagée ce jour-là : les uns iront
» voir *Orphée aux enfers*, les autres iront bâiller au
» Grand-Opéra, sous la direction du prince souverain.
» Par politesse, on a fait à ce lourd Allemand des an-

» nonces incroyables. On croirait que nous allons enten-
» dre Rossini, Meyerbeer, Auber et Mozart, réunis en
» un seul homme. De plus on annonce que ce sera de
» la musique savante... Vous devinez ce qui nous at-
» tend.

» Mais au mot de musique savante, Mᵐᵉ la baronne
» de Korenberg a pris feu. La science, comme vous
» savez, c'est son fort, ou, si vous voulez, c'est son fai-
» ble. Elle a donc décidé qu'il était convenable et d'un
» goût exquis d'aller à l'Opéra ce jour-là.

» En même temps, comme elle n'aime pas à marcher
» seule, elle a décidé qu'elle emmènerait le vieux gé-
» néral Buchamor .. Lui, qui en musique n'a jamais
» entendu que les tambours, les clairons et les trom-
» pettes, s'est fait un peu prier... Au commencement
» même il avait refusé tout à fait et se cabrait violem-
» ment.

» La respectable dame qui n'est pas habituée à ces
» résistances, a tenu bon, et il a consenti, à condition
» que je les accompagnerais. J'ai voulu résister à mon
» tour, il m'a dit : — Tu m'abandonnes, Léa? — J'ai
» répondu : — Je ne vous abandonne pas, général; c'est
» la musique savante qui me fait peur... — Et moi,
» Léa, tu crois donc que ça me rassure?... Si tu ne
» viens pas, je m'endormirai, j'en suis sûr, dans ma
» loge. — Eh bien ! dormez, général... — Oui; mais,
» si je m'endors, je ronflerai. Je me connais, je ronfle-
» rai comme un tambour de basque, et ça fera scan-
» dale... Mᵐᵉ de Korenberg ne sera pas contente. Viens
» avec moi; quand tu verras que je ferme les yeux, tu
» me réveilleras...

» Comme j'hésitais encore, il m'a prise par les senti-
» ments :

» — Léa, tu sais l'amitié que j'ai pour toi. Ton père
» et ta mère t'ont confiée à moi dès l'enfance; ne m'a-
» bandonne pas...

» Enfin j'ai cédé. Mercredi prochain, le général m'em-
» mène, avec Mᵐᵉ de Korenberg, dans sa loge qui est,
» comme vous le savez, l'une des mieux placées de tout
» le théâtre. C'est là que je compte recevoir votre visite

» pendant l'entr'acte. Le général, comme vous savez,
» a la plus grande sympathie pour vous, à cause de
» votre grand-père, qui fut, dit-il, un de ses meilleurs
» camarades, et à qui vous ressemblez, suivant sa pro-
» pre expression, comme une goutte d'eau à une autre.
» Mme de Korenberg a du penchant pour vous, et quant
» à moi, votre humble servante, je vous verrai sans
» déplaisir : je crois que vous l'avez deviné.

» Donc, à mercredi soir, cher monsieur. Voici ma
» main, baisez-la et remerciez-moi.

» Toutes mes sympathies.

» LÉA. »

Ce n'est pas la main que je baisai. J'étais trop loin.
C'est le papier où cette main chérie avait écrit toutes
ces choses. Je le baisai dix fois, cent fois, mille fois ! je
le mis sur mon cœur, je le mis dans mon portefeuille ;
je le baisai de nouveau avec des transports qui feront
sourire de dédain les gens sages et prudents qui n'ont
jamais aimé, et les philosophes refroidis qui n'aimeront
plus jamais. Puis, ces premiers transports étant un peu
calmés, je passai à la seconde lettre, celle du vieux
général Buchamor.

Lettre du général Buchamor.

« Mon cher Fontpertuis,

» Je ne vous voyais plus et j'étais en peine de savoir
» ce que vous deveniez. Je commençais même à crain-
» dre que ma vieille barbe ou mon titre de sénateur ne
» vous eût mis en fuite, lorsque mon journal vient de
» m'apprendre que vous étiez occupé à plaider, sur les
» bords du Rhône, pour quelques mauvais garçons qui
» s'imaginent qu'on peut avec des phrases changer le
» cours de la nature et renverser le gouvernement et la
» gendarmerie, les deux colonnes de l'ordre social.

» Je ne crois pas nécessaire de vous dire ce que
» je pense de vos clients. Cela ne vous convaincrait pas,
» j'en suis sûr, et peut-être vous ferait de la peine. Je

» tombe donc d'accord avec vous que le jury avait tort
» de les trouver coupables, que les magistrats avaient
» tort de les condamner, que vous seul enfin aviez rai-
» son. J'ajouterai (ceci n'est pas une simple politesse)
» que tout le monde avoue que votre plaidoyer a été
» admirable, et que vous serez député au corps législa-
» tif à la première occasion, et ministre à la seconde...
» Là! êtes-vous content?

» Maintenant, mon cher ami, parlons de choses plus
» sérieuses. Je sais (de Léa même) les bons conseils que
» vous lui avez donnés pour l'éloigner du théâtre, et je
» vous en remercie; mais il faut faire quelque chose de
» plus. Léa, qui veut bien renoncer au théâtre, ne veut
» pas rejoindre son mari... Or ce mari, Rochepont,
» pour qui elle témoigne une horreur inexplicable, —
» car c'est, je vous assure, un très honnête homme et
» qui l'aime passionnément (elle dit qu'il aime aussi
» les gotons et les margotons de tous le pays, c'est vrai
» peut-être, mais qui est-ce qui n'a pas de défauts en
» ce monde?) — Rochepont va venir, d'un instant à
» l'autre, pour enlever Léa... Elle se défendra du bec
» et des ongles, je le sais... Elle parle même de se tuer;
» mais c'est un parti qu'on prend rarement, parce qu'il
» est difficile d'en revenir. Enfin, quand Rochepont
» viendra, je voudrais que Léa fût préparée à le rece-
» voir et qu'elle le suivît de bon cœur... C'est sur vous
» que je compte pour la persuader. D'un jeune curé, les
» sermons sont toujours meilleurs... Venez donc au
» plus vite, je vous prie. Elle a la plus grande confiance
» en vous et suivra vos conseils, je n'en doute pas.

» Mercredi prochain un de ces princes allemands qui
» remplissaient les antichambres du premier Napoléon
» va faire jouer à l'Opéra une petite farce de son pays,
» dont j'ai oublié le titre... vous verrez cela sur l'affi-
» che... Il paraît qu'on va bâiller à s'en décrocher les
» mâchoires. Mme la baronne de Korenberg, qui est une
» connaisseuse, comme vous savez, se fait une fête d'en-
» tendre ça... Elle dit même que tous les vrais con-
» naisseurs en seront enchantés... Ça, c'est pour m'en-
» gager à faire semblant d'y prendre plaisir... Mais

» c'est bien assez d'assister à la représentation. Je veux
» m'amuser, si je veux, et je ne veux pas m'amuser, si
» je ne veux pas... Du moins c'est ce qu'on faisait de
» mon temps.

» Vous, mon cher Fontpertuis, qui êtes plus jeune,
» vous vous amuserez peut-être, ou du moins Léa le dit,
» et ce que dit Léa, vous le savez, est parole d'Evan-
» gile. C'est pourquoi, je vous offre une place (la qua-
» trième) dans ma loge. Les trois autres sont pour Léa,
» Mme de Korenberg et moi.

» Je dois ajouter que j'attends pour ce jour-là une
» lettre décisive du marquis de Rochepont qui, je crois,
» est à bout de patience, et que je vous la communi-
» querai dans l'entr'acte, avant d'en parler à Léa. Si
» cette lettre (et je le crains) contenait des menaces,
» Léa, qui est un peu folle, comme toutes les femmes,
» pourrait faire un coup de tête irréparable. C'est ce
» que je ne veux pas.

» A mercredi, mon cher Fontpertuis, et bien à vous.

» T. BUCHAMOR. »

La lettre du vieux général me fit un plaisir médiocre.
Ce n'est pas qu'il y eût rien à reprendre. Il aimait Léa
d'une amitié de père, il voulait la réconcilier avec son
mari. Il me priait, moi, son avocat, de l'aider dans
cette œuvre... Quoi de plus naturel?...

Mais pouvait-il connaître comme moi les vrais sentiments de Léa? L'avait-elle instruit de l'assassinat d'Olivier d'Aubepeyre, commis de sang-froid, avec prémé-
ditation, par son mari? Pouvait-il deviner l'horreur de
Léa?

Et enfin pouvait-il deviner mes propres sentiments?
Ou, s'il les devinait, pouvait-il les apprendre? Et s'il
parvenait à faire cette réconciliation, que deviendrai-je,
moi, que Léa aimait déjà (je m'en croyais sûr), et qui
l'aimais plus que tout l'univers?

Que signifiait ce mot de lettre décisive qu'il attendait pour mercredi?... Décisive!... Est-ce donc ce
jour-là que devait se décider le sort de Léa et le mien?

Ah ! certes, je ne manquerai pas à cette représentation de l'Opéra !

Aussi, sans plus attendre, je me hâtai de boucler ma malle et de quitter Lyon. Vainement on voulut me retenir, on m'offrit des banquets patriotiques, on me demanda des discours ; je répondis qu'une affaire de vie ou de mort me rappelait à Paris, et je repartis par le premier train express, sans prendre le temps d'ouvrir ma troisième lettre, qui était de mon ami Lenoir.

Ce n'est qu'en wagon, qu'ayant retrouvé mon sang-froid, je rompis le cachet et je lus ce qui suit :

« Mon cher ami,

» Pendant que tu plaides à mort, que tu couvres tes
» clients d'amendes et de prison, il se passe ici des
» choses étranges, ou plutôt très-naturelles, auxquelles
» on devait s'attendre, auxquelles on ne s'est pas at-
» attendu, et qui n'en sont que plus surprenantes.

» Tu te souviens qu'il y a huit ou dix jours, Léa, mar-
» quise de Rochepont, s'étant mis en tête de jouer la
» comédie au théâtre, obtint, par la protection du sei-
» gneur Letranchant d'Escarbouillac, critique d'art et
» feuilletonniste renommé, une audience du directeur du
» théâtre ***.

» Le directeur, ancien huissier, qui se connaît en lit-
» térature comme un chenet à peler une pomme, se fit
» d'abord prier de la bonne façon, quoique Léa eût
» donné un échantillon suffisant de son talent en lui
» récitant du Molière et du Beaumarchais.

» Deux raisons pourtant le décidèrent à faire cet es-
» sai. L'une, c'est qu'il s'attend chaque jour à faire fail-
» lite, et que, dans cette situation, sa principale actrice
» étant partie pour Pétersbourg, il était forcé de s'ac-
» crocher à la première branche venue, si fragile qu'elle
» pût être.

» L'autre raison, c'est que le redoutable Letranchant
» d'Escarbouillac le menaçait de le passer au fil de sa
» plume dans son feuilleton dramatique, s'il ne se hâ-
» tait pas d'engager Léa.

» Engager, comme tu sais, n'est pas le mot propre ;

» car Léa, étant en puissance de mari, ne peut s'enga-
» ger; mais Letranchant d'Escarbouillac, qui avait à
» cœur de la brouiller pour jamais avec le marquis de
» Rochepont, et qui comptait (le bon apôtre!) profiter
» de la querelle, promit à l'ancien huissier de rendre la
» séparation inévitable et l'engagement irrévocable
» après la première représentation.

» Il ajouta, le serpent! qu'à défaut de talent, Léa au-
» rait toujours pour elle son titre de marquise; que le
» faubourg Saint-Germain tout entier viendrait la voir
» sur la scène : les hommes avec sympathie et admira-
» tion, parce qu'elle était de leur monde; que les bour-
» geois et les bourgeoises suivraient et après eux tout
» Paris; qu'on en avait pour deux cents représentations
» au moins, et qu'au lieu de faire faillite, on ferait for-
» tune.

» Le directeur le crut, et tu as vu toi-même avec quel
» zèle on répétait...

» Puis tout à coup le peintre est venu et a dit à Léa
» qu'elle faisait une sottise. Le père Froment a dit
» qu'elle était faite pour jouer la tragédie, mais non la
» comédie ou le drame. Toi-même, tu paraissais con-
» tent. Alors Léa, dont la vocation n'était peut-être pas
» bien franche, a planté là le directeur, le théâtre, les
» acteurs et la pièce en répétition, et, comme une mar-
» quise qu'elle est, n'a pas pris la peine de donner la
» moindre explication.

» C'est très bien, mais voici la suite.

» L'ancien huissier, qui se faisait prier d'abord pour
» accepter Léa, la trouve maintenant admirable et ne
» veut plus entendre parler que d'elle. Il prétend
» qu'elle est merveilleuse, qu'il l'a toujours dit, qu'il
» l'avait devinée tout d'abord, dès le premier coup
» d'œil...

» (C'est sa prétention d'avoir le coup d'œil de l'aigle.
» Le père Froment assure que c'est le coup d'œil de
» l'oison...)

» Enfin il veut qu'elle joue dans la pièce; il dit qu'il
» a fait des frais et que Léa jouera ou qu'elle recevra du
» papier timbré.

» Au premier mot de papier timbré, comme tu n'étais
» pas là, Léa s'est adressée au général Buchamor, qui a
» déclaré tout net que si quelqu'un s'avisait d'envoyer
» du papier timbré à sa pupille, il timbrerait lui-même
» le bas de ce quelqu'un avec sa botte... Et, quoique
» septuagénaire, le vieux soudard est de force à tenir sa
» promesse ; car j'entends dire que, sous la Restaura-
» tion, pendant qu'il vivait à grand'peine de sa demi-
» solde et même ne mangeait pas tous les jours, un
» malheureux recors étant venu lui présenter un matin
» je ne sais quel papier de cette espèce, le colonel Bu-
» chamor (il n'était alors que colonel (le prit par le
» milieu du corps avec des pincettes et le jeta par-des-
» sus la rampe dans l'escalier.

» Tu me diras qu'on ne fait pas à soixante-douze ans
» ce qu'on faisait à trente-cinq... Eh ! eh ! il ne faut
» pas s'y fier... Dans tous les cas, l'ancien huissier ne
» s'y est pas fié ; mais il n'a pas lâché prise pour cela,
» le traître, et je tiens du père Froment qu'il a, sans
» avertir le général Buchamor ou Léa, envoyé une som-
» mation au marquis de Rochepont d'autoriser Mme la
» marquise Léa, son épouse légitime, à contracter avec
» lui, directeur du théâtre ***, un engagement en bonne
» et due forme pour jouer la comédie, et tels rôles qu'il
» lui appartiendra, à lui directeur, de déterminer, avec
» tel costume qu'il jugera convenable ou même sans
» costume...., faute de quoi, il y sera contraint par
» toutes voies de droit, aussi bien qu'à payer 20.000 fr.
» de dommages-intérêts pour réparation du préjudice
» causé, et 500 francs par chaque jour de retard jus-
» qu'à ce que ladite marquise reparaisse sur la scène...

» .... Tu vois d'ici la figure que fera le marquis en re-
» cevant cette sommation, et j'en rirais d'avance, si
» cette pauvre charmante Léa ne devait pas en souffrir.
» Mais qui sait ce qu'un mari jaloux et violent peut faire
» en pareille occasion ? Et, pour dire la vérité, qui sait
» ce qu'il a droit de faire ?

» Hâte-toi de revenir. Je crains un malheur pour
» Léa.

» A propos, t'ai-je dit que tout Paris sera mercredi

» soir à l'Opéra pour bâiller au nez d'un croque-notes
» allemand qui porte sur la tête une couronne ducale.
» J'espère que tu ne manqueras pas à la fête.

» Mme la baronne de Korenberg y fera feu de tous ses
» diamants et compte éclipser la belle Léa, qui étant
» elle même un diamant de la plus belle eau, n'a besoin
» que de se montrer pour éblouir tous les yeux. C'est
» du moins ce que lui a dit en vers le vaudevilliste que
» tu as vu l'autre soir, et qui lui promettait des rôles
» aux dépens de Zerline.

» Léa s'est mise à rire ; mais, au fond, elle est fort
» troublée, car elle a vendu pour vivre tout ce qu'elle
» avait de bijoux, et l'idée de se montrer à l'Opéra
» dans le simple appareil d'une petite bourgeoise, quand
» Mme de Korenberg aura près d'elle tout le luxe et la
» magnificence d'une grande dame, la consterne abso-
» lument.

» Comment se tirera-t-elle de ce pas difficile ? C'est
» ce que nous verrons mercredi.

» A ce jour-là, mon cher ami.

» LENOIR. »

Cette dernière lettre me donna les plus vives craintes. Qui pourrait savoir comment le marquis de Rochepont recevrait la nouvelle des projets qu'avait formés
Léa ?... A coup sûr, s'il n'avait pas renoncé à elle pour
toujours, c'était une occasion unique de la ressaisir au
nom de la loi, et qui pourrait s'y opposer ?

A cette pensée, je me sentais frémir.

Quelques heures plus tard, c'est-à-dire le mercredi
matin, j'étais de retour à Paris, et dans l'après-midi je
me présentai chez Léa.

XVII

C'est la bonne Luce qui vint m'ouvrir d'un air moitié affligé, moitié réjoui, que j'eus peine à m'expliquer d'abord.

Sa maîtresse était absente.

— Mais, ajouta-t-elle, il y a bien du nouveau dans la maison... Si vous saviez !...

Et elle leva les yeux au ciel.

Je ne demandais pas mieux de savoir et je n'étais même venu que pour cela. J'entrai donc sans me faire prier, et Luce commença son récit en ces termes :

— Ah ! monsieur, quel bonheur ! Et qui aurait pu croire ça d'un si bel homme, car c'était un bel homme, il faut l'avouer, et jeune encore, frais, robuste, et qui soulevait des sacs de farine de plus de trois cents livres comme je porterais un panier de trente livres.

— De qui parlez-vous, Luce ?

— De M. le marquis de Rochepont... Vous ne savez donc plus ?... Ah ! c'est vrai, je ne vous ai pas dit ce qui était arrivé.

Et, comme au lieu de raconter son histoire, elle continuait ses lamentations, je finis par lui dire :

— Qu'est-ce qui est arrivé, Luce ? Dites-le tout de suite ou je m'en vais.

C'était une menace vaine, car, au premier mot qu'elle avait dit d'un malheur arrivé au marquis, je ne sais quel espoir inavouable s'était glissé dans mon cœur.

— Eh bien ! dit Luce tout à coup et d'une voix éclatante, de Rochepont est mort !

— Elle fit une pause, comme une actrice savante qui attend les applaudissements du public.

Je n'applaudis pas, j'oserai même dire que cette sinistre nouvelle me frappa de stupéfaction.

— Mort ? le marquis !

— Oui, monsieur, reprit Luce, qui était une bonne âme, et je vous assure, devant Dieu soit-il ! il n'en est pas mort pour beaucoup d'argent !

— Léa le sait-elle ?

— Madame ! Oh ! non, je ne l'ai pas dit. Ça l'aurait peut-être empêchée d'aller à l'Opéra ce soir, et si vous saviez la belle toilette qu'elle aura, et comme Mme la baronne de Korenberg en sera jalouse !

J'approuvai la discrétion de Luce. Après tout, un mari devrait choisir son temps et ne pas se faire enterrer quand sa femme va monter en voiture pour aller au spectacle ou au bal. Il y a des convenances à garder, par Jupiter !

— Mais, dis-je à Luce, de qui tenez-vous cette nouvelle ?

— De quelqu'un qui la savait bien, monsieur, de quelqu'un qui la savait bien !...

Et après une pause :

— Eh bien ! si vous voulez qu'on vous le dise, c'est Charles qui vient de me l'apprendre. Voici comment l'affaire s'est passée...

Il paraît que le pauvre monsieur était avant-hier à la foire de Châteauroux. Vous savez, les foires c'était sa passion, le pauvre cher homme, à cause des rencontres qu'on y fait pour boire, pour jouer aux cartes et aussi pour autre chose ; car Toinon, la maîtresse servante de l'hôtel du *Cerf d'or*, à Châteauroux, m'a dit plusieurs fois qu'il ne venait jamais à la ville sans faire quelque connaissance nouvelle (des femmes, j'entends), soit à l'hôtel, soit au cabaret... Un jour même, le pauvre cher homme ! en passant dans un corridor, comme il n'y faisait pas clair, prit Toinon pour une autre et voulut l'embrasser ; mais elle, qui portait le potage à quatre messieurs marchands de bœufs, et qui est encore robuste, malgré ses soixante-dix ans, se défendit si bien qu'elle renversa le potage sur le gilet du marquis, et comme c'était presque bouillant, il se sauva en criant :

— Ah ! Toinon, si j'avais su que c'était toi !...

Et c'est vrai qu'en plein jour personne n'aurait envie

d'embrasser la vieille Toinon, qui n'a plus que deux dents sur les côtés et une sur le devant...

Enfin qu'est-ce que vous voulez?... C'est pour vous dire que le défunt marquis était un homme bien doux, bien aimable, et qu'on regrettera plus tard, quoiqu'il n'ait pas été avec Mme la marquise tout ce qu'il devait être... Mais ça se serait arrangé avec l'âge. On en a vu qui ne le valaient pas, je vous assure ; et pourtant, quand on les a enterrés, tout le monde du pays suivait le cercueil, et la veuve restait à la maison, soit disant parce qu'elle avait tant pleuré en perdant le défunt qu'elle n'avait pas la force de l'accompagner au cimetière, ou parce qu'on la retenait, de peur qu'elle ne voulût se jeter toute vivante avec lui dans la même fosse... Ça, vous savez, c'est des embarras de bourgeoises...

Ici j'interrompis les observations morales de Luce :

— Voyons, dites-moi comment le marquis est mort, et comment vous le savez.

— Ah ! monsieur, c'est bien facile à dire... M. le marquis était donc à la foire, à ce que m'a raconté Charles.

— Mais Charles lui-même, qui est-ce qui lui a raconté ce malheur ?

— Vous allez voir, monsieur, vous allez voir. M. le marquis était donc à la foire, avec soixante ou soixante-dix moutons engraissés qu'il venait de vendre ce jour là pour se faire de l'argent et venir à Paris. Il avait aussi trois paires de bœufs dont on venait de lui donner, à ce que Charles m'a dit, cinq cents francs pièce. Enfin il se promenait dans la ville après avoir fini son marché, et s'en allait dîner à l'hôtel du *Cerf d'or*, quand M. Cascadet, l'huissier, s'avance vers lui d'un air empressé et le salue, comme s'il avait quelque bonne nouvelle à lui annoncer... Mais dites-moi si jamais un huissier vous a donné une bonne nouvelle !..

Le marquis, voyant l'huissier, s'arrêta sur le trottoir qui est devant l'hôtel du *Cerf d'or* et lui dit :

— Bonjour, Cascadet, qu'est ce que vous voulez ?

En même temps il posa son fusil de chasse, la crosse

sur le trottoir... Il faut vous dire qu'en s'en allant il
devait passer chez un de ses amis et chasser le lendemain avec lui. Alors son fusil était chargé de gros
plomb.

M. Cascadet lui dit :

— Monsieur le marquis, je suis bien fâché, bien contrarié, je vous assure ; mais ce n'est pas ma faute...
D'ailleurs, si ce n'était pas moi, ce serait un autre qui
le ferait ; autant vaut que ce soit moi..., j'y mettrai
des égards, je vous le jure. Quoique huissier, monsieur
le marquis, on a un cœur et l'on a reçu de l'éducation ;
je sais ce qu'on doit aux personnes de qualité. . Aussi
j'aurai des égards... Ah ! si c'était un mauvais gueux
de débiteur qui n'eût pas le sou, à la bonne heure ! Celui-là, je ferais saisir ses meubles, je mettrais opposi-
tion partout où on lui doit de l'argent, je le réduirais à
mendier son pain. Mais vous, monsieur le marquis, je
sais que vous avez *de quoi* et que vous payerez bien ;
aussi je ne vous tourmenterai pas... et même...

Pendant qu'il parlait, le marquis le regardait, sans
comprendre un mot. Enfin il lui dit en riant :

— C'est bien... c'est bien... Cascadet. Vous êtes
connu pour ça... Cascadet des égards... Mais est-ce
que vous n'êtes pas fou, Cascadet ?

— Moi, monsieur le marquis ?

— Oui, vous, Cascadet !... Est-ce que vous n'êtes pas
timbré et même plus timbré que votre papier ?...
Est-ce que je dois quelque chose à quelqu'un ici ?

Et de fait, le pauvre défunt ne devait rien à personne,
car il avait reçu de son père un beau château, de belles
terres, de bons prés, de jolies rentes sur l'Etat, et il
n'avait jamais rien dépensé mal à propos ni emprunté
à personne.

L'autre, pendant ce temps, tirait de sa poche un portefeuille graisseux. Il prit un papier timbré plus sale
que lui, et c'est beaucoup pire ; car la pauvre Mᵐᵉ Cas-
codet (aujourd'hui défunte), racontait souvent que la
figure et les mains de son mari n'avaient jamais connu
l'eau que les jours de pluie ; — il prit donc ce papier et
le mit sous le nez du marquis.

M. de Rochepont lui dit :

— Qu'est-ce que c'est que ça, Cascadet ?

— Monsieur, c'est une assignation.

— De qui ? je ne dois rien à personne.

— Monsieur, dit Cascadet, c'est un monsieur de Paris à qui vous devez vingt mille franc...

Ici Luce s'interrompit de nouveau.

— Ah ! monsieur, aurait-on jamais pu croire ?...

Et alors elle m'expliqua en termes obscurs et assez longuement que l'huissier Cascadet était chargé d'obliger M. Edme-Antoine, marquis de Rochepont, à autoriser son épouse Augustine Léa de Rochepont à jouer le rôle de la baronne d'Ange, dans le *Demi-Monde*, faute de quoi et pour préjudice causé, etc... On sait le reste.

Ce qui suivit était plus tragique.

M. de Rochepont eut d'abord quelque peine à comprendre de quoi il s'agissait. Mais quand il vit qu'il était sommé de forcer Léa à paraître sur le théâtre ou de payer une somme considérable, d'une main il saisit l'huissier à la cravate, et de l'autre, par un geste d'indignation, il frappa de la crosse de son fusil la pierre du trottoir.

Un hasard malheureux voulut que le fusil fût armé. Le choc abattit le chien. Le coup partit, fit balle et vint frapper le marquis.

Il tomba presque foudroyé.

Tel fut le récit de Luce. Je passe sous silence la plus grande partie de ses commentaires ; l'oraison funèbre du défunt, où, parmi des pleurs de commande rayonnaient des éclairs d'une joie mal contenue, car Léa, par cette mort, rentrait sans coup férir en possession de sa fortune, et Luce ne doutait plus d'épouser Charles, le valet de chambre, son bien-aimé.

Puis, comme, après tout, Luce était de bonne pâte, elle revenait sur ce triste sujet en disant :

— Et cependant, monsieur, c'est bien dommage, allez ! car le pauvre défunt était un bien bel homme...

Si bien que je me demandais si Charles avait été le premier ; car de s'en rapporter au témoignage de Luce sur ce point, c'était beaucoup de confiance...

XVIII

Je demeurai quelques instants silencieux sous le coup de cette grande nouvelle.

Certes, elle avait de quoi réjouir une âme vulgaire, car je ne doutais presque plus de l'amour de Léa, et je ne voyais disparaître le seul obstacle qui fût entre nous.

Mais aussi se réjouir de la mort d'un homme dont on n'a jamais eu à se plaindre, qui, s'il vous a gêné, ne l'a fait qu'involontairement, c'est bien dur.

Sans vouloir trop approfondir cette matière délicate, je me réjouis que Léa ne fût pas encore instruite de la mort de son mari ; car, au témoignage de Luce, personne ne savait encore à Paris ce qui s'était passé, excepté Charles, qui était à Châteauroux avec le marquis et qui avait pris le train express pour avertir Léa, comptant, sans doute, recevoir le prix d'une si bonne nouvelle.

— Recevrez-vous Charles ce soir ?

— Oui, monsieur, répondit Luce, en baissant les yeux, la pauvre innocente !... Comme madame doit dîner chez le général et passer la soirée avec lui et Mme de Korenberg dans sa loge...

— Vous avez donné rendez-vous à Charles ? Luce, Luce, prenez garde !

Luce rougit encore davantage ou fit semblant de rougir, comme une bonne fille modeste qu'elle était, et répondit :

— Monsieur, cette fois notre mariage est sûr, Charles va faire venir ses papiers et je sais bien que madame me donnera une petite dot.

Tout en causant avec Luce, je cherchais un peu au hasard dans le salon, trouvant ici un album, là un baguier, un peu plus loin un roman ouvert, et, à la place d'honneur, un traité du *Divorce*, de Mme la baronne de Korenberg, œuvre d'une femme sérieuse et d'un génie austère, qui creusait la question jusqu'au vif et disait bien son fait au sexe barbu. Je remarquai avec plaisir que Léa n'avait pas dû dépasser la trentième page, car le volume n'était pas coupé plus loin.

Tout à coup, je vois une petite lettre dépliée, au bas de laquelle se dessinait, comme tracée par un sabre turc, la signature hardie et coupante du fier Letranchant d'Escarbouillac. C'étaient des vers.

Je crus qu'on pouvait lire. Outre que la lettre était ouverte et abandonnée au hasard comme un papier de rebut, il est trop clair qu'on ne dit pas de secrets en vers.

Je lus donc, et voici ce que disait le billet du critique d'art :

Pour mettre au bas du portrait de Léa, marquise de Rochepont.

> Léa, tes yeux sont d'azur
> Plus transparent qu'un ciel pur,
> Mais perfides autant que l'onde
> De la mer profonde.

LETRANCHANT D'ESCARBOUILLAC.

Je demandai à Luce si l'auteur de cette injure poétique était revenu voir Léa, mais Luce me rassura. Le critique d'art, quoique à peu près guéri et pouvant déjà se promener en voiture, ne s'était pas présenté depuis son duel.

— Et s'il se présentait, ajouta Luce, c'est moi qui lui dirais que madame n'y est pas. Je n'aime pas ces beaux messieurs qui ont toujours l'air de mépriser le pauvre monde.

Je demandai alors :

— Etes-vous bien sûre que madame ne rentrera pas ?... A-t-elle fait sa toilette d'avance ?...

— Sa toilette ! dit Luce. Ah ! si vous saviez ce que le général lui a donné !

Il faut vous dire, monsieur, que madame n'avait pas

trop envie d'aller à l'Opéra ce soir. Elle disait : « Je vais avoir l'air d'une petite femme d'employé à quinze cents francs dans la loge du général... » Moi, pour la consoler, je lui répondais : « Mais, madame, il y a des femmes d'employés à quinze cents et même à six cents francs qui sont plus jolies et plus élégantes que beaucoup de duchesses, quoique leurs robes ne coûtent pas aussi cher... » Et ça, c'est vrai, parce que, voyez-vous, on ne m'ôtera pas de l'idée qu'une jolie femme, dans une robe d'indienne, est plus agréable à voir qu'une robe de velours et de dentelles autour d'une barrique ou d'un manche à balai. Et il y a bien des manches à balai et des barriques dans les loges, le soir, à l'Opéra, sans compter ceux qu'on voit courir, danser et gigotter sur la scène... N'est-ce pas vrai, monsieur ?

J'avouai que c'était vrai quelquefois.

— Enfin, monsieur, reprit Luce, madame était presque décidée à rester à la maison, quand le vieux général est venu la chercher à deux heures.

Il a dit :

— Léa, pourquoi ne veux-tu pas venir ?

Elle a répondu :

— Je suis malade, général.

I a dit en tapant sur le plancher avec sa canne :

— Tu te portes mieux que moi... Je sais ce qui t'arrête. Tu as vendu tes bijoux pour vivre. Tu es folle. Tu devrais être chez ton mari... Mais enfin, si tu ne veux pas, tu es libre ; je ne suis pas ici pour te forcer... Quant à tes bijoux, n'en parlons plus. Que dis-tu de celui-ci ?

Et alors il a tiré de sa poche une petite boîte et de cette boîte une agrafe. Ah ! monsieur, si vous aviez vu ça ! C'était beau, c'était brillant ; on se serait mis à genoux devant, tant c'était magnifique...

Le vieux a dit :

— Léa, c'est l'agrafe en diamant de ma chère bégum ; je te la donne.

Madame lui a sauté au cou en disant :

— Mais, mon ami, ce diamant vaut au moins deux millions : il n'y en a pas de plus beaux en Europe.

Il a répliqué :

— C'est pour ça que je te le donne. Est-ce que tu crois que je vais me mettre ces choses-là autour de mon cou ?... Quand je mourrai, je n'aurai pas d'autres héritière que toi. Je veux te voir aujourd'hui plus belle qu'une reine, ma petite Léa... Je veux que tu me fasses honneur. Je n'ai plus ni femme, ni enfant, ni famille, ni rien, excepté toi ; je veux que tu sois ma fille, et que tu fasses crever de jalousie toutes les autres femmes...

— Même la baronne de Korenberg? a demandé madame en riant.

Celle-là surtout, a répondu le vieux général. Elle m'ennuie avec sa musique allemande, sa science allemande, sa poésie allemande, sa critique allemande, et sa manie d'amener chez moi des Allemands, qui m'appellent respectueusement monsieur le comte gros comme le bras, et qui cherchent dans tous les coins et demandent le prix de chaque meuble, comme s'ils voulaient faire l'inventaire de mon mobilier après décès... La baronne m'ennuie depuis longtemps...., elle me le payera aujourd'hui.

— Puisque c'est ainsi, a dit madame, attendez-moi là un instant, général, et je vais vous suivre.

Alors elle est entrée dans sa chambre avec moi, et s'est habillée en un quart d'heure. Ah! si vous voyiez l'effet de son diamant!... Mais vous le verrez ce soir.

Cette conversation se prolongea encore plus d'une heure, car Luce ne se lassait pas de vanter sa maîtresse, ni moi de l'entendre vanter.

Enfin six heures sonnèrent. Je n'avais que le temps de m'habiller moi-même, de dîner et d'aller au théâtre. Je dis adieu à Luce et je partis.

Chemin faisant, je lus sur les affiches que ce soir-là *par ordre*, on allait jouer à l'Opéra l'*Ondine du Neckar*.

Ces mots *par ordre* signifiaient que leurs Majestés Napoléon III et Eugénie honoreraient de leur présence le spectacle. Au dernier moment, et après avoir beaucoup hésité entre l'*Ondine du Neckar* et *Orphée aux enfers*, Napoléon III s'était décidé pour l'*Ondine*; il avait cru devoir ce sacrifice à la politique du moment. (On par-

lait encore de quelque dessein profond et ténébreux
qu'il méditait sur l'avenir de l'Allemagne, et dans lesquels le sérénissime auteur de l'*Ondine du Neckar* devait
jouer un rôle important. Quels étaient ces desseins?
Quelle était cette Altesse Sérénissime? Peu importe.
Les desseins de l'Altesse sont tombés à l'eau en 1866 et
personne ne les repêchera.)

XIX

En ce temps-là (car c'est une vieille histoire, bien oubliée aujourd'hui et bien digne de l'être), Napoléon III, par la grâce de Dieu et le suffrage du peuple était empereur des Français.

Comment il arriva sur ce sommet, c'est ce que nos enfants apprendront un jour avec étonnement.

Ce n'est point par son mérite, que personne n'appréciait ou ne connaissait ; c'est encore moins par sa fortune, car il n'avait que des dettes ; ce n'est pas non plus par sa naissance, car il n'était le fils ou le petit-fils d'aucun prince souverain ; ce n'est pas davantage pour ses vertus, car...

Pour ne choquer personne, je n'irai pas plus loin. Il devint empereur parce que Dieu l'avait voulu, sans doute, et parce qu'il était nécessaire que la France, qui se croyait la première et la plus noble des nations d'Europe (et qui l'était, à mon avis), fût, en présence de toutes les autres, corrigée du péché d'orgueil.

Si cette raison ne vaut rien, cherchez-en quelque autre qui vous convienne mieux. Pour moi, je me contente de celle-là.

Donc cet heureux aventurier (mais qui donc peut être appelé heureux avant d'avoir été enterré ?) était assis sur le trône de France. Il avait sous ses ordres cinq cent mille soldats, six cent mille fonctionnaires, et dans sa main deux milliards par an, tantôt plus, tantôt moins, sur lesquels il prélevait pour ses appointements, sous le nom de liste civile, une quarantaine de millions, dont quelques bribes allaient à ses amis particuliers.

Pour dire la vérité, c'était l'homme le plus puissant de ce vaste univers, car il avait plus d'argent que n'importe qui, et, de plus, il était mieux obéi que n'importe qui.

Même, grâce aux ressources de la civilisation moderne, il pouvait faire chanter ses louanges en France et en Europe. En France cela ne lui coûtait presque rien, à peine quelques promesses de préfecture, de sous-préfecture, de croix d'honneur, et la permission de vivre ; en Europe, quelques centaines de mille francs que se partageaient inégalement une vingtaine de journalistes allemands et anglais.

Ce n'est pas tout. Ayant Paris pour capitale, il était en vue du monde entier ; il était debout sur Paris, comme une statue sur un socle...

Le voyant sur ce sommet, on le croyait grand.

Et comme Paris, étouffé sous ce poids et menacé par la police et les baïonnettes, se taisait, le moindre mot de cet empereur retentissait dans le silence et passait pour une parole divine.

Enfin, comme il était plein de générosité avec les étrangers, prêtant aux uns l'argent de la France, faisant battre pour les autres l'armée française, offrant à tous la liberté, dont il ne voulait pas dans son pays, nourrissant, abreuvant, caressant tous ceux qui se faisaient présenter à la cour, poli et prévenant pour les pères et pour les maris, tendre et généreux ... leurs femmes et leurs filles, hors de France, il n'e   les amis.

En France, il en avait aussi : — ceux qu'il payait d'abord, et quelques autres choisis parmi ces imbéciles qui, voyant la terre tourner autour du soleil et mûrir les moissons, en remercient le gouvernement, quel qu'il soit.

D'autres, dont les parents avaient été fusillés, exilés ou déportés par ses ordres, souhaitaient soir et matin de le voir pendre ; mais ceux-là quoique nombreux, n'avaient pas la parole. L'œil de la police veillait sur eux, et on les saisissait dans l'ombre par centaines pour les envoyer à Lambessa. Point de jugement. A quoi bon des ju   si ce n'est à faire du scandale ?

Au   lieu de ces déportations et de ces fusillades, il vivait joyeusement, comme un sage, se promenant au bois de Boulogne, en hiver, au printemps, à Fontainebleau, à Biarritz, en été, à Compiègne, en automne.

Il aimait le théâtre. On lui donnait de bonnes petites
comédies gaillardes, qui faisaient rougir les bourgeoises
et les attiraient en même temps... Pour le distraire,
comme il n'avait pas de goût pour la grande musique,
on le menait aux refrains d'Offenbach :

> Quand j'étais roi de Béotie

Ou

> Le roi barbu qui s'avance,
> Bu qui s'avance,
> Bu qui s'avance,
> C'est Agamemnon.......

Ou encore :

> Madame! ah! madame,
> Plaignez mon tourment!
> J'ai perdu ma femme
> Bien subitement.

Ne croyez pas, grand Dieu ! que je le blâme. S'il
n'avait pas eu d'autre péché sur la conscience, la France
ne serait pas aujourd'hui mutilée ; elle n'aurait pas
perdu deux provinces et seize cent mille de ses enfants...

Mais qui pouvait prévoir en ce temps-là tous ces malheurs ? Bien loin de craindre, il se croyait, ce Napoléon
de carton peint, le plus redoutable souverain du monde
entier ; il rêvait gloire et conquêtes, et, dans l'intervalle
d'une guerre à l'autre, il jouissait de la vie, ne craignant rien qu'une maladie dont il était depuis longtemps menacé.

S'il se plaignait, ce grand empereur, c'était dans le
silence du cabinet, et, s'il en arrivait quelque chose au
public, c'était par les discours à voix basse des médecins
et chirurgiens qui se vantaient de prolonger sa vie.

Enfin toute l'Europe avait les yeux sur lui et le regardait comme un envoyé de la Providence, du moins pendant les premières années de son règne.

Les évêques avaient donné le branle de l'admiration.
Les simples prêtres avaient suivis, quoique avec plus de

modération, n'espérant pas être nommés cardinaux, à force de dévouement à Sa Majesté. Les préfets l'appelaient Auguste : ce qui le flattait particulièrement (on le croyait du moins), parce que Auguste était le neveu de César, comme lui de Napoléon.

L'un d'eux, ne sachant comment témoigner son dévouement, son admiration, son adoration et le reste, voulant enfin surpasser tous ses collègues et mériter par là d'être appelé au Conseil d'Etat, eut, dit-on, l'idée de génie, un soir que le pauvre empereur venait de prendre un bain, comme la plupart des mortels, de faire mettre en bouteilles l'eau de la baignoire, comme un crû précieux de l'année de la comète, et d'en offrir à ses administrés et aux membres du conseil général du département. Les administrés en ont ri pendant dix ans, et quelques-uns en rient encore aujourd'hui. Mais ce beau trait n'a pas nui à l'avancement du préfet. Il doit avoir aujourd'hui un beau poste et bien payé, je ne sais où... et peut-être, il y a deux ans, quand il fut question de faire un roi de France, attendait-il impatiemment Henri V pour lui faire subir la même opération et mettre en bouteille le crû du roi légitime après celui de l'usurpateur.

Tel était le grand prince qui régnait sur la France, le jour où Son Altesse Sérénissime le duc Otto de Hesse-Meiningen-Seckingen-Rotharékingen, prince souverain, aspirant à la succession de Mozart, obtint (par ordre) de faire représenter à l'Opéra sa fameuse pièce, l'*Ondine du Neckar*, qui attirait au théâtre la savante et judicieuse baronne de Korenberg, traînant à sa suite le vieux général Buchamor, lequel n'avait pas voulu marcher sans Léa, qui, de son côté, m'avait, comme on l'a vu, donné l'ordre de la suivre.

C'est ainsi que tout va, dans la nature, par attraction et gravitation, souvent inconnues de ceux qui les subissent.

Comme ma place était marquée d'avance dans la loge du général, je me hâtai d'entrer au théâtre, mais non d'aller m'asseoir, et je pris plaisir à contempler la salle, qui était, je dois l'avouer, toute brillante d'or, d'uniformes, de lumières, de diamants et d'épaules blanches ou blanchies de femmes charmantes. Debout, dans le petit corridor de l'orchestre, je voyais entrer tout le monde et j'entendais les commentaires instructifs de mes voisins.

Parmi ceux-là, était un Allemand à barbe et à cheveux jaunes, qu'on voyait en ce temps-là partout, au théâtre, dans les journaux, à la cour, et qui donnait son avis sur tout, comme s'il avait été l'un des personnages de la fête. La vérité, c'est qu'il dînait partout à l'office et qu'on l'employait à faire les commissions ; mais il dînait abondamment et faisait les commissions avec conscience, on le disait du moins.

Sous un autre nom, je n'ose pas dire sous un pseudonyme, car qui sait lequel des deux noms était le véritable, il envoyait tous les trois jours, à la Gazette de K***, de W***, ou de L***, des tirades pleines de vertu véhémente contre la corruption française. On ne l'a su ou peut-être on ne s'en est soucié qu'après la funeste guerre de 1870.

Cet Allemand avait donc la parole et nommait les princes et les princesses, les ducs et les duchesses, les marquis et les marquises, en ajoutant une épithète à chaque nom.

— Ah ! dit-il, voici Mme la princesse de C*** ; elle a neuf cent mille francs de diamants sur les épaules.

A ces mots : *neuf cent mille francs*, le bon garçon passait sa langue sur ses lèvres, comme pour savourer la douceur d'une si forte somme, et regardait ses voisins, afin de leur faire partager son admiration.

Mon ami Lenoir, qui se trouvait là, lorgna par complaisance la princesse, referma la lorgnette au bout d'un moment et dit avec froideur :

— Elle a neuf cent mille francs de diamants, c'est possible... mais...

— Comment ? possible ! s'écria l'Allemand aux cheveux jaunes. Je le sais bien. C'est le joaillier de la rue de la Paix qui me l'a dit, et il s'y connaît, je pense.

— Oui, oui, répliqua Lenoir, qui voulut, par politesse, faire des concessions ; la princesse a de beaux diamants,

mais elle est laide comme un vieux soulier. Je n'en
voudrais pas pour concierge, et Dieu sait pourtant que
la mienne n'est pas belle.

Alors l'Allemand, se voyant seul dans son admiration,
voulut faire à son tour quelque concession, mais avec
l'espoir de prendre sa revanche.

— Oui, dit-il, elle a le nez un peu court; mais...

— Un peu court! reprit mon ami Lenoir avec force;
mais c'est un piton, ce nez-là, un piton froncé et rechi-
gné,... c'est un pied de marmite, c'est quelque chose
qu'une Française aurait eu honte de se laisser poser
entre les deux yeux par le Créateur.

— Oh! répliqua l'Allemand aux cheveux jaunes, une
Française! une Française! J'en connais dont le nez ne
ferait honneur à personne.

Alors Lenoir se leva, plein d'une fureur plaisante.

— Vous en connaissez, monsieur? vous en connaissez!... Osez donc le dire! .. Est-ce que vous vous y
connaissez, vous qui parlez? Homme d'au-delà du Rhin,
parlez-nous d'objectif ou de subjectif, çà, c'est votre affaire, c'est la spécialité que personne ne vous dispute;
mais ne dites pas que vous savez comment un nez doit
être fait, car vous n'y entendez rien.

L'Allemand aux cheveux jaunes garda un moment le
silence, étant de ceux qui ne comprennent une plaisanterie française qu'après douze heures de réflexion, et
qui n'en peuvent rire que le lendemain, à l'heure où ils
se font la barbe.

Après quelques minutes, il voulut pourtant prendre
sa revanche; car il était entêté comme un mulet d'Hyrcanie, quoiqu'il fût né près de Glogau, en Silésie, ville
très renommée.

— Eh bien! c'est vrai, dit-il; Son Excellence la princesse de C*** n'a peut-être pas le nez le mieux fait de
toute la salle...

— Dites qu'elle l'a très mal fait, reprit son opiniâtre
adversaire.

— Oui, mal fait, si vous voulez; mais c'est une des
plus grandes dames de l'Allemagne.

— Ça, dit l'autre, qui était en veine de politesse, je

vous l'accorde; mais, si les autres grandes dames de l'Allemagne ont le nez aussi mal sculpté que celle-ci, je ne les en félicite pas.

— Mais, continua l'Allemand, son mari est l'arrière-petit-fils de Bernard, prince de C***, qui commandait l'armée des cercles protestants pendant la fameuse guerre de Trente ans.

— Ça, je vous l'accorde encore, dit Lenoir ; car d'abord on ne m'a jamais surpris à refuser ce qui est juste.

— Et, dit l'homme aux cheveux jaunes, le prince actuel, Bernard de C***, est par conséquent un des plus nobles gentilshommes de toute l'Europe.

— Ça m'est égal.

— Et des plus riches, ajouta l'Allemand. Il a des vignobles en Saxe, en Bavière, en Hongrie, sur le Rhin. Son intendant me disait hier que la récolte de l'an dernier avait été de plus de quinze cent mille bouteilles à 10 fr. pièce.

— Est-ce qu'il boit tout ça, à lui seul? demanda Lenoir, d'un air naïf et émerveillé. Dans ce cas, c'est un fier gentilhomme !

Cette question, à laquelle on ne s'attendait pas, eut un succès prodigieux. L'Allemand aux cheveux jaunes, voyant tout le monde éclater de rire, essaya de répondre sérieusement et dit :

— Comment pouvez-vous croire que M. le prince de C*** boive à lui seul toute sa récolte ?

— Ah! répondit Lenoir avec gravité, je pense bien que la princesse doit l'aider...

A ces mots, la joie des voisins devint si vive que l'Allemand cessa de parler du prince et de la princesse, de peur d'entendre des plaisanteries qui pour lui ressemblaient à des blasphèmes.

Tout-à-coup l'un des assistants braqua sa lorgnette sur la loge voisine de la princesse de C***.

— Quelle est cette belle blonde à l'air nonchalant et superbe? demanda-t-il.

— Celle-là, c'est la marquise Tutti-Campi, répondit un autre, surnommée la belle Lombarde.

— Est-ce que vous la connaissez? demanda le premier qui avait parlé.

— Moi? Point du tout. Je vois qu'elle est belle, je sais qu'elle est Lombarde; on dit qu'elle est de grande famille; elle ne parle à personne, elle ne va qu'aux Tuileries; personne ne la conduit, personne ne la ramène; une grande et puissante dame en est, dit-on, jalouse comme un tigre; un grand et puissant seigneur, un peu âgé déjà et mari de la puissante dame, lui fait les doux yeux. La belle nonchalante vit seule, en apparence, comme un ermite. Voilà tout ce que je sais et tout ce qu'on sait, et, si j'en savais davantage, je me garderais bien d'en parler, ajouta le jeune homme qui, étant depuis trois ans maître des requêtes, aspirait à conseil d'État et faisait le mystérieux.

Au fond, il grillait d'envie de tout dire; car le propre du Français, c'est de vouloir connaître les secrets d'autrui, afin de les révéler au public, et quant il ignore les secrets du prochain, plutôt que de se taire, il raconte les siens propres.

Les voisins du maître des requêtes, n'étant pas moins curieux de savoir l'histoire de la belle Lombarde qu'il n'était heureux de la raconter, se rapprochèrent de lui et le pressèrent de parler.

Le bon garçon se taisait toujours, de peur de se compromettre. Un mot dit à l'Opéra devant sept ou huit personnes, répété et envenimé par l'une d'elles, a souvent plus d'importance pour ou contre l'avancement d'un fonctionnaire que les plus longs et les plus sérieux services administratifs, ou même que l'audience la plus longue dans le cabinet d'un ministre.

Il se taisait donc, mais mal, et sa langue piétinait sur place, comme un cheval de race qui s'impatiente d'être tenu en bride et qui voudrait prendre le galop.

Il en était au point où se trouva le chevalier de Riom, lorsqu'ayant obtenu pour la première fois de la margrave de B*** tout ce qu'une belle princesse peut donner à un joli garçon, il regarda sa montre et, voyant qu'il était deux heures du matin, se mit à battre avec impatience sur la vitre l'une des plus belles marches de son régiment.

— Qu'avez-vous, mon ami? demanda la belle margrave en le regardant de ses yeux noyés d'amour.

— J'ai, répondit le chevalier, qu'il me tarde de voir lever le soleil pour raconter mon bonheur à tout l'univers.

Le maître des requêtes était dans une situation analogue. Il avait appris le matin, en déjeunant, l'histoire de la marquise Tutti-Campi, surnommée la belle Lombarde, et il brûlait de la raconter, mais il craignait les suites de son indiscrétion.

Tout-à-coup, au moment où l'envie de parler l'emportait sur l'intérêt qu'il avait à se taire, l'Allemand aux cheveux jaunes, qui voulait se donner de l'importance et qui ne haïssait pas d'être connu pour regarder par le trou des serrures, prit la parole et dit:

— Messieurs, je connais bien la marquise Tutti-Campi... Et, ajouta-t-il en clignant finement des yeux, qui est-ce qui connaîtrait la marquise, si je ne la connaissais pas?

— Je parie, dit un des assistants entre haut et bas, je parie que ce gnôme aux cheveux jaunes aura joué pour quelqu'un le rôle de la Dariolette...

L'Allemand ne fit pas semblant d'avoir entendu et continua :

— Mme la marquise Tutti-Campi est la sixième fille du duc Antonio-Ignacio Serracapa, des fameux ducs Serracapa de Naples, dont la branche aînée est en Calabre, la cadette à Florence, et la troisième à Milan.

Le père, n'ayant pas de dot à lui donner, voulait la faire entrer au couvent comme les cinq autres...

— Oh! quel assassinat! dit Lenoir; une si délicieuse blonde!

— Alors, reprit l'Allemand, la belle Vittoria, voyant qu'on allait l'enfermer pour toujours, leva son voile un matin, qu'on l'avait menée à la messe, et regarda le marquis Tutti-Campi, qui récitait le saint rosaire à deux pas d'elle, dans la cathédrale...

Le pauvre marquis Tutti-Campi, qui n'avait jamais

été regardé comme cela, car il est plus laid qu'un singe, plus bossu qu'un chameau, et il avait quarante-deux ans ce jour-là, fit la demande en mariage.

Le vieux duc Antonio-Ignacio Serracapa, qui venait d'enterrer vivantes ses cinq premières filles, ne fut pas fâché de sauver celle-là.

Vittoria mit seulement pour condition au mariage que le marquis Tutti-Campi ne la contraindrait jamais en rien. L'autre, à moitié fou d'amour, lui accorda tout, et de plus, reconnut avoir reçu une dot de cinq cent mille écus, dont le vieux Serracapa n'avait jamais donné le premier centime. C'était ce que nous autres Allemands nous appelions autrefois son *morgengab*, — son présent du matin.

— Et après? demanda Lenoir, car tout ce qui s'est passé auparavant ne nous intéresse guère. C'est à présent qu'on veut savoir ce qu'elle fait.

— Eh bien, dit l'Allemand, heureux de voir qu'on l'écoutait avec curiosité, après deux ans de mariage, elle s'est dégoûtée de son bossu. Il s'est fâché, elle l'a malmené. Elle a demandé asile au vieux Serracapa. Elle a voyagé; elle a fait connaissance d'un homme d'Etat italien très connu. L'autre, qui est un habile homme et qui connaît le faible des gens de Paris, a dit à Mme la marquise de Tutti-Campi :

— Ma belle Vittoria, vous êtes jolie comme un ange, vous avez beaucoup d'esprit, toute sorte d'esprit : il ne faut pas laisser ces dons inutiles.

Une bonne Italienne comme vous se doit à sa patrie. Souvenez-vous de l'histoire de Judith et n'allez pas jusqu'au bout. Ne coupez pas le cou d'Holoferno... Si vous réussissez, vous aurez une place dans l'histoire d'Italie parmi les saints, les héros et les martyrs...

Et elle est venue.

— Et, demanda Lenoir, a-t-elle réussi?

— Nous verrons cela bientôt, répondit finement l'Allemand aux cheveux jaunes. Judith va souvent dans le palais d'Holoferno; mais la femme d'Holoferno n'est pas contente, et fera sans doute une scène à ce pauvre homme, si elle le voit pendant le spectacle tourner les yeux du côté de la belle marquise de Tutti-Campi.

— De qui tenez-vous tout cela? demanda Lenoir, un peu jaloux du succès de l'Allemand aux cheveux jaunes, que tout le monde avait écouté avec la plus vive attention.

— De mes relations diplomatiques, répondit l'autre avec un air d'importance mystérieuse.

Au même instant, il vit entrer dans une loge du premier rang un seigneur entre deux âges, aux cheveux demi-gris, demi-blonds, à la fine moustache poivre et sel, relevée en croc des deux côtés, et qui ressemblait merveilleusement dans l'ensemble à Napoléon III.

Le nouveau venu, sans être précisément beau, avait dans tous les mouvements et dans la physionomie beaucoup de finesse, d'esprit, de grâce et d'élégance, et, dès qu'il parut, la moitié du public tourna sur lui ses lorgnettes.

— Ah! voilà le duc de ***, s'écria l'Allemand aux cheveux jaunes; il faut que je lui parle tout de suite.

Et il s'élança dans la direction de la loge ducale.

Pour moi, j'allais suivre son exemple et m'élancer aussi. Ce n'est pas que j'eusse soif de voir un duc; mais la loge du général Buchamor venait de s'ouvrir, et, — derrière la majestueuse baronne de Korenberg, — donnant le bras au vieux général, Léa venait d'entrer.

Tout à coup, au moment même où je poussais la portière de velours pour sortir du corridor, un des jeunes gens qui étaient là s'écria:

— Tiens, voilà le vieux Buchamor avec la belle Léa.

Je fus retenu par un invincible désir de savoir ce qu'on dirait d'elle.

XX

— Léa? Léa?... Qu'est-ce que c'est que Léa? demanda quelqu'un. Est-ce une fille? une femme? une veuve?

— Rien de tout cela, répondit l'autre.

— Alors c'est donc une...

— Encore moins. Léa, c'est Léa, c'est-à-dire une merveille qui n'a de nom dans aucune langue. Elle n'est pas fille, quoiqu'elle n'ait pas de mari à côté d'elle; bien moins encore est-elle veuve, car son mari se porte très-bien en temps ordinaire. C'est un grand et gros garçon, fort comme un Turc de l'ancien régime (à ce qu'on dit du moins, car je ne l'ai jamais vu)... Quant à être femme légitime, il n'y a aucun doute, le maire et le curé l'attestent; mais elle a quitté son mari sans qu'on sache pourquoi, et ce mari, qui l'aimait, dit-on, à la folie, n'a pas cherché à la retenir.

— Pas d'amant? reprit un autre d'un air de réflexion profonde.

— Alors, dit un troisième, elle est dévote?

— Ça, répliqua l'orateur, je n'en sais rien; demandez à Lenoir, qui la connaît bien.

Mon ami Lenoir sourit modestement.

— Je la connais, si l'on veut, dit-il, et pour parler sans détour, je la connais sans la connaître.

Je crois que ma présence le retenait et lui bridait la langue; car, en temps ordinaire, il ne haïssait pas de médire des femmes.

— Eh bien! reprit un quatrième, fille, femme ou veuve, si j'étais empereur des Français...

Il y eut un murmure et presque une clameur.

— Kerbroeck, interrompit Lenoir, tâche de ne rien dire que de convenable et de conforme aux lois de ton pays, sinon à celles de la morale.

— Si j'étais empereur des Français, continua Kerbroeck avec force, je ne ferais rien que de légitime. Je ferais juger l'impératrice par de bons juges, bien solides au poste, bien pénétrés de leur devoir, comme il y en a plusieurs en France, je lui ferais couper la tête par ces bons juges, comme fit Henri VIII pour Anne de Boleyn.

— C'est très-bien, dit l'autre; mais reste le mari de Léa.

— Eh bien ! les mêmes bons juges qui auraient condamné à mort l'impératrice condamneraient à la même peine le mari de Léa, et le lendemain je la conduirais à l'autel... Par ce moyen, ajouta gravement Kerbroeck, j'éviterais le péché d'adultère et je donnerais le bon exemple à mes peuples.

Puis, changeant de ton :

— C'est qu'elle est ravissante, cette petite femme-là ! dit-il. La majestueuse baronne de Korenberg a l'air d'en être furieuse. On dirait qu'elle est l'ombre chargée de faire resplendir ce soleil.

En effet, tous les yeux se tournaient vers Léa.

— Oh ! oh ! dit un des jeunes gens, voilà que le duc de *** la regarde. Je parie qu'il se fera présenter au prochain entr'acte.

— Par qui présenter ?

— Par le vieux général Buchamor.

— Qu'il ne s'y frotte pas, répliqua Lenoir. Le vieux Buchamor est aussi jaloux qu'un mari.

— C'est peut-être un mari, demanda l'autre ; on le croirait, à voir l'air rageur de la baronne de Korenberg...

J'allais interrompre, mais Lenoir me fit signe de me taire et répondit :

— Léa est la pupille du vieux ; c'est lui qui l'a mariée...

— Il l'a dotée peut-être aussi ?...

— Il ne l'a pas dotée, car elle avait une très-belle dot ; mais il la fera son héritière, et c'est ce qui fait enrager Mme de Korenberg, qui comptait avoir au moins la plus forte part de la succession...

Tout à coup il se fit un certain bruit dans la salle, et un homme en grand uniforme de général prussien, couvert d'or et de décorations, entra majestueusement dans une loge, suivi de deux aides de camp presque aussi décorés que lui-même.

C'était l'Altesse Sérénissime, le héros de la fête.

Une quinzaine d'Allemands, répandus à l'orchestre, et dans l'amphithéâtre et munis de billets de faveur que par politesse on avait donnés au prince allemand pour qu'il les distribuât à ses amis, applaudirent de toute leur force. Le reste du public demeura froid comme glace, mais, quoique ennuyé de ces clameurs de commande, ne chuta point. La politesse est une vertu nationale et surtout parisienne. On regarda l'Altesse avec une certaine curiosité, voilà tout.

Lui, du reste, paraissait ravi d'être regardé. Confiné depuis quarante ans dans son duché, où il exerçait sans contrôle tous les droits souverains et régaliens, tous les pouvoirs civils, judiciaires, législatifs, militaires et autres, que la civilisation moderne a inventés, il s'ennuyait mortellement de ne trouver de contradiction nulle part. Quand il éternuait, tout le monde lui disait : Dieu vous bénisse ! Quand il se promenait à pied, tout le monde criait : Que monseigneur est beau et bien fait ! Quand il montait à cheval, on bramait : C'est un centaure !

Quand il daignait s'abaisser jusqu'à l'une de ses sujettes, la pauvre fille (ou femme) en était si terriblement honorée qu'elle ne savait comment témoigner sa joie ; quand il commandait l'exercice à sa petite armée, c'était Charles XII de Suède ou le grand Frédéric (avec quelque chose de Napoléon Ier dans le regard) ; quand il parlait, c'était un puits de science ou d'éloquence ou de tout ce que vous voudrez ; quand il musiquait ses opéras, tous les musicards de la principauté étaient dans l'enthousiasme.

Cela durait depuis l'enfance et charmait les oreilles de ce grand prince. Mais enfin pâté d'anguille finit par dégoûter et lasser l'appétit le plus robuste. L'enthousiasme de ses fidèles sujets ne lui suffit plus, il voulut être admiré de toute l'Europe et vint à Paris pour recevoir ses lettres de grande naturalisation musicale.

C'est ce qui valait aux Parisiens le plaisir de le contempler ce jour-là.

On ne lui fut pas trop sévère. On le trouva bel homme, un peu gros, un peu blond, un peu fade, semblable enfin à tous les gens de son pays; car le bon Dieu, étant un peu pressé vers la fin du sixième jour de la création, jeta tous les Allemands dans le même moule...

En somme, c'était un prince très passable et même, à ce qu'on disait, pas méchant du tout.

Tout le monde était à son poste. On n'attendait plus pour commencer que l'arrivée de l'empereur et de l'impératrice. J'allai donc prendre place dans la loge du général Buchamor.

Au moment d'entrer, je vis dans le corridor, l'œil appliqué à la vitre, l'Allemand aux cheveux jaunes de tout à l'heure.

Comme il me tournait le dos et paraissait tout absorbé dans sa contemplation, je fus tenté d'appliquer mon pied où vous savez; mais, en m'entendant venir, il se retourna brusquement et me salua de cet air obséquieux qui lui était familier.

— Eh bien ! lui dis-je très sèchement, que faites-vous là ?

Je croyais qu'il regardait Léa, mais j'étais loin de compte.

— Ah ! dit-il avec admiration, Mᵐᵉ la baronne de Korenberg a de bien beaux diamants, mais celui de Léa est plus beau que tout ; on en donnerait deux millions.

Et comme il vit que l'ouvreuse s'approchait pour mettre le passe-partout dans la serrure, il s'écria d'un air d'admiration :

— Vous connaissez M. le comte Buchamor ? Si vous vouliez me présenter ?...

— Bien volontiers..., un autre jour.

Et j'entrai.

Le général me tendit la main cordialement et me dit d'un air joyeux :

— Eh bien, Fontpertuis, vous vous êtes fait attendre !... Ces dames étaient indignées, je vous en avertis !...

En effet, si Mme de Korenberg me reçut assez bien, Léa parut mécontente de ce retard.

Pour m'excuser, je répondis :

— Général, j'étais en face de vous, à l'orchestre, dans ce groupe de jeunes gens que vous voyez là-bas, et j'écoutais l'éloge qu'on faisait de la beauté de ces dames.

— Bien répliqué, dit le général en riant. Fontpertuis, vous avez la langue bien pendue. Je ne m'étonne pas si les Lyonnais vous ont proclamé tribun du peuple... N'est-ce pas que Léa est belle aujourd'hui ?

Et, en effet, sur une toilette très simple en apparence, mais au fond savamment et artistement combinée, l'agrafe en diamants que le général avait donnée le matin faisait admirablement ressortir la grâce et la beauté de Léa.

Je me récriai sur l'une et sur l'autre, et, pour faire plaisir au vieux Buchamor, en rehaussant la valeur de son présent, je dis la rencontre que j'avais faite de l'Allemand aux cheveux jaunes et son cri d'admiration sur les deux millions auxquels il estimait le diamant.

Mme de Korenberg se contenait à peine ; car, outre que le diamant de la bégum effaçait complètement par son éclat tous ceux qu'on pouvait voir dans la salle, et en particulier ceux de la baronne, elle l'avait, comme je l'ai appris plus tard, demandé souvent au vieux Buchamor, qui, très généreux, d'ailleurs, en tout le reste, n'avait voulu donner l'agrafe à aucun prix, alléguant le souvenir de la bégum.

Et maintenant il la donnait à Léa !

Mme de Korenberg en était livide.

— Est-ce qu'on ne commencera pas bientôt l'ouverture ? dit-elle d'une voix sifflante.

Au même instant, et, comme si l'on n'avait attendu que ce signal, la porte de la loge impériale s'ouvrit ; l'impératrice et Napoléon III entrèrent. Trente ou quarante voix dans la salle crièrent : « Vive l'empereur ! »

Le mari et la femme saluèrent, — lui froidement, car il savait bien que ceux qui l'avaient acclamé étaient des hommes de la police apostés, suivant l'usage, dans la salle ; — elle avec un sourire, parce qu'elle se croyait belle et admirée.

Quand ils furent assis, le chef d'orchestre donna le signal et commença l'ouverture de l'*Ondine du Neckar.*

Au même instant, le vieux Buchamor se pencha vers mon oreille et me dit tout bas :

— Venez avec moi pendant l'entr'acte. J'ai reçu de très graves nouvelles, que je n'ai pas voulu dire à Léa, de peur de troubler son plaisir... J'aurai besoin de vos conseils.

Par un hasard singulier et qui me donna de l'inquiétude, Léa, se couvrant à demi de son éventail, me dit à son tour :

— Ramenez-moi après le spectacle jusqu'à ma porte. J'ai pris ce soir une grave résolution qui décidera de ma vie entière.

Quant à Mme de Korenberg, elle feignit d'être tout entière à la musique du prince allemand, quoiqu'elle connût, je pense, les préoccupations de ses deux voisins aussi bien qu'eux-mêmes.

Voyant ce calme affecté, sous lequel couvait une tempête, je me mis à écouter l'ouverture de la pièce comme si je m'en étais soucié.

XXI

Ce fut d'abord un tumulte de cuivres, de violons et de tambours, où je ne distinguai rien. J'avais vu autrefois les petits enfants et les voisins hargneux donner un charivari aux veufs ou aux veuves qui se remariaient ; j'avais entendu les poêles et les lèchefrites se heurter contre les grils, les pincettes, les pelles et les casseroles. J'avais entendu parler de l'enfer, où les diables s'amusent à pincer, écorcher, déchirer, couper, hacher, brûler les pauvres damnés, pendant que ceux-ci, condamnés à bouillir éternellement dans la grande marmite, répondent par des gémissements affreux aux cris de fureur de ceux qui les persécutent... Que l'auguste et sérénissime auteur de l'*Ondine du Neckar* me pardonne : je crus, un instant, au vacarme qui remplit la salle, entendre un mélange de ces deux supplices.

En revanche, Mme de Korenberg était dans l'extase. Elle entendait des voix inconnues, des poèmes étranges ; elle voyait je ne sais quoi, des walkyries sans doute et le palais d'Odin.

Le vieux Buchamor se bouchait les oreilles et dépliant un journal avec bruit, il s'enfonçait avec fureur dans la question d'Orient et ses annexes.

Léa souriait en me regardant de côté.

— C'est admirable ! s'écria tout à coup Mme de Korenberg.

— Oui, répondit le général ; on croit entendre une armée de chats qui miaulent sur les toits, à la poursuite des chattes... Pour moi, j'aimerais mieux trois cents tambours qui battraient la charge en même temps, pendant vingt-quatre heures.

— Vous, général, vous êtes un barbare, répliqua la dame d'un ton de compassion dédaigneuse et amicale en même temps.

— Et toi, Léa? demanda Buchamor, qui cherchait un allié, que penses-tu de ce charivari?

— Je pense, répondit Léa, que, pour bien comprendre, il faudrait avoir étudié l'harmonie pendant sept ou huit ans...

— Alors, dit le général, il faut donc comprendre l'algèbre pour avoir le droit d'entendre cette musique-là! C'est donc de la musique savante?

— Extrêmement savante, mon cher tuteur, dit Léa en se penchant vers lui d'un air caressant pour l'avertir de ne pas irriter Mme de Korenberg, dont toutes les opinions religieuses, philosophiques et sociales paraissaient heurtées par cette critique... Et, tenez, ajouta-t-elle, entendez cette petite flûte qui paraît venir du fond des bois.

En effet, il se fit comme un profond silence et la petite flûte se mit à soupirer... Qu'est-ce qu'elle soupirait! Je n'en sais rien. L'amour probablement, car les yeux de Mme de Korenberg se remplirent d'une douce langueur. Elle aussi, sans doute, soupirait au fond des bois avec la petite flûte.

Puis le vacarme recommença, plus terrible que jamais. Sans doute il y avait des hommes et des chiens; car, en cherchant bien le sens de ce qu'on entendait, on aurait pu, avec de la bonne volonté, distinguer des cris et des aboiements. Le tout se termina par un cri déchirant.

Puis l'orchestre fit une pause; puis le vacarme recommença jusqu'à ce que, tous les instruments de l'orchestre s'en mêlant et précipitant leur mouvement avec furie, l'auditoire, qui n'avait rien compris jusque-là, du moins je le suppose, ni entendu la plus petite mélodie, le plus petit air, le rhythme le plus obscur, commença à prévoir la fin de son supplice et se sentit soulagé.

On donna un dernier coup de collier, et tout fut terminé. La toile se leva; le chef d'orchestre, qui venait de faire pendant dix minutes des gestes de possédé, se tournant à droite, à gauche, derrière, secouant sa crinière rousse, lançant sur ses musiciens des regards étincelants et terribles, tira de sa poche un immense mouchoir bleu, qui ressemblait à un drapeau, et s'essuya le front.

A ce signal, les applaudissements éclatèrent de toutes parts. Chacun voulait paraître avoir compris, car à Paris on s'inquiète rarement de s'amuser ou de s'ennuyer. Ce qu'on veut, c'est avoir l'air de comprendre et pouvoir expliquer au voisin, qui de son côté ne vous écoute pas, mais explique et juge en même temps.

Je parle, bien entendu, de ces braves gens de l'*high-life* qui se croient bien supérieurs aux autres hommes, parce qu'ils ont plus d'argent et plus de loisir, et aussi parce qu'il se lèvent et se couchent plus tard; car, pour la grande masse de la nation, elle aime ce qui est clair, ce qui l'émeut ou ce qui la fait rire; — en quoi elle a bien raison. On ne va pas au théâtre pour deviner des charades.

Enfin, la toile étant levée, le vrai spectacle commença.

Naturellement, on était dans la Forêt Noire. On aurait pu être aussi bien dans le Riezer Gebirge ou dans l'Erz-Gebirge, car le Parisien n'est pas très ferré sur la couleur locale; mais enfin Son Altesse Sérénissime avait mis la scène en Franconie.

De grands arbres, plus anciens que l'empereur Charlemagne, un fleuve (le Neckar, sans doute) plus ancien encore que les arbres; des paysans, des paysannes, un chœur, une fête, un village; enfin tout ce qui compose un opéra.

Là-dessus recommença le vacarme dont nous n'avions eu qu'une faible idée pendant l'ouverture. C'était le chœur, les cris de joie, les coups de fusil, le tir à l'arc. les tambours, les saltimbanques et le reste. Dieux immortels? c'est cela qu'on appelle de la musique, et qui a été inventé, dit-on, pour charmer nos sens?

Il paraît que cela représentait une fête de village en Allemagne.

Je ne veux pas analyser la pièce, qui, d'ailleurs, était allemande au suprême degré. Vers la fin du premier acte, un chevalier, qui avait beaucoup bu sous les yeux des spectateurs et qui faisait sa cour à l'une des paysannes qu'on voyait sur la scène, s'endormit au pied d'un arbre. Une nymphe, une ondine, ou tout ce que vous voudrez, s'approcha de lui pendant son sommeil (c'est ce qu'annonçait la petite flûte que j'avais entendue soupirer pendant l'ouverture), lui ouvrit délicament la poitrine avec son propre poignard, et s'enfuit, emportant son cœur.

Le chevalier, si endormi qu'il fût et appesanti par le vin du Rhin, s'éveilla, vit sa poitrine ouverte, son poignard sanglant sur l'herbe. Au même instant, les paysans revinrent. Celle qu'il aimait revint aussi, et, comme il ne la reconnut pas, elle poussa de grands cris de douleur auxquels répondirent ceux de tout le village. C'est ce que le musicien sérénissime avait exprimé par des accents si déchirants qu'ils auraient donné la chair de poule à un tigre, suivant la belle expression du général Buchamor.

Enfin, et pour conclure, le chevalier sans cœur passait les deux autres actes à chercher son cœur, que l'ondine du Neckar avait emporté, et cela servait de prétexte à la plus odieuse, je veux dire à la plus ennuyeuse musique que jamais Paris eût entendue à l'Opéra.

Pour tout dire, c'était de la musique de prince souverain.

Quand ont eut baissé la toile, le général Buchamor me fit signe de le suivre au foyer, et nous sortîmes, laissant à Mme de Korenberg, qui, étant baronne, riche et bas-bleu, avait des amis de toutes les espèces, la liberté de les recevoir.

L'air solennel du vieux général me causait une assez vive inquiétude. Je savais, du reste, qu'il n'était pas homme à s'émouvoir de peu de chose, et je commençais à craindre pour Léa.

Il m'amena dans un coin en tournant à demi le dos au public, afin de repousser plus aisément les curieux et les importuns, et me dit brusquement :

— J'ai reçu des nouvelles de Rochepont.

— Quelles nouvelles, général ?

— Les pires que je pusse attendre.

Ici je me sentis rougir comme si j'avais eu à me reprocher l'accident arrivé au pauvre marquis; mais je fus bien étonné quand le général continua :

— Rochepont est furieux. Jusqu'ici j'avais réussi à lui faire prendre patience, j'avais promis que Léa finirait par se rendre à mes raisons; mais Léa ne veut rien entendre... et lui ne veut plus attendre. Tenez, lisez ce qu'il m'écrit :

« Château de Rochepont.

» Mon cher général,

» Il faut en finir. Je reconnais que vous avez fait tout
» ce qu'il était possible pour éviter un scandale ; mais
» ma femme le veut ; elle sera contente.

» Demain je vais à la foire de Châteauroux pour quel-
» ques affaires dont je ne puis laisser le soin à per-
» sonne ; après-demain soir, je prendrai le train pour
» Paris. Cette fois, de gré ou de force, j'emmènerai la
» rebelle.

» Je sais ce qui la rend forte ; elle croit que je n'ose-
» rai jamais l'amener devant les tribunaux et braver le
» scandale d'un procès en séparation. Elle se trompe...
» Le scandale serait mille fois plus grand de la laisser
» vivre seule à Paris.

» Vous connaissez le pays, mon cher général. Autour
» de moi, tous les voisins (et surtout les voisines) m'ac-
» cablent de leur insolente pitié. *Où donc est Mme la mar-*
» *quise?... Ne verrons-nous pas bientôt cette chère Léa?...*
» *Mais, grand Dieu ! qu'est-ce qu'elle fait à Paris sans*
» *vous ?* A l'une de ces pies-grièches impertinentes, j'ai
» répondu devant son mari, qui n'a pas osé souffler :
» *Mêlez-vous de vos affaires !*

» J'étais, comme vous pensez, d'une humeur massa-
» crante, et pour un rien j'aurais coupé les oreilles à
» quelqu'un. Cela se voyait sans doute dans mes yeux,
» car les autres dames n'ont plus rien dit ce jour-là ;
» mais comment arrêter les cancans, lorsque je n'y suis
» pas ?

» Maintenant, on commence à se mettre sur les portes
» quand je passe, et j'entends des chuchotements qui
» me donnent envie d'égorger toutes les bonnes femmes

» du pays, avec leurs maris, leurs frères, leurs cousins,
» leurs ascendants, leurs descendants et tous leurs col-
» latéraux.

» En deux mots, cela ne peut plus durer: il faut que
» Léa revienne au château. Préparez-la, je vous prie,
» mon cher général, vous, notre plus vieil ami, et dites-
» lui bien que c'est ma volonté formelle et que rien ne
» m'en fera démordre.

» Au revoir, cher général,

» Marquis DE ROCHEPONT. »

— Voilà, dit le vieux Buchamor, la lettre que j'ai reçue
ce matin. J'ai couru chez Léa, et je l'ai emmenée, sous
prétexte de promenade, mais pour la catéchiser un
peu... Savez-vous ce qu'elle m'a répondu?

— Qu'elle ne rentrerait jamais chez son mari.

— Elle vous l'a dit?

— Non, mais je le devine.

Ici Buchamor me dit avec émotion :

— Elle a fait bien plus. Elle m'a raconté ce qui s'était
passé au château de Rochepont, au moment de la mort
du malheureux d'Aubepeyre.

— Ah! Elle vous l'a confié, général?

— Oui, pour la première fois, et elle m'a dit qu'elle
vous en avait parlé aussi, mais à vous seul.

— Alors elle vous a dit que son mari, à la chasse,
avait volontairement tiré sur M. Olivier d'Aubepeyre et
l'avait tué?

— Elle me l'a dit.

— Eh bien! qu'en pensez-vous? Comprenez-vous
l'horreur qu'elle a conçue pour son mari?

Buchamor me dit :

— Fontpertuis, vous êtes avocat, et d'une génération
qui, pour avoir versé le sang bien souvent dans les guer-
res civiles, n'a pourtant pas vu comme moi des centaines de milliers d'hommes s'égorger en bataille rangée...
Un homme tué vous fait peut-être quelque effet particulier; à moi, cela n'en fait aucun.

Qu'on meure d'une balle ou d'un accès de fièvre, où
voyez-vous la différence?... A parler franchement, s'il
y en avait une, elle serait en faveur de la balle; car, de

toutes les morts, la plus douce est celle qu'on n'attend pas. Quelqu'un a dit ça avant moi. — César, je crois, ou quelque autre. Rochepont s'est vu déshonoré ou sur le point de l'être, car, voyez-vous, Léa se dit blanche comme neige, mais il ne faut croire les femmes que sous bénéfice d'inventaire. Il s'est donc vu ou cru déshonoré, c'est la même chose pour un mari. Il a tué l'autre, c'est bien fait; j'en aurais fait autant, je vous assure, et sans le moindre remords. On se défend comme on peut.

— Oui, mais si elle était innocente !

— Innocente ! dit Buchamor. Aucun homme ne va offrir son amour à une femme sans qu'elle l'ait bien voulu. Il y a des manières d'interroger, de répondre, qui sont comme les tranchées qu'on fait autour d'une place forte et les assauts de détail qu'on donne à la contrescarpe... Si la place est imprenable, cela se voit du premier mot; si l'on discute les conditions de la capitulation, c'est qu'on veut capituler.

— Est-ce que vous croyez que Léa...?

Buchamor se mit à rire.

— Qu'elle a capitulé ? dit-il... Qu'est-ce qu'on sait jamais de ces choses-là ! Et surtout qu'est-ce qu'un vieux soldat comme moi, revenu des pompes et des vanités de ce monde, peut en savoir? Autrefois, dans ma jeunesse..., mais cela n'est plus de mon âge... Je souhaite que Léa n'ait pas fait de folie, je l'espère même, — plutôt pour elle que pour son mari, qui a bien quelques torts; — mais, quant à reprocher à Rochepont de s'être fait justice à lui-même, que Léa soit innocente ou non, peu importe, d'Aubepeyre était coupable, puisqu'il a désiré l'être. Qu'on l'enterre, et n'en parlons plus.

Telle était la morale concise de ce vieux brave.

— Enfin, lui dis-je, elle refuse de suivre M. de Rochepont ?

— Elle refuse, et je soupçonne quelqu'un d'avoir secrètement excité ce dernier, qui jusqu'ici s'en remettait à moi du soin de ramener Léa. Je crains que ma pupille, qui malgré sa douceur est aussi entêtée qu'aucune autre femme, ne se bute contre la violence, qu'elle ne fasse quelque sottise éclatante qui sera suivie de la ven-

geance terrible du mari. Et comment empêcher tout
cela? Vous, Fontpertuis, tout jeune que vous êtes, vous
paraissez avoir quelque influence sur elle. Usez-en,
mon cher ami, et tâchez de la ramener à la raison, car,
pour moi, j'y perds mon latin. J'aime beaucoup Léa,
c'est presque ma fille, et s'il ne fallait que donner sur-
le-champ la moitié de ma fortune pour qu'elle fût heureuse, je la donnerais ce soir même; mais je ne puis
pas donner tort à son mari, et lorsque j'entends Mᵐᵉ de
Korenberg lui parler de l'émancipation des femmes et
du droit qu'elles ont de faire des sottises, je sens une
envie furieuse de casser ma canne sur le dos de cette
vieille gaupe...

Je regardai Buchamor avec étonnement. Il comprit le
sens de ce regard et me dit :

— Mais ça, c'est une autre question. L'entr'acte va
finir : rentrons.

Alors je crus qu'il ignorait l'accident arrivé au marquis de Rochepont.

— Général, la marquise de Rochepont n'a plus
rien à craindre de son mari; elle est libre, elle est
veuve.

Il secoua la tête et répondit :

— Ah! vous avez entendu parler de ce malheureux
coup de fusil? Ce n'est rien. J'oubliais de vous en parler,
tant la chose a peu d'importance. Le fusil a éclaté et le
plomb a fait balle dans la cuisse; mais il sera guéri
dans trois semaines, le médecin me l'a écrit par son ordre. Nous avons donc trois semaines, pour amener Léa
à se réconcilier avec son mari.

— Mais, lui dis-je, est-ce qu'elle sait l'accident qui est
arrivé à son mari?

— Elle ne le sait pas, et je n'ai pas voulu le lui dire,
de peur que, par respect pour les convenances, elle refu-
sât de venir avec moi à l'Opéra, et, ma foi! je suis un
vieil égoïste. Puisque Mᵐᵉ de Korenberg me conduisait
malgré moi au supplice, je n'ai pas voulu y être traîné
seul : j'ai entraîné Léa... Et maintenant, mon cher
ami, rentrons, le second acte doit être commencé.

Le rideau se levait en effet. On voyait un vieux château ; dans le vieux château, une vieille dame (qui pourtant ne manquait pas de voix, quoiqu'elle chevrotât un peu) ; de vieux domestiques, de fidèles vassaux attendant leur jeune maître, et tous ensemble recommençaient le vacarme, pendant que la vieille dame, qui était un soprano aigu, se démenait de toutes ses forces pour se faire entendre des assistants.

Puis le chevalier revenait, la poitrine ouverte et sanglante comme au premier acte, et je voyais mettre sur la scène par un grave Allemand la jolie romance qu'on chantait autrefois :

> J'ai laissé tomber mon cœur sur la plage ;
> Vous passiez auprès, vous l'avez trouvé.
> Dites-moi comment finir cette affaire :
> Les procès sont longs, les juges vendus ;
> Vous avez deux cœurs, et je n'en ai plus.

En effet l'Ondine avait deux cœurs et faisait courir sur sa trace le désolé chevalier.

Puis il y eut un ballet. A propos de quoi, je ne sais : il faut qu'on ait toujours un ballet à l'Opéra : c'est l'usage, c'est la tradition. Par hasard, celui-là n'étant pas de la composition de son Altesse Sérénissime et servant au contraire à distraire un public ennuyé déjà de cette musique auguste, eut un véritable succès. L'Ondine, qui, pareille à Fenella, la muette de Portici, ne chantait pas, mais faisait des gestes et des pantomimes de toute espèce, sauva l'opéra du prince d'une chute honteuse, car on aurait pu reprendre ce soir-là, en le changeant un peu, le mot de Scribe, et dire : « Dansez toujours. Tout ce qu'on danse n'est pas sifflé. »

Mais le ballet lui-même eut une fin, au grand regret des spectateurs de l'orchestre, qui, étant des mieux placés pour voir les maigres jambes du corps de ballet, s'ennuyaient un peu moins que les autres spectateurs. Aussitôt que la toile fut baissée, quarante ou cinquante de ces spectateurs privilégiés se levèrent à grand bruit, redemandèrent leurs paletots, se répandirent dans les corridors et informèrent leurs voisins que l'Ondine du Neckar était un opéra infect et qu'il n'y avait de passable sur la scène que les *pattes de derrière* de la petite *Chose.*

Ce terrible arrêt fut porté un quart d'heure après au Jockey-Club par un comte, et au club des Pommes de Terre par un vicomte. De là, il se répandit le lendemain dans tout l'univers.

Pour moi, sans m'inquiéter de donner mon avis sur la musique des princes souverains, je demeurai dans la loge, pendant l'entr'acte, et je laissai le vieux général Buchamor se promener seul au foyer, où d'ailleurs ne tardèrent pas à le rejoindre un assez grand nombre de sénateurs, de députés et de journalistes.

Quelques-uns, qui connaissaient Mme de Korenberg, vinrent, sous prétexte de la saluer, mais en réalité pour faire leur cour à Léa, dont la beauté, rehaussée par son agrafe en diamants, était vraiment l'événement de la soirée.

Le premier qui se présenta fut le pauvre marquis de ***, en ce temps-là l'un des plus grands personnages du second Empire et en même temps des plus médiocres. Il devait toute sa fortune au nom de son père, ancien militaire, mort aux îles, et qui, de son vivant, avait fait beaucoup de bruit en Europe. Sa mère était une belle étrangère à peu près inconnue, qui voyant ce militaire, alors dans tout l'éclat de sa réputation, n'avait cru pouvoir mieux faire que de le prendre pour amant. De cet amour, où l'amant fut séduit plutôt que séducteur, car il était trop pressé pour faire des madrigaux et prenait les femmes à peu près comme les villes, naquit le marquis de ***. Louis-Philippe et ses fils le prirent en affection. La révolution de 1848 ne nuisit pas à sa fortune, le coup d'État du 2 décembre la compléta. Il ne prit, d'ailleurs, aucune part à l'affaire, excepté pour en recueillir les fruits. Il était doux, poli, bien élevé, bête comme un pot, suivant l'expression un peu vive de ses amis, ne comprenait rien, quoiqu'il eût la manie de toucher à tout, mais ne faisait de mal à personne et se faisait du bien à lui-même.

Ce gentilhomme entra donc dans la loge et vint saluer Mme la baronne de Korenberg, ou du moins le salut fut pour elle, car le regard et le sourire furent pour Léa.

Ce qui fut dit par le pauvre marquis de *** ne vaut guère la peine d'être répété. Il était en ce temps-là ministre des beaux-arts ou de je ne sais quoi de pareil, ayant été dans sa jeunesse cinquième ou sixième collaborateur d'un vaudeville en trois actes qui fut cruellement sifflé au Palais-Royal.

A ce signe, le gouvernement impérial avait reconnu sa vocation pour régler, diriger, dérégler, troubler, gouverner tout ce qui appartient au monde agité des lettres et des arts. Au fond, le marquis de *** était un aussi bon ministre qu'aucun de ses prédécesseurs ou de ses successeurs; au moins, il n'avait de malveillance contre personne, et même, s'il n'avait tenu qu'à lui, l'on aurait couvert de croix et de pensions tous ceux qui tiennent une plume ou un pinceau. La postérité lui saura gré de ses bonnes intentions.

Pour peindre d'un mot son esprit et son caractère, il suffira de dire que sa pensée favorite était celle-ci :

*François I*er *fut le premier restaurateur des lettres, Napoléon III en sera le second.*

Il entendait restaurateur dans le sens de marchand d'omelettes, de matelotes et de gibelotes, car il devait à son origine étrangère le goût des calembours.

Si le calembour était mauvais, l'intention était bienveillante. Il ignorait seulement que le moyen le plus sûr et le plus économique de restaurer les gens de lettre, c'est de leur laisser écrire ce qui leur plaît. Si le public est content, il les restaurera lui-même; s'il est mécontent, pourquoi s'occuperait-on de les nourrir? Est-ce qu'on fait des pensions aux mauvais pâtissiers et aux charpentiers maladroits?

Tel qu'il était, c'était un bon homme, content de tout, car on l'avait fait ministre, membre du conseil privé, ambassadeur et je ne sais quoi encore. Il ne quittait un traitement de deux ou trois cent mille francs que pour entrer dans un traitement de quatre ou cinq cent mille francs, ou pour vendre soit à l'Etat, soit à la ville de Paris, au prix de deux ou trois millions, une maison de deux ou trois cent mille francs.

Aussi était-il content de tout et n'enviait-il personne. De temps en temps, il entrait à l'Opéra, au foyer de la danse, et jamais le sultan Mahmoud, revenant au sérail, après une expédition contre les Persans, les Russes ou les Tartares, ne reçut un accueil plus enthousiaste que ce bon marquis de ***, surnommé *bête comme un pot*, dans ce lieu de délices où tant de belles personnes charmantes et court vêtues sont réunies aux frais de l'Etat.

Les jeunes demoiselles qui comptent sur leurs grâces et leurs pirouettes pour souper le soir et s'en aller au bois de Boulogne, le lendemain, dans un *huit-ressorts*, ne le quittaient pas de l'œil. L'une l'appelait *mon petit père;* l'autre, *mon gros bébé;* une troisième, *mon chien chéri;* une quatrième, *mon chat ;* une cinquième, *mon loulou;* une sixième, *mon adoré;* une septième, je ne sais comment, ou peut-être le mot est si familier qu'on n'ose le redire.

Enfin toutes lui faisaient des compliments, chacune à sa manière.

On lui supposait un crédit extraordinaire, et il est vrai que le bon gentilhomme gouvernait en maître absolu les théâtres subventionnés par l'Etat et jouissait d'une grande influence sur les autres.

D'ailleurs, il approchait du maître suprême, du grand Manitou des Français, qui lui-même avait de nombreuses faiblesses, disait-on; et, pour ces pauvres filles, approcher du grand manitou, source de tout argent et de toute liste civile, c'était vraiment entrer dans l'antichambre du paradis. Le marquis de *** passait aux yeux de quelques-unes — bien à tort du reste, — pour ouvrir la porte de ce paradis. Ses fonctions n'étaient pas de cet ordre-là, grâce au ciel. Il laissait, assure-t-on, ce soin à un autre gentilhomme, dont la réputation, depuis longtemps ébréchée, n'avait rien à perdre dans les cancans de la cour.

En le voyant entrer dans la loge, Mᵐᵉ de Korenberg avait souri. C'était pour elle une vieille connaissance (ils s'étaient rencontrés en Orient, sur le Danube, en Egypte, un peu partout), et quoiqu'elle fît la républicaine austère, elle estimait surtout la société des gentilhommes, des banquiers et des gens en crédit. Or celui-là était gentilhomme au plus haut degré, car il était doublement bâtard et adultérin, et ne s'en cachait pas.

Il y avait donc entre ces deux personnages, le marquis de *** et Mme de Korenberg, mille points de contact et affinités secrètes ou publiques.

— Ah! bonsoir, marquis, dit-elle en se dérangeant un peu, et lui montrant une chaise à côté de Léa, on vous voit rarement ici, et seulement les jours de représentation extraordinaire.

— A l'heure du devoir, interrompit Léa en riant.

— Il est vrai, dit le ministre, que cet opéra nous a coûté beaucoup de peine... Mais, ajouta-t-il avec un sourire diplomatique, ce sera un grand succès pour son Altesse Sérénissime.

Je pris la parole :

— En effet, pour un Allemand...

Le ministre me regarda d'un air étonné et se tourna ensuite vers Mme de Korenberg, comme s'il eût demandé mon nom.

La dame répondit à cette question muette par ces mots :

— Monsieur le marquis, M. Fontpertuis, avocat..., un ami particulier du général Buchamor.

Il fit un salut poli mais froid.

— En effet, dit-il, j'ai entendu parler de M. Fontpertuis ces jours-ci; il en a beaucoup été question dans les journaux républicains.

Je fis signe que c'était bien de moi qu'il s'agissait, et je regardai Léa à mon tour, comme si j'avais demandé le nom du ministre, quoique je le connusse parfaitement de vue.

— Monsieur Fontpertuis, M. le ministre des beaux-arts, dit Léa, qui comprit cette question muette et voulut rétablir l'équilibre.

Alors la conversation s'établit entre Mme de Korenberg et le marquis *Bête comme un pot*, qui ne démentit pas sa réputation. On parla de la musique allemande, de la poésie allemande, de la prose, de l'exégèse, de la science allemande, du *veryiss-mein-nicht*. On compara d'abord

14

les deux musiques, — allemande et française, — et naturellement on donna — ou du moins la baronne donna
— la supériorité à la première; puis on compara les
deux nations, puis on parla de l'Allemagne, et là-dessus
le marquis de *** fit entendre qu'il en savait mille fois
plus qu'il ne voulait en dire. Il assura que la rive gauche du Rhin ne tenait qu'à un fil, — ce fut sa propre
expression; — qu'aussitôt qu'un caporal français y plan-
terait le drapeau tricolore, le drapeau de Napoléon, de
Mayence à Strasbourg et à Cologne, tout le peuple prendrait les armes pour proclamer l'empereur des Français;
qu'au reste il avait été ambassadeur en Prusse, et qu'il
savait des choses que la réserve diplomatique l'obligeait
de taire, mais qu'on ne tarderait pas à connaître certains mystères, qu'on avait sondé certain prince, qu'on
prévoyait divers accidents...

— Alors, dit Léa, qui jusque-là s'était bornée à regarder la salle, alors c'est pour conquérir la rive gauche du Rhin que nous laissons l'*Ondine du Neckar* nous
déchirer les oreilles ?

— Ma chère Léa, répliqua Mme de Korenberg offensée,
vous ne serez donc jamais sérieuse ?...

Je ne sais ce qu'aurait répondu Léa; mais le ministre
des beaux-arts, qui n'avait écouté ni la demande ni la
réponse, tant il était occupé du nœud de sa cravate, de
se regarder de trois quarts dans la glace et d'observer
les physionomies de leurs Majestés Impériales, se leva
tout à coup, comme s'il eut été saisi d'une inspiration
divine, baisa d'un air pénétré la main de la baronne,
porta à ses lèvres le bout des doigts de Léa, qui les retira sans affectation, me fit une légère inclinaison de
tête à laquelle je répondis, d'ailleurs, de la même façon,
et sortit précipitamment.

Comme il allait refermer la porte, il se heurta sur le
seuil avec un petit homme, au nez gros et arrondi par
le bout qui venait présenter ses respects à la baronne.

C'était le célèbre critique auquel Léa avait eu affaire
quelques jours auparavant.

Il la reconnut et elle le reconnut aussi. Cette reconnaissance ne parut faire plaisir ni à l'un ni à l'autre, et

elle était imprévue des deux parts, car le critique était
venu pour voir Mme de Korenberg, et la vue de Léa ne
lui rappelait rien que le désagréable souvenir de l'échec
humiliant qu'il avait éprouvé.

Cependant il était tard pour reculer, et, d'ailleurs,
j'avais refermé la porte derrière lui. Il fit donc bonne
contenance, et comme la baronne le présentait à Léa,
qui répondit assez froidement qu'elle avait eu le plaisir
de le voir, il se hâta de répondre :

— En effet..., en effet..., j'ai déjà eu l'honneur...

Et de passer à un autre sujet de conversation.

— Vous avez rencontré tout à l'heure le marquis de ***,
demanda Mme de Korenberg. Il paraissait bien pressé
de nous quitter.

— Je crois, dit le critique, qu'il est question pour lui
de quelque chose de considérable, la présidence du
corps législatif ou du sénat, sans doute, et, en apercevant Sa Majesté dans sa loge, il n'a pas pu s'empêcher
d'aller voir s'il a des chances sérieuses...

— C'est un bon homme, reprit Mme de Korenberg.

— Oui, répliqua le critique, et il ne dépare pas le bel
assemblage de capacités mûrissantes qui entourent le
trône... Jamais on n'a vu rien de pareil en France. Ils
ne savent, sauf une ou deux exceptions, ni parler, ni
écrire, ni penser, ni garder en public une attitude convenable. L'un a été maréchal-des-logis et a conspiré;
il ne sait ni *a* ni *b*, il n'a même pas l'esprit de se taire
et de suivre sa consigne : on l'a fait duc et ministre. Un
autre était avocat de troisième ordre au barreau de Paris et suivait pesamment sous Louis-Philippe la bannière
d'Odilon Barrot : on le fait garde des sceaux pour prix
d'avoir changé de parti trois fois. Bel exemple donné à
la magistrature dont il devient le chef. Un autre, professeur sans auditoire d'une faculté de province, auteur
d'un livre lourd que personne ne lit, saint-simonien
renégat qui s'est fait catholique pour vivre, devient ministre de l'instruction publique, livre l'Université à des
jésuites qui l'oppriment et à des goujats ignorants qui,
sous le nom de proviseurs et de recteurs, ne sont que
les premiers domestiques des évêques. Un autre...

— Ah ! ah ! dit Mme de Korenberg en riant, prenez garde ; les murs de la loge ont des oreilles, et si l'empereur savait...

— Oh ! dit le petit homme exaspéré, qu'il le sache ou qu'il l'ignore, que m'importe ? Je suis homme de lettres après tout, et de l'Académie française, et je ne crains personne... Je les connais bien, tous ces gens-là, et j'ai mesuré la haine qu'ils ont pour l'esprit, — à commencer par le maître, celui que vous voyez là-bas, immobile et muet dans sa loge, qui tourne le dos au public, qui ne voit rien, ne regarde rien, n'entend rien, ne sent rien, et qui ressemble à une idole chinoise.

— C'est ainsi, interrompit la baronne en feignant l'indignation, que vous parlez de Napoléon III?... Vous avez donc renoncé au sénat ?

Le petit homme reprit avec emportement :

— Le sénat ! le sénat ! Et qu'est-ce que cela me fait, leur sénat ? Croiraient-ils me faire honneur en me coiffant d'un chapeau de sénateur ? Si ce n'étaient les trente mille francs de rente qu'il donne et dont un homme de lettres a besoin pour vivre avec dignité, — *otium cum dignitate,* — est-ce que j'aurais envie d'aller m'asseoir parmi cet amas de gens plus infirmes encore d'esprit que de corps, dont la plupart sont d'anciens colonels de gendarmerie, devenus impotents, de vieux conspirateurs sur le retour, des préfets ou conseillers d'État avachis par deux ou trois gouvernements, et des cardinaux qui feraient mieux de résider et d'administrer leurs diocèses. Tout cela ne fait-il pas une belle société pour un membre de l'Académie française ?

Il s'interrompit, regarda un instant Napoléon III avec sa lorgnette, et tout à coup :

— Tenez, dit-il, je parie que vous ne savez pas pourquoi ce grand empereur, oui, celui-là même que vous voyez, a fait le 2 décembre... Dites un peu pour voir.

— Mais, dit Mme de Korenberg, c'est pour être le maître, pour boire, manger et faire l'amour à sa fantaisie, sans être empêché par personne.

— Ça, dit l'académicien, c'est un de ses motifs, mais ce n'est pas le plus puissant.

— C'est, dit Léa, pour payer ses dettes et ne pas aller à Clichy.

— Vous n'y êtes pas encore, répliqua l'académicien ; c'est pour ne pas aller à Clichy, je l'avoue, mais ce n'est pas pour payer ses dettes.

— Alors, reprit Léa, c'est pour ne pas les payer.

— Tout ça, dit l'académicien, c'est accessoire. Le vrai, le principal motif, c'est qu'il a toutes les passions d'un auteur sifflé. Il a, pendant vingt ans, écrit des livres que personne ne lisait ; pour s'en venger, il s'est fait dictateur et ferme la bouche à tout le monde, afin de parler seul. L'Europe le prend pour un politique : ce n'est qu'un vieux Trissotin, qui se venge sur ses confrères du peu de succès de sa littérature.

— Et, dit Mᵐᵉ de Korenberg, est-ce que ses ministres lui ressemblent ?

— Ses ministres ! ses ministres !... Eh ! vous entendez bien ce qu'on dit de celui qui vient de sortir d'ici : *Bête comme un pot.* Eh bien ! c'est l'un des plus instruits de la bande, et même il aimerait l'esprit s'il pouvait le connaître ; mais les autres !...

Il souleva les épaules avec mépris, salua les dames et moi avec beaucoup de politesse et sortit en entendant les premiers coups d'archet qui annonçaient le quatrième acte.

Je ne crois pas qu'on se soucie beaucoup de connaître le dénouement de l'*Ondine du Neckar.* Pour ma part, j'y fis à peine attention. Je crois que l'ondine fit échange de son cœur avec celui du chevalier, qu'il l'épousa, qu'ils furent très heureux et qu'ils eurent beaucoup d'enfants, mais je n'en suis pas bien sûr.

Quant à la musique, elle tint dans le quatrième acte toutes les promesses qu'elle avait faites dans les trois actes précédents, c'est-à-dire qu'elle fut ennuyeuse et bruyante.

Le public ne siffla point, par politesse, et aussi parce qu'on siffle rarement à l'Opéra ; mais il bâilla terriblement, ce qui est une manière de siffler, plus paisible que l'autre, mais non moins sensible au cœur d'un artiste.

Pour consoler l'Altesse Sérénissime, on la fit manger et boire aux Tuileries pendant trois semaines, et comme elle ne payait pas son écot, elle était fort contente. Un bon Allemand, même lorsqu'il est prince souverain et qu'il a une grosse liste civile, aime à dîner pour rien. Ladrerie et goinfrerie sont les deux divinités de cette glorieuse et triomphante race.

Le spectacle étant fini, les dames reprirent leurs châles, leurs chapeaux, leurs *sorties de bal*, et tous les menus objets qui font comme une seconde toilette par dessus la première.

Pendant qu'on attendait sous le vestibule, et qu'un valet de pied criait de toutes ses forces :

— La voiture et les gens de M. le général comte Buchamor !

Léa me prit le bras, le pressa doucement et dit au général, qui voulait la conduire en voiture jusque chez elle :

— Je vous remercie, mon ami ; le temps est sec et beau. M. Fontpertuis, qui demeure sur la rive gauche, s'offre à me conduire et j'accepte. Il est agréable de marcher aujourd'hui.

Le vieux Buchamor n'insista pas. Il pensa sans doute que je profiterais de l'occasion pour donner de bons conseils à Léa, ou s'il pensa autre chose, il n'en fit pas semblant.

Mme de Korenberg aurait insisté volontiers, peut-être par un esprit de taquinerie féminine ; mais il l'arrêta net en disant :

— Ma chère, laissons aller ces jeunes gens. A leur âge, on aime à marcher.

Toute allusion à son âge mûr étant ce que la bonne dame redoutait et détestait le plus, elle lâcha prise et monta seule en voiture avec le général.

Pour moi, je partis avec Léa d'un pied léger, un peu ému d'avance des résolutions qu'elle avait prises et voulait m'annoncer, mais plein d'espérance et de confiance dans l'avenir.

XXII

Ce qui suivit ferait le chapitre le plus intéressant de
mon histoire, si j'osais dire toute la vérité ; mais, quoi !
la vérité, comme l'a très bien dit un profond philosophe, vient des brahmes, est faite pour les brahmes et
ne doit être communiquée qu'aux brahmes.

C'est pourquoi je voilerai ce qu'il faut voiler. C'est
aux brahmes de lever le voile si bon leur semble et de
se souvenir que les idoles ne veulent pas être vues de
trop près.

De la rue Le Peletier, où nous étions en sortant de
l'Opéra, jusqu'au Louvre, le silence fut profond entre
Léa et moi.

Je veux dire que nous parlions de choses insignifian-
tes et presque ennuyeuses, de la pièce que nous venions
d'entendre. de la musique du prince allemand, qui était
faite pour endormir les chrétiens et faire hurler les
chiens, de ceux qui composaient l'auditoire, de Napoléon III, à qui (j'ai regret de le dire) elle trouva une
physionomie pensive et profonde ; de l'impératrice, que
(pour me venger) je trouvai plus belle que Vénus ; du
marquis de ***, qui avait plus d'esprit qu'on ne croyait
(ce fut l'appréciation de Léa) ; du critique Y***, à qui
l'ambition trompée avait rendu la parole et faisait
avouer des choses qui, trois ans plus tôt, l'auraient conduit à Lambessa ou à Cayenne ; de la princesse de C***,
folle Allemande, qui venait faire et dire mille sottises
à Paris, et qui croyait se moquer des Parisiens, dont
elle était le jouet ; enfin de tout ce qui ne nous intéressait pas.

Quand nous fûmes arrivés au Louvre, Léa commença
la première à parler raison ou ce qu'elle appelait de ce
nom.

— Vous savez, dit-elle, ce qui est arrivé aujourd'hui ?

— Moi ! Non.

En répondant ainsi, je voulais la voir venir; car avec les femmes, comme dit le poète grec Ménandre, qui sans doute les connaissait bien, puisque tous les gens d'esprit de la Grèce et de Rome ont raconté qu'il était le plus grand poète comique de l'antiquité, — avec les femmes on ne sait jamais de quoi on va parler, puisqu'on ne peut jamais savoir à quoi elles pensent.

De peur que ma réponse ne parût trop sèche et trop peu sincère, j'ajoutai :

— Est-ce que la Russie?...

Léa reprit avec une certaine vivacité :

— Est-ce que je m'occupe de la Russie ?

A parler franchement, je ne m'occupais pas beaucoup plus de la Russie à ce moment que ma chère Léa; mais je voulais la pousser à bout, ayant appris par expérience que les femmes et les enfants disent tout dans la colère.

— C'est donc l'Autriche?... En effet, on parle de rassemblements de troupes sur les frontières du royaume lombardo-vénitien, et cela pourrait bien amener...

Elle répliqua :

— Laissez-là les rassemblements de troupes de l'Autriche... Vous savez que mon mari va venir à Paris et m'enlever de vive force. .

— Oh !

— Vous devez le savoir. Le général Buchamor vous a conduit au foyer d'un air préoccupé... On m'a dit qu'il voulait vous en entretenir ce soir. C'est de cela qu'il vous a parlé, et non de l'Autriche et de la Russie, avouez-le...

J'avouai qu'il m'en avait dit quelque chose.

— Et vous, reprit Léa, vous, mon avocat et mon conseil en toute chose. qu'est-ce que vous en pensez?

Nous étions arrivés au pont des Arts... Je sentis que le moment était venu de s'expliquer. Sans dire un mot, je la conduisis vers le milieu du pont, je la fis asseoir sur un de ces bancs de bois qu'une sage administration a placés en ce lieu pour permettre aux philosophes et aux amoureux de prendre quelque repos en regardant

couler la rivière aux rayons de la lune, et aux vaga-
bonds de s'étendre et de passer la nuit quand la société
refuse de leur donner un logement ou leur offre le violon pour demeure...

Aussitôt qu'elle fut assise, je m'assis à côté d'elle, et,
lui prenant la main, ce qu'elle me laissa faire avec
beaucoup de bonne grâce, je lui demandai d'abord qui
l'avait informée des intentions de M. de Rochepont.

— Qu'importe? dit-elle, puisque je le sais.

— Alors ce n'est pas le vieux général Buchamor?

— Lui!... Il ne m'en aurait pas dit un mot... son rêve
est de me réconcilier avec mon mari.

— Alors c'est Mme de Korenberg?

— Peut-être, répliqua Léa; mais qu'importe? Êtes-
vous de concert avec le général pour me ramener malgré moi au château de Rochepont?

Je me hâtai de protester contre cette idée.

Au fond cependant, je ne sais quel instinct secret et
profond de la conscience m'avertissait que j'aurais pu
jouer un rôle plus convenable à ma profession.

Étais-je un avocat ou un amoureux? devais-je séparer
à jamais Léa de son mari ou la réconcilier avec lui?
devais-je écouter la raison ou la passion? J'aimais Léa,
c'est vrai; mais cet amour, où pouvait-il me conduire?...

A une liaison, courte peut-être et peu durable..., éter-
nelle peut-être, mais en ce cas pesante pour tous les
deux, douce, charmante, délicieuse dans les premiers
jours, mais bientôt orageuse, violente et pleine de tempêtes, comme le sont toutes celles que les lois n'ont pas
consacrées... Pouvais-je, devais-je exposer Léa à un avenir qui, lorsque l'âge mûr aurait apporté ses tristes et
inévitables réflexions, deviendrait certainement un enfer? Je me souvenais des réflexions du peintre, que
j'avais cru misanthrope au premier abord, et qui n'était
peut-être qu'un sage...

Et maintenant, ayant dans l'espace de quelques secondes entrevu tout cela, vous croyez que ma conclu-
sion fut conforme aux prémisses et que je ne parlai plus
à Léa que du devoir qui l'obligeait à rejoindre son mari
au château de Rochepont?

Vous vous trompez. Au moment où je sentais la vertu
et le devoir professionnel l'emporter, j'eus le malheur de
regarder Léa.

Ah ! si comme moi vous aviez pu la voir, plus belle
que les anges du ciel, avec ses yeux mélancoliques pen-
chés sur la rivière, et de là se relevant pour regarder
l'horizon ; si vous aviez pu voir les rayons de la lune se
jouer dans ses cheveux bouclés, dont l'abondance et la
souplesse soyeuse ne devaient rien à l'art du coiffeur,
peut-être auriez-vous commis une folie pareille à la
mienne ? Peut-être auriez-vous mis un genou en terre, et
au lieu de parler du marquis de Rochepont, du château
de Rochepont et des devoirs d'une femme envers son
mari, — peut-être, oui, peut-être auriez-vous dit comme
moi à Léa ces mots délicieux, mais souvent si remplis
de repentir et de regrets :

— Je vous aime !... Mon cœur, ma vie, mon âme, tout
est à vous. Que faut-il que je fasse ?

Léa, ma chère Léa, ne fut pas surprise. Elle s'y attendait, et peut-être n'avait parlé qu'afin de me faire parler
à mon tour... Les anges ont de ces finesses.

Elle me dit avec une bonté charmante :

— Mon ami, relevez-vous ; voici l'aveugle du pont des
Arts qui nous regarde.

En effet, le bonhomme, qui jouait de la clarinette à
l'extrémité du pont, n'entendant (ou ne voyant) plus
passer personne, et guidé soit par l'instinct, soit par
son chien, soit par des yeux en meilleur état qu'il ne
voulait l'avouer, s'avançait à pas lents vers nous et tâ-
tonnait comme le général Bélisaire.

Mieux encore, il fredonnait un couplet alors très
fameux.

> Justinien, ce monstre odieux,
> Après m'être couvert de gloire,
> M'a fait arracher les deux yeux..
> Plaignez-moi, je n'y puis plus voir.

Quand il fut arrivé à deux pas de nous, il s'interrompit et d'une voix lamentable :

— Mon bon monsieur, ma bonne dame, faites la

charité au pauvre aveugle qui n'y voit plus clair.

Pour m'en débarrasser, je lui donnai précipitamment la première monnaie qui se trouva sous ma main : c'était par hasard une pièce de cinq francs.

Il la serra précieusement dans sa poche, et pour me remercier, ajouta :

— Merci, mon bon monsieur; merci, ma bonne dame, et que Dieu bénisse vos amours !

Puis quand il fut à cinq ou six pas plus loin, il entonna à pleine voix ces trois vers dont les paroles et la musique lui appartenaient en propre, je crois :

> Que Dieu bénisse vos amours
> Et qu'il vous donne beaucoup d'enfants !
> Ran tan plan, ran tan plan.

En même temps, il levait les mains, comme pour appeler sur nous la bénédiction du ciel, les arrondissait comme pour marquer l'étendue inexprimable de la famille qu'il nous souhaitait, et, aux mots de *ran tan plan, ran tan plan*, faisait le geste de battre sur le tambour une marche guerrière, comme si, de cette famille innombrable (venue de Léa et de moi), devait sortir une armée et qu'il ne fût plus question que de la conduire à la bataille.

— Allons-nous-en, dit Léa, cet homme me fait peur.

En réalité, l'homme n'avait rien d'effrayant, mais la poésie un peu trop libre convenait si mal à l'heure solennelle où nous étions, que nous eûmes quelque peine à nous remettre.

Enfin, la lune aidant, dont la lumière pâle éclairait la Seine et une partie des quais, le bruit des voitures ayant cessé, car il était déjà une heure du matin, les sergents de ville allant deux par deux le long de la rivière, dans l'espérance de retirer de l'eau quelque pauvre diable à demi-noyé, l'aveugle étant parti, les passants étant rentrés, les bourgeois rangés s'étant mis au lit, les bourgeoises étant occupées à défaire leurs toilettes du soir et à mettre leurs cheveux dans le tiroir de la commode, — spectacle enchanteur pour un mari, — Léa, ma chère Léa, s'expliqua franchement avec moi.

Que les dames me pardonnent le sang-froid avec lequel je parle aujourd'hui de ces choses qui décidèrent alors de ma vie, et de cet amour dont je garderai le souvenir éternel! Qui offense l'une d'elles, je le sais, offense toutes les autres; mais que Dieu me préserve de les offenser!... Je me souviens, voilà tout.

Elle me dit donc qu'elle m'aimait.

Sur ce mot, pour arrêter ma joie trop expansive, elle ajouta :

— Comme un ami.

Et ces trois mots ressemblaient à une douche de glace venue du pôle arctique et tombant dans le cratère de l'Etna. Je commençai à craindre de m'être flatté trop tôt d'un vain espoir.

Elle ajouta, pour relever mon courage, que cette amitié, pour ceux qui savaient la comprendre, avait des charmes mille fois plus doux que l'amour même, car elle ne laissait ni regrets ni remords, et l'union des âmes était certainement, — est encore et sera toujours, — ce qu'il y a de plus doux, de plus beau, de plus pur et de plus sublime dans la nature.

Cet exorde étant terminé, elle dit encore qu'elle ne me défendait pas de l'aimer à ma manière, c'est-à-dire, je pense d'être grossier, sensuel, et tout ce que la nature m'avait fait.

Puis elle me montra le ciel pur, où les étoiles brillaient du plus vif éclat et que la nature remplissait d'une lumière douce, il est vrai, mais si poétique...

On s'attend bien que je ne vais pas répéter ici le discours de Léa.

Ce qui en faisait le charme principal, outre le magnifique arrangement des mots, outre une voix douce, sonore et bien timbrée, qui pénétrait jusqu'au fond de l'âme, c'était cet air inexprimable de plonger dans l'azur et dans l'éther qu'elle avait reçu de la nature et qui la mettait au-dessus de toutes les créatures terrestres.

Elle donnait aux mots les plus ordinaires un sens presque mystique, et me remplissait de tendresse et d'admiration avec des phrases qu'un avoué n'aurait pas reniées devant le tribunal de première instance. C'est le ton qui fait la musique, comme disait le père Crepowitch, auteur du traité célèbre sur l'*Art de jouer de la clarinette*.

Elle me dit, par exemple, qu'elle était bien résolue à ne pas m'aimer, — du moins comme je l'entendais, — jusqu'à ce qu'elle eût conquis sa liberté complète.

Elle me dit qu'elle ne pardonnerait jamais à son mari ni les crimes que je connaissais déjà, ni celui qu'elle avait appris le jour même, c'est-à-dire la menace qu'il avait faite de l'emmener par force et au nom de la loi.

Elle dit que, si jamais cet homme cruel osait mettre sa menace à exécution, la Seine deviendrait son tombeau (à elle, Léa).

Elle dit qu'en apprenant le matin même, par une lettre de Mme de Korenberg, l'arrivée prochaine du marquis de Rochepont, elle avait fait serment — dût-il lui en coûter la vie — de mettre un fossé que rien ne pourrait combler entre elle et son mari, et que dans la journée elle avait écrit au directeur du théâtre *** qu'elle était prête à reprendre le rôle de la baronne d'Ange, dans le *Demi-Monde*, et à débuter aussitôt qu'il le jugerait convenable...

Ici je me récriai.

— Comment, vous avez fait cela, lui dis-je, et sans me consulter ?

Ce mot la fit rire.

— Sans vous consulter ! répliqua-t-elle. Et pourquoi vous aurais-je consulté ?

— Parce que je suis votre avocat, votre conseil, votre ..

— Oui, et parce que vous m'avez déclaré tout à l'heure que vous m'aimerez éternellement... Voilà une belle raison, monsieur mon avocat, une raison qui vous ferait honneur devant les juges...

Je fus forcé de garder le silence, car le moment n'était pas favorable pour faire de la morale et pour prêcher contre le théâtre. Au profit de qui, d'ailleurs, pouvais-je faire cette morale ?

C'est ce que Léa me fit comprendre un moment après,
lorsqu'elle me regarda tendrement et me dit :

— Ingrat ! Si je refuse de retourner chez mon mari,
est-ce à vous de vous en plaindre ?

Cette courte phrase m'ouvrait, je dois l'avouer, de
tels horizons de bonheur que je me gardai bien d'insister d'avantage et de la détourner du théâtre. Après
tout, si elle se faisait comédienne, elle serait libre...
On voit d'ici mes désirs et mes espérances.

Et alors j'approuvai tout ce qu'elle avait fait, et la
lettre qu'elle avait écrite au directeur du théâtre ; quand
elle vit que j'étais de si bonne composition, elle ne se
montra pas trop cruelle, et j'eus la permission de me
mettre à genoux devant elle, de l'adorer, de le lui dire,
de lui baiser les mains, de réciter les folies qui passent
par la tête de tous les hommes sages lorsqu'ils sont en
présence d'un de ces petits être sans barbe, dont les
fantaisies déréglées ont le funeste privilège d'induire
notre malheureuse race en tentation d'abord et un peu
plus tard en damnation.

Quand elle me vit au point où sans doute elle voulait
me voir, elle reprit son grand air de déesse qui marche
sur les nuages et m'ordonna de me lever, de lui donner
le bras et de la reconduire rue de Grenelle-Saint-Germain, où la bonne Luce devait l'attendre, endormie sur
sa chaise.

Pour la rassurer, je l'avertis que Luce n'était pas
seule et qu'un de ses amis lui tenait compagnie en l'absence de sa maîtresse.

— Qui donc ? demanda Léa étonnée.

— Charles, son ancien amant.

— Ah !

Léa me parut troublée, presque effrayée de cette nouvelle.

— Est-ce que vous craignez cet homme ? lui dis-je.

Elle me répondit :

— C'est un espion de mon mari, c'est lui qui...

Ici elle s'interrompit. Je n'osai la questionner davantage.

Elle reprit :

— C'est Luce qui vous l'a dit ?

— C'est Luce.

— Ah ! la malheureuse fille ! Je l'avais tant avertie de se méfier de ce dangereux coquin...

— Pourquoi dangereux ?

Elle poussa un profond soupir.

— Rentrons vite, dit-elle. Aussi bien, il est temps...

En effet, l'horloge de l'Institut marquait trois heures du matin.

Comme nous arrivions à la maison de la rue de Grenelle, je demandai à Léa la permission de l'accompagner dans la cour jusqu'à la porte de son appartement qui était au rez-de-chaussée.

Elle y consentit, car elle craignait la présence de Charles et voulait le renvoyer, s'il était resté dans la maison.

Mais je n'en eus pas la peine, car la bonne Luce arriva, demi-déshabillée et se frottant les yeux.

— Vous étiez seule ? demanda Léa.

— Plaît-il, madame ? répliqua Luce, qui ne manquait pas, non plus que ses pareilles, d'une certaine dose de finesse et qui voulait, avant de répondre, se donner le temps de la réflexion.

Je lui dis brusquement :

— Madame vous demande si vous étiez seule.

Luce, ayant recouvré ses esprits, répliqua :

— Mais oui, monsieur, je suis seule, Monsieur peut bien le voir, d'ailleurs, s'il veut chercher...

— Oui, mais étiez-vous seule ce soir ?

— Ah ! pauvre de Dieu ! monsieur, qu'est-ce que vous dites là ? Dans un quartier où l'on ne voit jamais personne...

— Enfin Charles est-il venu ?

Mise au pied du mur, Luce finit par avouer que Charles était venu la voir et qu'il lui avait tenu compagnie jusqu'à minuit en l'absence de madame...

— Oh ! jusqu'à minuit seulement. La portière pouvait bien le dire, puisqu'elle avait grogné en tirant le cordon et dit que dans les maisons comme il faut on ne recevait pas les gens si tard.

— Eh bien ! dit Léa, il faudra profiter de l'avis de la portière, ma bonne Luce. Je vous avais, d'ailleurs, bien défendu de revoir ce Charles ou du moins de le recevoir ici.

— Ah ! madame, répliqua Luce, si vous saviez quelles nouvelles il m'a données de M. le marquis de Rochepont.

Sur ce mot, je crus nécessaire de prendre congé. Il était clair que Luce allait annoncer à sa maîtresse l'accident qui était arrivé au marquis. Quelle que fût l'impression de Léa, ma présence n'était pas nécessaire.

Je sortis donc.

Comme la porte cochère se refermait derrière moi, je vis un individu qui, blotti dans un coin, semblait surveiller ce qui se passait dans la maison. Pour m'en assurer, j'allai droit à lui ; mais il prit la fuite et courut du côté de la Seine.

Je ne le poursuivis pas. Peut-être était-ce un pauvre diable de voleur qui attendait en silence le passage de quelque riche bourgeois, et qui, me voyant marcher sur lui, avait eu peur à son tour. Peut-être était-ce Charles, l'espion de M. de Rochepont !

Mais pourquoi se serait-il caché, lui qui, grâce à Luce, pouvait entrer à toute heure dans la maison ?

Cette réflexion me rassura, car j'avais craint un instant pour Léa, et j'allai me coucher avec la certitude que j'étais aimé... et quelque chose de plus que la certitude. J'avais reçu à mots couverts la promesse que mon martyre aurait un jour sa récompense...

XXIII

Le lendemain et les jours suivants ne furent marqués par aucune événment particulier. J'aimais Léa, elle m'aimait, nous nous aimions... L'union des âmes — que j'aurais voulu plus complète, car qu'est-ce qu'une âme qui n'a pas de corps? — me rendait pourtant plus heureux que je ne l'avais été de ma vie. Je désirais, j'attendais, j'espérais, et l'on me laissait désirer, attendre, espérer... Bien mieux, on m'y encourageait et, de temps en temps, on permettait quelque chose. J'étais réprimandé souvent avec sévérité, mais avec une sévérité douce, de celles qui ne désespèrent jamais.

En même temps on m'initiait aux mystères d'une religion nouvelle, celle que Mme la baronne de Korenberg et ses pareilles ont essayé d'introduire en Europe, — où l'on a ri beaucoup de voir tourner en dogme ce qui n'était jusque-là qu'un énorme péché, — et qu'elles ont prêchée franchement aux Etats-Unis, où le manque de femmes, dans les premiers temps de la colonisation, avait fait de cette ravissante moitié de l'espèce humaine quelque chose de saint, de sacré, de divin et d'impeccable.

J'appris, en suivant ce cours de théologie nouvelle, que dans l'amour libre l'homme seul est coupable, que la femme est toujours sainte, victime et martyre, que son devoir est d'aimer, que son droit est d'aimer, que l'homme est trop heureux de l'aider à remplir ce droit et ce devoir; que son devoir (à lui) c'est d'être fidèle aussi longtemps que sa fidélité peut plaire à celle qui en est l'objet, et de se retirer avec modestie aussitôt qu'il peut craindre d'ennuyer; que la raison, dont les premiers rayons commencent seulement à luire sur les peuples d'Occident, mettra bientôt ces vérités en évidence; que la nature même, le grand Pan, *natura natu-*

rans, comme disait Spinosa, l'a voulu ainsi, et qu'on reconnaît principalement à ce signe les nations élues et les hommes de génie dont la trace sera marquée dans l'avenir.

Ces doctrines nouvelles, prêchées par Léa, me paraissaient comme l'annonce d'un nouvel Evangile. Venues en droite ligne de Mme de Korenberg, et sans intermédiaire, elles m'auraient probablement fait rire aux éclats, car la plupart du temps, hélas ! ce n'est pas le sermon qu'on écoute, c'est le prédicateur.

Mais enfin je m'en contentais ou, pour mieux dire, j'étais comme un homme qui écoute un drame ennuyeux, mais à qui l'on a promis que le dénouement serait intéressant. Dans les discours de Léa, je ne voyais que le dénouement probable, et ses vues sur l'affranchissement prochain des dames, sur l'amour libre et plusieurs autres belles choses qui en résultent, me laissaient assez indifférent.

Mais pourquoi répéter nos conversations et nos protestations d'amour ? Celui qui a aimé les devinera, celui qui est moins heureux n'a pas besoin de les connaître. Qu'il me suffise de dire que ce temps-là, quoiqu'il ne fût pas sans nuages, a été le plus délicieux de ma vie.

Si ce n'était le bonheur parfait, c'en était du moins la plus parfaite image.

En même temps, Léa, tout à fait résolue à braver son mari et à faire ses débuts, avait repris ses relations avec le directeur du théâtre ***.

Ce brave homme, dont on annonçait la faillite assurée pour le mois suivant, s'agitait « des pieds et des mains », comme il disait lui-même, pour éviter cette catastrophe terrible.

Il essayait pièces sur pièces, acteurs sur acteurs, décors sur décors. Il reprenait l'ancien répertoire, celui de Brunet, de Potier, de Lepeintre jeune, de Lepeintre aîné ; celui d'Arnal, alors encore dans sa force. Il jouait les anciens vaudevilles, les nouveaux drames bourgeois, le gai, l'ennuyeux, le pédant, l'emphatique, le grotesque, tout ce qui pouvait le tirer d'affaire.

Quand il vit revenir Léa, son bonheur fut au comble.

Cet ancien huissier rêvait d'être reçu dans le beau monde, dans le grand monde, et de parler sans cérémonie à une ancienne marquise. L'idée que Mme de Rochepont, marquise ou vicomtesse depuis deux siècles par ses ancêtres et par ceux de son mari dont l'un, — le plus célèbre, — avait été colonel du régiment de Bourbonnais, et donna vigoureusement, avec la maison du Roy, à la bataille de Denain, — cette idée le faisait frémir d'aise... Quoiqu'il fut le plus avare des hommes, il aurait donné, — oui, je ne me trompe pas, — il aurait donné trois cent mille francs (à prendre sur ses créanciers) pour compter la marquise parmi « les artistes de son théâtre, » comme il disait en style noble.

Il eut cette joie à moins de frais.

Le fier Letranchant d'Escarbouillac, critique d'art et feuilletoniste célèbre, se chargea de renouer les anciennes négociations.

Aussitôt qu'il fut guéri, non pas tout à fait, mais assez pour se promener sur le boulevard avec un bras en écharpe, ce qui mettait en relief son courage invincible, il reprit l'œuvre commencée, et dans les journaux, au foyer des théâtres, au café, en public, en particulier, il annonça qu'il avait fait la découverte d'une femme de génie, de beauté idéale, et marquise, et qu'on ne pourrait être admis que par sa protection à contempler cette merveille, le soir de la première représentation.

S'il gardait quelque rancune contre Léa qui l'avait dédaigné, contre moi qui l'avait supplanté, il n'y parut pas. Ce Gascon, tout pourfendeur et massacreur d'hommes qu'il était en apparence, avait au fond toute la finesse et tout l'esprit pratique de sa race. Il disait volontiers, comme le beau Bellegarde, grand écuyer d'Henri IV, qui se savait aimé de la marquise de Verneuil et n'en profitait pas : *Après le roi, ce sera mon tour.*

Il me voyait en pied auprès de Léa ; il n'essaya plus de lutter, son duel ayant mal réussi. En attendant, il cherchait à se rendre agréable, utile, nécessaire, sans affectation pourtant, attendant tout du temps, de la reconnaissance des services rendus, de la lassitude et sans doute aussi de l'occasion. (Après quinze ans, je puis parler avec sang froid de tout cela.)

Il assistait quelquefois aux répétitions de Léa, donnait son avis s'il en était prié, mais froidement et comme par pur amour de l'art, faisait passer çà et là par son crédit (qui était grand, il faut le reconnaître) de petits entre-filets dans les journaux de théâtre, et promettait pour la première représentation du *Demi-Monde* un succès des plus éclatants.

Elle arriva enfin, cette représentation si longtemps attendue.

C'était le 5 février 185... Tout Paris y était. Tout Paris, vous savez ce qu'on entend par là ? c'est-à-dire les gens riches ou influents de toute catégorie : les ministres, quelques députés, quelques sénateurs, beaucoup de banquiers, quelques jolies femmes et beaucoup d'autres pour qui la nature n'a pas fait de grands frais ; un certain nombre de jolies filles dont le métier lucratif est de se montrer là comme à la foire ; quatre ou cinq douzaines d'étrangers riches ou paraissant l'être, Russes, Polonais, Brésiliens, Valaques ; un petit nombre d'Anglais, d'Italiens et d'Allemands, trois ou quatre Turcs ; un Persan, mort aujourd'hui ; un Tunisien et deux Égyptiens.

Cela, c'est tout Paris.

Je ne parle pas des auteurs dramatiques, des gens de lettres et des feuilletonistes, dont la place, pour la plupart, est à l'orchestre. Une demi-douzaine de ceux dont le journal fait foi occupent les premières loges, — ceux qui sont mariés, avec leurs femmes, les autres, avec leurs amis des deux sexes. Ceux-là sont les vrais juges du camp. C'est pour eux — les jours de première représentation, — que l'actrice principale a des sourires ; c'est leur physionomie satisfaite ou renfrognée qui donne au public le signal des applaudissements ou des sifflets. Le visage est grave, la cravate est blanche, l'œil est plein de pensées... Un ou deux, forcés de venir avant d'avoir pris le café, semblent appesantis par la digestion... Dangereux accident. Un homme dont la digestion se fait en hiver, dans un théâtre mal chauffé ou mal éclairé, sera toujours sévère pour l'auteur, pour le théâtre, pour les acteurs et pour la pièce.

Et avec raison..., car il n'est pas juste qu'un critique, homme savant, homme instruit, homme lettré, homme d'érudition et de capacité, comme le docteur Pancrace, homme qui parle tous les lundis à l'univers, homme qui professe la grande religion de l'art et des artistes, homme qui exerce un véritable sacerdoce et qui ne reconnaît pour ses maîtres (s'il les reconnaît) que le grand Aristophane, le merveilleux Shakespeare et le divin Molière, — il n'est pas juste, dis-je, que cet homme qu'on peut dire pontife, à voir de quelle manière il distribue l'encens aux dieux du théâtre et l'anathème aux impies, — non, il n'est pas juste, il serait même odieux et presque ridicule qu'il fut surpris pendant la cérémonie même par cette maladie si cruelle et pourtant si commune, qui, par un préjugé fâcheux, mais invincible, fait si peu d'honneur au malade; — et si, par la maladresse du directeur, il arrive que le pontife se refroidisse et soit saisi d'une fluxion, d'un rhumatisme ou d'une indigestion, il est trop juste et, dans tous les cas, inévitable qu'il se venge sur le dramaturge, premier auteur du crime, et sur le directeur du théâtre, son complice.

Mais ces réflexions paraîtront peut-être étrangères à mon histoire.

L'essentiel, c'est que tout Paris avait fait les plus grands préparatifs pour assister aux débuts de ma chère Léa.

Un jour de première représentation ou de reprise solennelle, ce qui est presque la même chose, il y a mille pièces particulières que les initiés seuls peuvent contempler et dont ils peuvent suivre les phases diverses pendant qu'on joue la grande.

Parmi les spectateurs, les uns viennent au théâtre pour leur plaisir, et pour qu'aucun feuilleton ne leur fasse d'avance l'analyse de la pièce, n'indique les péripéties diverses, le dénoûment, et ne marque les endroits où l'on devra rire, pleurer ou siffler.

Ceux-là, c'est le petit nombre.

D'autres viennent pour juger; leur métier, c'est de

juger Ils ne rient, ni ne pleurent, ni ne s'émeuvent, en aucune façon. Ils jugent : c'est leur sacerdoce, et aussitôt après avoir jugé, ils vont répandre leur jugement partout où ils passent, et crier pour ou contre, avec une vigueur admirable.

Ceux-là sont plus nombreux.

D'autres encore, se croyant les plus beaux et les mieux habillés, parmi les mortels des deux sexes, viennent simplement pour se faire voir et servir de modèle à la race humaine.

Ceux-là sont plus nombreux encore.

Après eux, vient le peuple des braves gens qui ne savent où passer la soirée, de ceux qui se lassent de jouer aux dominos, de ceux qui veulent faire une surprise agréable à leurs femmes et à leurs filles, de ceux qui s'ennuient partout et qui ne peuvent pas s'ennuyer à la pièce nouvelle plus qu'ailleurs; de ceux qui, passant près du théâtre, sont surpris par la pluie et trouvent ce parapluie-là aussi commode qu'aucun autre; de ceux qui ne peuvent pas dormir avant minuit et demi; de ceux qui sont contents de rentrer tard dans une maison où tout le monde se couche de bonne heure, parce que cela réveille leur concierge et les venge des petites avanies que ce fonctionnaire hautain leur fait subir dans la journée; de ceux sur qui la vie pèse comme un plomb et qui ne savent comment en porter le poids; de ceux qui souffrent du foie, de la rate, du cœur et du poumon; de ceux qui, n'ayant ni père, ni mère, ni grand-père, ni grand'mère, ni femme, ni enfant, ni servante, ni ami, ni ennemi, et ne pouvant causer avec personne, disputer avec personne ou s'accorder avec personne, sont forcés de chercher une distraction au premier endroit venu; de ceux...

La liste en serait si longue qu'il vaut mieux s'arrêter là.

Pendant que cette foule variée prenait place dans la salle, j'allai frapper à la porte de la loge où Léa s'habillait; mais je ne fus pas reçu, et il faut avouer que je l'avais bien mérité, car personne n'arriva jamais plus mal à propos.

Elle était en conférence avec l'habilleuse et le coiffeur; — autre sacerdoce que je ne connaissais pas encore et qui n'était pas moins respectable que celui de la critique.

Tout ce que put faire pour moi la voix chérie de Léa, ce fut de me crier à travers le trou de la serrure :

— Que faites-vous là ?

Et comme, en effet, je ne faisais rien de nécessaire ou même d'utile, je répondis avec embarras et modestie que je désirais tout simplement voir avant tout le monde un costume dont on parlait d'avance dans les coulisses et dans la salle et dont le goût exquis ne pouvait manquer de rehausser encore une beauté...

— Eh bien! dit la voix adorée, restez dans la coulisse si vous voulez, vous me verrez au passage.

Cette concession, qui n'était pas énorme, fut pourtant la seule chose que je pus obtenir.

Comme je revenais sur mes pas, je me heurtai contre le comédien que j'avais vu chez le général Buchamor, et qu'on appelait Armand; il était chargé du rôle d'Olivier de Jalin, et, déjà tout habillé, descendait au foyer.

— Ah! dit-il en riant, vous voilà, Fontpertuis? Vous venez ici pour accompagner Léa ?

J'avouai que, sans cette occasion...

— Oui, oui, dit le comédien; je sais ce que c'est. Tout le monde le sait, on ne parle que de cela au foyer... Zerline est furieuse contre vous. Elle dit que Léa est une sotte, que, pour peu qu'elle eût voulu (elle, Zerline), vous seriez tombé à ses genoux (aux genoux de Zerline), que vous en aviez même fait le simulacre, le soir où nous avons soupé chez le général Buchamor, mais qu'elle vous reçut de façon à vous ôter l'envie d'y revenir. Est-ce vrai ?

Rien ne peut exprimer la douleur que j'éprouvai en voyant que Léa, ma chère, pure, admirable, inaltérable Léa, servait déjà de sujet pour les cancans de coulisses. Mais comment éviter ce malheur? — Ne va pas à la pluie, dit le proverbe, si tu ne veux pas être mouillé.

Cependant, comme au fond il n'avait aucune envie

d'offenser ni Léa, ni moi, comme il ne faisait que répéter ce qui, sans doute, était le bruit des coulisses, je répondis d'un air indifférent que, pour Léa, je n'avais pas d'autre titre que d'être son ami et son avocat, choisi par elle et par le général Buchamor, son tuteur; que pour Zerline j'avais toujours eu l'admiration et la sympathie que personne ne pouvait refuser à son talent, à sa beauté, à sa grâce inimitable....

J'allongeais mes phrases tout exprès, comme un avocat qui plaide, qui a perdu le fil de son argumentation, qui cherche à le retrouver, et qui voudrait enfourner le tribunal dans les ténèbres où il est plongé lui-même.

Le comédien ne s'y laissa pas prendre.

— Tout ça, dit-il, c'est des bêtises... Si vous êtes amoureux de Léa, ça ne regarde personne, excepté vous... Si vous êtes heureux, je vous en félicite, car elle est vraiment charmante, mais ça ne regarde encore qu'elle et vous... Si vous voulez la quitter pour Zerline, qui est une bonne fille, pas cruelle du tout et qui ne déteste que ses camarades, lorsqu'elles ont du succès, vous êtes libre, et personne ne s'y opposera, excepté le prince Chose, le duc Machin et le banquier Psitt, qui sont en titre auprès d'elle et forcés de partager, car elle a promis de mettre à la porte le premier des trois qui ferait le méchant... Enfin si vous n'êtes qu'un avocat qui vient voir sa cliente, plaider sa cause devant le public avant de plaider lui-même cette cause devant un tribunal plus sévère, venez avec moi... Allons!

Et me prenant par le bras, il me conduisit derrière la toile où déjà l'on dressait à grand renfort de marteaux et de clous le décor du premier acte.

Arrivé là, il mit l'œil au trou de la toile et me dit :

— La salle sera belle ce soir...

Je crois même qu'il ajouta :

— La salle sera bien meublée.

Car pour lui les spectateurs n'étaient que des meubles destinés à orner et remplir le salon où l'on allait jouer la pièce.

Puis, regardant une loge à droite, dans laquelle un

gros homme à figure joyeuse, spirituelle et cynique, venait de s'installer :

— Tenez, dit-il, voilà notre maître à tous.

Je regardai à mon tour, et je reconnus le rédacteur en chef d'un petit journal dès ce temps-là très fameux.

— Celui-là, dit le comédien, c'est l'homme de France qui a le plus d'esprit.

— Oh ! oh !

— Oui, parce que c'est lui qui sait le mieux se servir de l'esprit des autres... Il est comme Louis XIV, qui n'avait ni esprit, ni génie, ni talent d'aucune sorte, pour la guerre, l'administration, les finances, la littérature, ou n'importe quoi, mais qui savait prendre à son service et employer chacun suivant sa spécialité : Condé, Turenne, Colbert, Racine, Bossuet, Louvois, et les autres... Celui-ci n'a pas d'esprit. Il sait lire la lettre moulée, voilà tout, et, je pense, mettre aussi l'orthographe. . Hors de là, vous n'en tirerez rien... A peine serait-il bon à tenir un bureau d'omnibus. Mais il a du bon sens, l'esprit juste et le goût de tout ce qui amuse les oisifs... Il a sur tous les écrivains, sur Lamartine, sur Victor Hugo, sur Michelet, sur M. Thiers, sur les plus illustres enfin, un avantage éminent, prodigieux, épouvantable : il n'écrit pas, il n'écrira jamais ou, s'il écrit, c'est avec l'aide d'un secrétaire qui se charge de veiller sur les règles de la syntaxe et quelques autres menus détails.

— Alors, c'est un homme d'affaires ?

— Un homme d'affaires, vous l'avez dit Mais qu'est-ce qui n'est pas une affaire en ce temps-ci ? La vertu elle-même est une affaire...

— Oh ! oh ?

— Oui, oui, la vertu ! Je sais bien ce que je dis. La vertu est une affaire, et des plus lucratives.

— Citez un exemple.

— J'en citerai deux : un pour les hommes, l'autre pour les femmes.

Je me récriai.

— Vous allez voir, reprit le comédien. Vous avez connu de nom ou autrement le comte Constantin, qui est mort il y a cinq ans ?

— Le philanthrope ?

— Celui-là même... C'était, comme vous savez, le plus honnête homme du monde, le plus instruit, le plus vertueux, le plus éclairé, le plus bienfaisant, le plus faiseur de promesses, le plus ami des hommes âgés, des jeunes gens, des vieilles femmes, des jeunes femmes et des petits enfants des deux sexes, le plus fondateur de sociétés de toute espèce, dont il était président honoraire après avoir été président effectif, organisateur, statutificateur, et cœtera... Enfin, si jamais homme, après Jésus-Christ, a mérité d'être appelé bienfaiteur du genre humain, c'est bien celui-là... Vous en convenez, n'est-ce pas ?

— J'en conviens.

— Or, reprit le comédien, quand ce grand homme est mort, il y a cinq ans, les sociétés dont il avait été le fondateur, l'organisateur, et dont il avait promis d'être le bienfaiteur après sa mort (car tout le monde le croyait pourvu d'une fortune immense), voulurent assister (par leurs délégués) à l'ouverture de son testament... Devinez ce qu'on découvrit.

— Qu'il ne possédait rien !

— Bien mieux... qu'il n'avait jamais rien possédé de sa vie, excepté l'art de fonder des sociétés de bienfaisance pour toutes les classes de la société et de s'en faire cent mille livres de rente...

— Par quels moyens ?

— Mon ami, c'est le secret de la comédie, et je n'ai pas le temps de vous l'expliquer aujourd'hui... Celui-là, c'est un homme vertueux... Voulez-vous un autre exemple, celui d'une femme vertueuse ?...

— Je le veux.

— Eh bien ! souvenez-vous de ce qui s'est passé, il y a trois ans, aux États-Unis. C'est un pays très vaste, très fertile, très abondant en toutes choses ; je n'ai que faire de vous l'apprendre, et la première statistique venue vous en dira autant que moi... De plus, c'est un pays où la vertu est dans son centre et sur son trône... Je parle d'une certaine vertu, la plus précieuse, la plus belle de toutes, celle qui fait que l'homme se met à genoux

devant la femme..., enfin vous voyez d'ici ce que je veux
dire.

— Je le vois.

— Or, continua le comédien, par diverses raisons politiques, religieuses, sociales, cette vertu, d'ailleurs si
précieuse en tout pays, et, je dois l'avouer, si peu pra-
tiquée par la belle Zerline et ses pareilles, était devenue
pour les théâtres des grandes villes de l'Union, une
chose rare, à ce qu'il paraît, et presque introuvable. J'en
juge ainsi par le prix qu'on paraît y attacher là-bas...
A dire vrai, ces braves gens ont d'autant plus de raison
d'y tenir qu'ils ne se connaissent guère en choses de
théâtre, et qu'un homme qui passe le Niagara sur un
câble suspendu d'une rive à l'autre, et qui fait une ome-
lette à moitié chemin, les amuse mille fois plus que
Molière ou Shakespeare...

N'ayant donc aucune notion ni même aucune intelligence dramatique, insensibles à la musique, incapables
de comprendre le chant, ils font le désespoir de tous les
directeurs de théâtre. D'ailleurs, que pourrait-on présenter à des gens d'écorce rude qui ne connaissent que
les chiffres, l'argent, le jambon, le coton, le whisky, le
brandy et leurs dérivés, pour qui la vie n'est qu'un
moyen de gagner de l'argent et de le dépenser ? Devinez
ce qu'un directeur ayant affaire à de tels spectateurs a
inventé.

— Il leur a montré des bêtes féroces.

— Cela d'abord. Oui, les lions, les tigres, les panthères, les éléphants et les boas constrictors ont duré quelques années. Mais quand le lion eut mangé son maître
sous les yeux du public, quand le tigre eut étranglé le
lion; quand la panthère, se glissant à travers deux barreaux de fer mal scellés, eut pris la fuite et se fut fait
tuer en plein Broadway par un policeman intrépide;
quand l'éléphant eut saisi son cornac par la ceinture,
l'eut jeté à terre et écrasé sous ses pieds, aux applaudissements d'un public ému mais idolâtre; quand le
bon constrictor, réveillé d'un long sommeil par la cha-
leur de la salle et se croyant en Sénégal, eut saisi le fils
aîné du directeur de *Washington's Circus*, enfant de

neuf ans, et lui eut brisé les reins sous les yeux des spectateurs en s'enroulant autour de sa ceinture (je reconnais que le directeur était très contrarié, et même qu'avec l'aide de ses hommes il tua le boa, mais trop tard, car l'enfant était déjà broyé), il fallut enfin trouver autre chose. Devinez ce qu'on a trouvé.

— Une femme vertueuse.

— Mieux que cela, une jeune fille... Trente-deux ans, pas davantage;... un grand corps osseux, de longues dents, un nez un peu plat, des yeux bleus qui ne disaient rien, un grand front plat, des mâchoires saillantes, un menton en relief et carré, une poitrine plate, une taille plate, une vraie planche enfin ; avec cela, je dois le dire, une voix assez belle, un timbre de cristal, si vous voulez, mais sans passion, sans expression, et même sans intelligence... excepté de l'art de gagner de l'argent... Cet ensemble de grâces était né dans un pays du Nord, sous le pôle, à quelques lieues de la capitale des Esquimaux. Voilà ce que le directeur du *Washington's Circus* offrit, en guise de récréation, à ses concitoyens... Devinez ce qu'il leur dit pour les attirer.

— Qu'elle était un rossignol.

— Oui, d'abord.

— Qu'elle était belle.

— Cela aussi.

— Qu'elle était jeune.

Ici le comédien se mit à rire.

— Pas du tout... Elle avait trente-deux ans; il dit qu'elle en avait trente-neuf...

— Pourquoi ?

— Oui, une jeune personne de trente-neuf ans ne met pas en feu les imaginations du Midi; mais celles du Nord, mon cher ami, sont faites d'une autre essence. Si près du pôle Arctique, on a des idées bien différentes des nôtres. Une vertu rance et démodée, qui ferait rire les Parisiens rien qu'en se montrant sur le théâtre, car, d'ailleurs, elle serait respectable et respectée à la ville, ravit de joie et d'admiration les petits-fils de William Penn et des puritains de Cromwell. Enfin voici ce qu'in-

venta le directeur du *Washington's Circus* ; je dis ce qu'il
inventa, car, excepté lui, qui pouvait faire serment que
le rossignol...

— N'avait jamais chanté ?

— Justement. Il annonça pendant trois semaines,
dans les quatre-vingts journaux les plus répandus des
États-Unis, qu'il avait mis la main sur une chanteuse
inimitable, sur un vrai rossignol, et il ajouta (c'est là
qu'était la finesse) que cette chanteuse, âgée de trente-
neuf ans et charmante (cela va sans dire), était aussi
vertueuse que Jeanne d'Arc, mais aussi amoureuse que
Juliette le fut de Roméo d'un grand nigaud de pasteur
protestant, qui, en effet, la suivait en tous lieux et finit
par l'épouser quand elle eut fait fortune.

— Est-ce qu'on peut empêcher un charlatan d'annoncer ses acteurs, un marchand de vanter sa marchandise ?

— Très bien, reprit le comédien ; parfaitement bien !
Et s'appuyant sur ce principe que le charlatan est maître d'annoncer comme il lui plaît sa marchandise, et que
le devoir de la marchandise est de se parer conformé-
ment aux annonces du charlatan, la demoiselle de
trente-deux ans s'est montrée partout, à New-York, à
Boston, à Philadelphie, à Baltimore, à la Nouvelle-Or-
léans, souriant pour laisser voir ses dents longues, mais
assez blanches, habillée d'une robe de pensionnaire qui
s'appliquait le long des côtes, levant les yeux au ciel
pour invoquer l'aide et le secours de l'Éternel, au moment où elle allait chanter des chansons profanes, pensive comme une carpe qui considère un lapin, maigre
comme la corne d'un rhinocéros, efflanquée comme un
lévrier, idéale enfin, tellement idéale que les bons Yan-
kees, n'ayant pas, sans doute, l'habitude de voir un tel
prodige, se précipitèrent sur ses pas, dételèrent les chevaux de sa voiture pour s'y atteler eux-mêmes, poussè-
rent des cris de joie, firent des meetings, prononcèrent
des milliers de discours, votèrent des milliers d'adresses,
gravèrent des médailles et les vendirent par centaines de
mille (avec la permission du rossignol), et même (*sho=
king ! oh ! shoking !*) achetèrent à prix d'or...

Ici le comédien s'arrêta, comme n'osant aller plus loin.

— Quoi donc? Que voulez-vous dire?... Sa vertu peut-être ?

— Non, non; sa vertu était sans prix et tout à fait inestimable. Ce qu'on acheta (je parle d'une société par actions, qui fut fondée pour cet objet par quatre vingt-trois actionnaires, ardents, comme, d'ailleurs, tous les actionnaires, à toucher leur dividende), ce qu'on acheta du rossignol, par l'intermédiaire de sa femme de chambre, ce fut sa garde-robe, ses peignoirs, ses pantoufles, ses chemises envoyées au blanchissage... Les actionnaires touchèrent leur dividende, la femme de chambre fit fortune, et, six mois plus tard, épousa le révérend Elijah Semei, — aujourd'hui ministre du saint Evangile à Lincoln's-Burg, dans le Massachussett .. Quant au rossignol, il est revenu en Europe, immaculé comme avant son départ, mais plus riche de trois millions de francs... Tant il est vrai que la vertu trouve toujours sa récompense.

— Enfin, dis-je au comédien, vous croyez que la vertu est une affaire.

— Je n'en sais rien. Je vois qu'on peut la vendre ou l'acheter comme tout le reste; mais je ne dis pas qu'on n'est vertueux que pour acheter ou vendre la vertu... Celle dont je viens de parler, par exemple, est une très honnête femme, très vertueuse femme, qui après avoir fait fortune, comme je vous l'ai dit, s'est mariée avec un bon garçon de dix ans plus jeune qu'elle et amoureux comme on l'est sous le pôle... Ils sont très heureux, et tous les ans voient s'augmenter leur postérité..., c'est tout ce que je voulais dire...

Le comédien regarda par le trou du rideau et me dit :

— Voici notre ami le plus redoutable, car vous savez qu'il y a des amis qu'on n'aimerait pas rencontrer au coin d'un bois.

Je regardai. C'était un assez beau Sicilien à barbe noire, avec collier et moustaches, qui venait de s'asseoir dans une grande loge du premier rang, et lorgnait toute la salle d'un air d'indifférence. Il paraissait connaître tout le monde et tout le monde le regardait, mais on le saluait peu, quoiqu'il fût visiblement un personnage.

— Qui est celui-là? demandai-je au comédien.

— Vous ne le connaissez pas? répliqua-t-il avec étonnement; il n'y a pourtant pas d'homme plus connu et plus redouté dans tous les théâtres.

J'expliquai que j'allais rarement au spectacle et seulement depuis un mois ou deux, que j'avais passé plusieurs années en exil, et que...

— Bien, bien! dit le comédien, alors vous ne connaissez pas Caramba, le plus fin feuilletoniste de France; Caramba, né à Palerme, venu de bonne heure à Paris, instruit et raffiné dans tous les arts de son pays, Caramba, qui se connaît en musique comme pas un, qui écrit en français comme un contemporain de Louis XIV et de Louis XV, qui parle comme nous parlons, vous et moi, mais beaucoup mieux; Caramba, qui a un timbre de voix admirable, qui a de l'esprit comme un diable, — non de celui qui fait des mots, des pointes et des calembourgs, mais de celui qui sert à se produire, à se pousser dans le monde, à pousser un ami, à larder un ennemi; Caramba enfin, le fameux Caramba...

Il s'arrêta un instant et reprit :

— Vous revenez donc, mon cher ami, des confins de la Chine?.. Ne pas connaître Caramba, c'est impossible; demain, du reste, vous ferez connaissance, si vous n'avez pas eu la précaution de commencer aujourd'hui. Mais alors il vous en coûtera cher...

— Que voulez-vous dire?

— Que Caramba est l'homme le meilleur du monde, le plus sage, le plus habile, le plus doux, le plus fin, le plus disposé à obliger ses amis; mais Caramba aime les prévenances; il veut qu'on lui fasse des politesses, qu'on prévienne ses désirs...

— Et quels sont les désirs de Caramba?

— Mon Dieu! les plus simples qu'on puisse voir. Caramba a des goûts simples... Une supposition.. Vous allez chez lui pour recommander le talent de Léa... Rien n'est plus naturel, n'est-ce pas? puisque vous êtes le meilleur ami de cette chère marquise. Eh bien ! Caramba vous écoute attentivement et avec la sympathie la plus vive... Il vous explique ce qu'il pense du talent de votre amie ; il vous indique les défauts, il fait valoir les qualités. Vous sortez ravi de cette entrevue, et si vous avez eu la précaution de laisser par négligence sur la table un ou deux billets de mille francs, vous aurez le plaisir de lire le lendemain, dans les deux ou trois journaux dont il dispose, le plus bel éloge, le plus savant, le plus inattaquable, le plus convaincu et le plus habile qu'on puisse faire de Léa.

— Et si j'oubliais de laisser les billets de banque dont vous parlez, qu'arriverait-il ?

— Rien du tout d'abord. Au lieu de l'éloge fin et savant que je viens de vous dire, vous auriez une critique non moins fine, non moins savante, non moins aiguisée, mais venimeuse sous les apparences les plus modérées. Dans le premier cas, le nom de Léa deviendrait célèbre en Europe au bout de trois jours, et les directeurs des théâtres de Londres, de Pétersbourg et de New-York se la disputeraient à coups de guinées, de roubles et de dollars... Dans le second cas, elle serait enterrée pour jamais.

Il faut dire que, dans les deux cas, le fin Caramba n'aurait que très peu outré la vérité, et que sa critique, toute vénalité à part, est l'une des plus justes, des plus vraies et des plus piquantes qu'on puisse voir. C'est justement cela qui le rend si redoutable pour les comédiens, — cela et les relations qu'il a dans tous les ministères... — Tenez, vous voyez Zerline ; c'est une bonne fille, une très belle fille, moins belle aujourd'hui qu'il y a cinq ans, mais suffisante encore pour charmer le sultan d'Éthiopie et une demi-douzaine de rois ou d'empereurs. Zerline a de l'esprit, de la gaieté ; elle charme le public, elle est fine comme l'ambre ; elle n'a d'ennemis que parmi ses camarades, et encore parmi ceux de l'autre sexe. Enfin voilà une femme riche, posée, couverte de diamants depuis les pieds jusqu'à la tête, applaudie dès qu'elle paraît en scène, recherchée par tous les auteurs de vaudevilles, de flonflons et d'opérettes, et

qui semble n'avoir rien à craindre de qui que ce soit !
eh bien ! Zerline tremble devant Caramba.

— Il y a peut-être des raisons secrètes...

— Rien du tout. Caramba, sans haïr les femmes, n'a
aucun goût pour ou contre celle-là ; il a du pain sur la
planche, comme il le dit lui-même, lorsqu'on veut le
séduire par là... Il ne veut pas mêler l'amour avec les
affaires ; car il est froid, ce Palermitain, comme un ha-
bitant de la Poméranie... Je le connais, son pain sur la
planche, ce n'est pas une femme légitime ; c'est une
fille d'esprit, médiocrement jolie, qu'il a trouvée parmi
les figurantes, et qui l'a charmé par ce je ne sais quoi
qu'on ne trouve qu'à Paris. Car, voyez-vous, mon cher
Fontpertuis, en amour ce sont les gens d'esprit qui font
les plus grandes sottises... et plus ils ont d'esprit, plus
leurs sottises sont grandes...

Comme le comédien allait développer cette thèse intéressante, je fis un signe d'indignation.

Il se mit à rire :

— Vous ne me croyez pas, Fontpertuis ?... Lisez un
peu l'histoire... Quel était le plus savant homme de
l'antiquité ?... Aristote, n'est-ce pas ? Il a fait des traités sur la philosophie, sur l'histoire, sur l'économie politique, sur la politique, sur la métaphysique, sur la dia-
lectique, sur mille choses enfin. . Il a été le professeur,
le précepteur, l'initiateur du plus grand roi de l'antiquité, Alexandre le Macédonien ; il a eu tout le moyen-
âge pour disciple ; les évêques, les archevêques, les
cardinaux et les papes ne juraient que par lui ; il était
le plus savant naturaliste de son temps : eh bien ! que
faisait le grand Aristote en public, devant des milliers
d'élèves venus des quatre points cardinaux pour recevoir ses leçons et, comme dit l'apôtre saint Jean, pour
allumer leur bougie à la sienne ?

Ici le comédien fit un pause, comme s'il avait attendu
ma réponse.

— Eh bien ! lui dis-je, il a épousé une femme méchante ?

— Ça, dit-il, c'est trop commun ; ça ne compterait
pas.

— Ou une femme bossue?

— Moins encore.

— Ou rachitique?

— Vous n'y êtes pas!... Il n'épousa personne; mais il se mit à quatre pattes au milieu de son école, et la belle Campaspe, sa maîtresse, s'assit sur son dos, et ce quadrupède d'une nouvelle espèce la promena tout autour du lycée, aux acclamations des assistants... Par Aristote, jugez des autres.

— Mais, dis-je, si Campaspe avait mis sa vertu à ce prix?

Le comédien éclata de rire.

— Vous, dit-il, je vois qui vous êtes, Fontpertuis. Vous enviez le sort d'Aristote, mais sans en avoir la science ou la sagesse.

Avant que j'eusse le temps de répondre, une voix fraîche et brillante se fit entendre dans la coulisse :

> Un jour je vis la reine
> Galoper dans la plaine
> Avec acharnement...
> Elle cherchait son amant.

Ces quatre premiers vers furent suivis d'une brillante tyrolienne, qui montait jusqu'au plus haut des airs et redescendait ensuite en fusées comme un feu d'artifice.

Dix seconde après, la voix reprit :

> Lors je lui dis : Ma reine,
> Cascadez-vous souvent?
> Répond, la bouche pleine
> D'un fier ressentiment :
> — Que me veux-tu? manant.

— Ça, dit le comédien, voix, paroles et musique, c'est de Zerline.

En effet, c'était la brillante Zerline, plus belle que jamais, en costume de bal (car elle ne jouait aucun rôle dans la pièce), et heureuse de faire voir ses diamants et sa toilette à ses camarades, et d'exciter leur jalousie.

En me voyant, Zerline s'arrêta et dit :

— Monsieur Fontpertuis, je vous souhaite bon courage. La salle est bien composée ; tous les critiques sont à leur poste, et Letranchant d'Escarbouillac leur a fait la leçon... Si Léa manque son entrée, ce sera sa faute... Qu'est-ce que vous regardez-là ?

— Nous regardons, reprit le comédien, cette salle si bien composée... Leurs Majestés n'y sont pas ?

— C'est justement pour cela, répliqua Zerline, que la salle est bien composée.

— Oh ! Zerline !

— Mon Dieu ! continua-t-elle en riant, pourquoi me gênerais-je avec eux ? est-ce qu'ils se gênent avec moi ? Tenez, la semaine dernière, je devais jouer dans la *Belle Cléopâtre ou l'enfant de l'Académie*. Comme vous savez, c'est un de mes meilleurs rôles, un de ceux où j'ai le droit de montrer...

— Votre talent ? dit le comédien pour venir à son aide, car elle paraissait avoir quelque peine à s'expliquer.

— Oui, comme vous dites, tout mon talent.

— Enfin s'il s'agissait de danser le cancan devant un public idolâtre !...

— Idolâtre, si vous voulez... Le public aime çà ; moi, je m'en moque. Qu'est-ce ça me fait de danser ceci ou cela devant deux mille imbéciles !

— Ça vous a même valu... dit le comédien.

— Hein ? Plaît-il ? Qu'est-ce que tu veux dire, impertinent ?

— Je veux dire que ça vous a valu beaucoup de succès.

— Beaucoup de succès, comme vous dites... Enfin, j'allais jouer Cléopâtre, je venais de sortir de ma loge et je causais avec les camarades, lorsque je vois tout à coup un monsieur très bien habillé, avec le grand cordon de la Légion d'honneur en sautoir, qui s'avance en glissant sur la pointe des pieds, comme fait Mérant-*Giselle*, et qui demande discrètement au pompier où il pourra me rencontrer.

Voyant cette discrétion, intriguée d'ailleurs par le grand cordon de la Légion d'honneur et croyant avoir affaire pour le moins à un premier ministre ou à un prince souverain, héritier présomptif de quelque couronne, je fais deux pas de son côté et je lui dis :

— C'est Zerline que vous voulez voir ? La voilà, mon prince. Qu'est-ce qu'il y a pour votre service ?

Là-dessus mon homme se retourne, car je l'avais pris de profil, me regarde bien en face, rassemble ses esprits et dit :

— Ah ! mademoiselle, il y a plus d'une heure que je vous cherche. Je suis chargé d'une mission des plus importantes...

Au premier coup d'œil, j'avais reconnu l'homme : c'est celui que Sa Majesté emploie en ces occasions et que tout Paris connaît... Je crois deviner sa mission, je m'indigne...

A ce point du récit de Zerline, le comédien se mit à rire franchement.

Mais Zerline :

— Oui, dit-elle, je m'indigne... J'aime qu'on fasse ses affaires soi-même, et je ne veux pas qu'un *pied-plat* (elle se servit d'un mot encore plus vigoureux) se mêle de ce qui ne le regarde pas... Au reste, je me trompais sur ses intentions. Voici ce qu'il avait à me raconter et que je le forçai d'expliquer devant tout le monde :

— Sa Majesté impériale, dit cet ambassadeur, a entendu parler du grand succès que vous avez et du grand talent que vous déployez dans le rôle de Cléopâtre.

Je m'inclinai avec modestie.

— Ce n'est pas seulement votre beauté, continua l'ambassadeur.

Je m'inclinai de nouveau.

— ... Ni votre talent, qui excitent l'admiration et, je dois le dire, la curiosité de Sa Majesté.

— Oh ! oh ! interrompit le comédien, si ce n'est ni la beauté ni le talent, qu'est-ce que c'est donc ?

— Ah ! dit Zerline, c'est le *chic*. Il paraît que j'ai du chic : c'est ce que le grand-cordon de la Légion d'honneur m'expliqua de son mieux ; il aurait même voulu être plus clair, mais je l'en empêchai. En deux mots, ce haut fonctionnaire, cet homme si bien habillé, ce sei-

gneur (car on dit qu'il est très riche et il porte un très
beau titre devant son nom), cet intermédiaire enfin,
m'expliqua que Sa Majesté ayant entendu parler de la
manière tout à fait gracieuse...

— Merveilleuse, interrompit le comédien.

— Admirable, si vous voulez, dont je dansais aux yeux
du public, — Sa Majesté, dis-je, avait formé le projet,
en l'absence de sa femme, retenue en Écosse, vers ce
temps-là, par une visite de famille, de jouir de ce spectacle unique...

— Ah ! s'écria le comédien en levant les mains et les
yeux au ciel, comme je reconnais bien là cet amour des
arts qui fut de tout temps l'apanage du génie et de la
beauté ! Voilà pourquoi Pauline Borghèse, la propre sœur
de Napoléon Iᵉʳ, ôtait sa chemise devant le sculpteur
Canova et posait en Vénus... Oh ! ces Bonaparte ! plus on
les voit, plus on les admire. Il y a dans leur sang, dans
leur race, dans leur génie, quelque chose qui est fait
pour étonner le bourgeois, pour l'épater... Oui, je dis
bien pour l'épater... Enfin qu'est-ce qu'il venait te dire,
ce seigneur décoré ?

Zerline reprit avec gravité :

— Ce qu'il venait me dire, le voici !... Que Sa Majesté,
lassée de gouverner la France et de faire l'admiration
de l'Europe, serait très heureuse si je voulais bien danser
devant elle mon pas le plus risqué.

— Celui où tu lèves le pied plus haut que la tête ?

— Précisément celui-là, et comme, par modestie, je
m'en défendais un peu, le seigneur décoré me dit:

— Mais non, mademoiselle, ne vous retenez pas; allez
de tout votre cœur et de toutes vos forces. Sa Majesté
sera d'autant plus charmée que vous y mettrez moins de
ménagement.

— Et, ajouta le comédien, il te disait tout cela en public ?

— Tellement en public que nous étions plus de quinze
à l'entendre.

— Qu'est-ce que tu as répondu ?

— Ma foi ! j'étais si confondue, que je me suis assise
sur un banc, en criant :

— Quel gouvernement, mes petits agneaux! quel gouvernement.

— Et tu as dansé le soir sans ménagement ?

— Oh ! sans ménagement, puisque ça faisait plaisir à Sa Majesté, au public et au gouvernement.

Comme Zerline en était là de son récit, on frappa les trois coups : la pièce allait commencer.

Au même instant, Léa, enfin habillée et prête pour la cérémonie, passa près de moi, appuya sa main sur mes lèvres et me dit à demi-voix :

— Priez Dieu que je réussisse, car votre sort en dépend...

— Je voulus l'arrêter, faire des questions... Impossible. Le directeur, les acteurs, le régisseur, le pompier se jetèrent entre elle et moi.

D'ailleurs, il est trop clair que, la pièce étant commencée, Léa n'avait pas le temps de causer.

J'allai donc reprendre ma place dans un fauteuil d'orchestre pour la voir et l'admirer plus à loisir.

J'ai hâte d'arriver à la fin de ce récit, car ce qui suivit est à la fois si délicieux, si terrible, et si triste que j'en garderai éternellement le souvenir.

Quand Léa parut sur la scène, ce fut un cri d'admiration. Jamais je ne l'avais vue plus belle. Quoique le rôle qu'elle avait à remplir (celui de la baronne d'Ange) ne fût pas très sympathique, le public entier se tourna de son côté et souhaita qu'elle réussît dans toutes ses entreprises... C'était une intrigante? Bien. C'était une femme sans mœurs? Très bien. Une fille entretenue? Encore mieux... Qu'importait à la foule qu'elle eût contre soi la vertu, le devoir, les conventions sociales et le reste : ce qu'on voyait en elle, c'était Léa, ma chère Léa, ma belle Léa, mon incomparable Léa...

Si tout le monde n'était pas animé de ces sentiments, mes voisins du moins l'étaient autant que moi. Dès la fin du deuxième acte, l'un me dit :

— Ma foi ! c'est l'usage qu'à la fin de la comédie quelqu'un se marie, et ça fait que tout le monde s'en va content; mais pour celle-ci, j'aime mieux qu'elle ne se marie pas. Il n'y a personne dans la pièce qui la vaille. Ce M. de Jalin est un ancien farceur, qui n'aime plus à rire et qui parle de vertu comme s'il s'y connaissait mal; au fond, il se mêle de ce qu'il ne le regarde pas, et je voudrais qu'on lui cassât le nez; M. de Nanjac, l'officier d'Afrique, est un nigaud furieux, qui tantôt l'aime et tantôt la déteste, et qui n'est pas digne de baiser sa pantoufle. Elle seule est charmante, elle a plus d'esprit que tous les autres; et qu'elle est belle !

C'était vrai. Léa, en scène, était la beauté même, et pleine de grâce, d'aisance, d'aplomb, de sang-froid. On eût dit qu'elle n'avait fait autre chose de sa vie que monter sur les planches et déclamer en public.

Au reste, d'acte en acte, la salle s'échauffait et l'enthousiasme montait, comme le lait sur le feu. Au quatrième, elle fut rappelée et reparut pour recevoir les acclamations du public ; au cinquième, comme elle allait sortir de scène, je quittai ma place et je courus à sa loge pour la féliciter.

Elle était radieuse.

Jusque-là je ne l'avais vue que belle ; à ce moment, elle fut pour moi quelque chose de plus.

J'aurais voulu me jeter à ses pieds et baiser avec dévotion le bas de sa robe ; je l'aimais, je l'adorais, je me prosternais.

Elle tranquillement, défaisait ses cheveux, ôtait l'épingle d'or qui les retenait par derrière, demandait son châle à l'habilleuse et semblait rêver à quelque chose.

Enfin et tout à coup, elle se pencha vers moi et me dit :

— Étais-je belle ce soir ?

— Oh ! mille fois plus belle que les anges !

— Ai-je réussi ?

— N'avez-vous pas entendu les applaudissements et les cris de toute la salle ?

— M'aimes-tu ?

— Oh ! oui.

Et je tombai à genoux comme en extase. C'est la première fois qu'elle me tutoyait.

Elle ajouta précipitamment, car l'habilleuse et le pompier me regardaient sans trop d'étonnement, mais en riant un peu sous cape :

— Eh bien ! relève-toi et partons... Je te suis... La marquise de Rochepont est morte et bien morte... Je ne suis plus que Léa, et je t'aime !...

Et ce qui devait arriver arriva, comme dit une vieille chronique du XIVe siècle. J'aimais, je fus aimé, je fus heureux, et comme Léa ne paraissait avoir ni regrets du passé ni craintes de l'avenir, comme je l'adorais, comme elle était ma vie, mon âme, mon cœur, ma raison, ou plutôt comme elle me tenait lieu de tout cela, je sentis se réaliser la définition célèbre de Victor Hugo :

Un homme et une femme qui se fondent en un ange.

Il est vrai que toutes les volontés de Léa étaient les miennes. Il est vrai qu'elle ne pensait, ne désirait, n'espérait ou ne craignait rien qui ne devînt aussitôt ma pensée, mon désir, mon espérance ou ma crainte. Il est vrai...

Mais pourquoi parler de cela? On n'est heureux qu'une fois dans la vie (quand on peut l'être, ce qui est rare), et le vrai bonheur est une ivresse qui dure pour les plus favorisés une année, pour d'autres, quelques mois, pour d'autres, quelques jours ou même quelques heures... Puis le sang-froid revient, le triste et morne sang-froid; on commence à s'apercevoir de ce qu'on n'avait jamais vu soi-même, et qui frappait auparavant les yeux de tout le monde. La femme voit que l'homme est laid, triste, ennuyeux, sans cœur et sans esprit; l'homme voit que la femme est mal tournée, trop courte ou trop longue, ou trop large, ou trop épaisse, ou trop mince, qu'elle a peu d'esprit ou qu'elle est grognon, ou..., que sais-je encore! Les deux sexes n'ont rien à se reprocher l'un à l'autre en ces occasions.

Mais je fus assez heureux pour ne pas voir la fin de mon ivresse... Aussi longtemps que Léa fut à moi, je l'adorai et je n'eus jamais le moindre soupçon sur elle, ni le moindre doute sur sa beauté sans pareille, ni la moindre crainte qu'elle pût cesser de m'aimer... Ah! que ne suis-je encore dans cet état divin de l'âme d'où la réflexion est bannie et où l'amour règne seul, sans partage!

Mais, après trois semaines de bonheur parfait, un coup terrible qui me menaçait dans l'ombre depuis longtemps vint me frapper, au moment où je m'y attendais le moins.

Avant tout, il faut dire ce qui amena la catastrophe.

XXV

Le succès de Léa retentissait en France et à l'étranger.

En ce temps-là, par hasard, il n'y avait rien qui pût occuper l'attention publique. Depuis le 2 décembre 1851, les journaux politiques ne parlaient plus sans la permission du gouvernement, et les plus hardis se bornaient à raconter les faits sans donner leur opinion.

Je dis : raconter les faits... Mais cela même leur était défendu la plupart du temps. Tout au plus quelque téméraire osait hasarder, mais bien bas, cette opinion que l'Angleterre, jouissant d'un gouvernement constitutionnel, ou la Suisse, pays libre, n'en étaient pas moins prospères. Çà et là, dans le *Journal des Débats*, et sous la signature de quelque vieil académicien, on lisait cette pensée hardie, que Néron, l'empereur romain, eut vraiment tort de tuer sa mère Agrippine et son précepteur Sénèque. Cela passait pour une mordante allusion à Napoléon III, fils d'ailleurs très respectueux de la reine Hortense, et qui de son précepteur Vieillard avait fait un sénateur, avec un traitement de trente mille francs de rentes. Ces puérilités, qui passionnaient cinq ou six douzaines de vieux académiciens et de vieilles marquises, ne produisaient aucun effet sur la nation française, dont les neuf dixièmes n'ont jamais entendu parler de Néron, de Sénèque et d'Agrippine.

Un silence profond régnait donc à Paris depuis longtemps ; mais comme le peuple français habile à parler et à se battre (au dire de Jules César), ne pouvait plus s'occuper de politique, on se jetait sur le premier sujet venu afin de satisfaire ce besoin d'avoir une opinion quelconque qui est le propre de notre race.

A défaut de sujets plus sérieux, on racontait les histoires les plus étranges et les plus terribles ou les plus réjouissantes sur la nouvelle cour. Tantôt deux généraux s'étaient battus en duel et sans témoins dans les Tuileries ; l'un des deux avait été percé d'un coup d'épée avant d'avoir tout à fait dégaîné... Tantôt..., mais qu'importe ? Ce n'est pas l'histoire de ce temps-là que je raconte, c'est celle de Léa et de la mienne.

Donc le succès de Léa retentit tout à coup comme une note de trombone ou de saxophone dans le silence universel !

La plupart des journaux, n'ayant pas d'autre pâture, se jetèrent sur celle-là.

Le petit journal le plus fameux de ce temps donna l'exemple. Pendant quinze jours il ne parla que de la beauté de Léa, de la noblesse de Léa, de la couleur des yeux de Léa, des ancêtres de Léa, et enfin il apprit à tous ses lecteurs que M. le marquis de Rochepont, gentilhomme fort riche et tout à fait dévoué à la monarchie des Bourbons de la branche aînée, s'était tiré un coup de fusil dans le cœur, par désespoir de la résolution que Léa venait de prendre en entrant au théâtre...

Trois jours après, c'est-à-dire dans le numéro suivant, il rectifia son dire et annonça que le marquis de Rochepont avait en effet reçu deux ou trois chevrotines dans la cuisse, mais qu'il n'avait jamais eu l'intention de se suicider, — au contraire, et qu'il était probablement victime de quelque assassin.

Cela ne fut pas dit crûment, mais indiqué.

Or, qui pouvait avoir intérêt à faire tuer ou à tuer le marquis de Rochepont ?

Là, suivant le journal, était le problème.

Et alors, pour éclaircir ce problème et préparer une solution claire et satisfaisante, on publiait une biographie complète du marquis et de la marquise de Rochepont, avec une notice historique sur leurs aïeux, en remontant jusqu'à la cinquième génération ; puis on ajoutait une vue extérieure du château, une description du grand escalier, sur lequel s'ouvraient, — bien en face l'une de l'autre, — les chambres du marquis et de la marquise... On cherchait à quel endroit l'assassin présumé avait dû se poster pour attendre sa victime.

Le troisième numéro ne fut pas moins intéressant que ceux qui l'avaient précédé, mais il disait tout le contraire.

De plus, et pour la satisfaction des lecteurs de faits divers, amateurs forcenés de rapts, d'adultères, de coups de poignard et d'empoisonnements, il annonçait qu'un de ses rédacteurs, le plus jeune, le plus beau, le plus actif, le plus fin, le plus intrépide, le plus dévoué au journal et au bonheur des abonnés, allait prendre le train express d'abord, puis des chevaux de poste, se rendre au château de Rochepont, interroger le blessé, les médecins, les paysans, la cuisinière, la gardeuse de dindons, la gardeuse de moutons, les quatre bouviers, le juge d'instruction de la ville voisine, plusieurs autres magistrats, le commissaire de police central, le maire, son adjoint, le secrétaire de la mairie, le garde champêtre, le curé, le vicaire, deux religieuses de charité chargées de veiller au lit du blessé, six cents des plus proches voisins du marquis de Rochepont, et qu'alors il rendrait bon compte de tout aux abonnés et leur donnerait ainsi le moyen de se constituer en jury, si c'était leur fantaisie, et de juger sans appel le marquis, la marquise, les assassins présumés et n'importe qui...

Cet article fit sensation dans Paris, retentit en province, arriva jusqu'à Châteauroux, et enfin aux oreilles de M. de Rochepont.

Le fougueux et robuste gentilhomme gardait alors la chambre. Sa blessure, quoique très grave, n'avait détruit aucun des organes essentiels à la vie. Il bottait un peu, mais très peu, et cette botterie même ne l'empêchait pas de vaquer à ses occupations ordinaires, c'est-à-dire de manger et boire comme un loup, de fouetter ses chiens, de crier dans sa maison, et même...

Mais cette dernière chose touchant de près au mur de la vie privée, construit il y a quelques années par le bon M. Guibloutet, je n'en dirai rien... Je repousserai

même avec horreur le bruit qui courait que le joyeux
marquis, vert-galant comme Henri IV, et bon convive,
ne dédaignait pas, en l'absence de la marquise, de trin-
quer avec sa cuisinière.

Après tout, aurais-je eu le droit de m'en scanda-
liser, moi qui venais de prendre sa place auprès de
Léa ?

C'était la faute du marquis de Rochepont. Je le savais bien. Léa me le répétait dix fois par jour. Je le
croyais moi-même, et cependant non, cependant je n'é-
tais pas content. Les théories de Mme la baronne de
Korenberg sur l'amour libre, adoptées à mon profit
par ma chère adorée Léa, ne mettaient pas ma conscience en repos. Que voulez-vous ? J'étais né dans une
famille bourgeoise, de parents respectables et respec-
tés. Etait-ce atavisme ou influence des milieux —
comme on dit dans le patois scientifique du temps présent, — ce qui semble à la plupart des hommes une
simple folie me faisait l'effet d'un crime, et je ne pouvais m'empêcher ni d'adorer Léa ni de la trouver cri-
minelle.

On dit qu'en Espagne et en Italie, au siècle dernier,
cette manière de penser n'était pas rare et qu'elle donnait à l'adultère un charme de plus... C'est possible.
Peut-être les plus vertueux sont-ils sur cet article de
l'avis de la belle duchesse de Lesdiguières, à qui l'un
de ses amis disait :

— Aimez, si vous voulez, mais n'écrivez pas ; la manie d'écrire vous perdra...

Et qui répondit fièrement :

— Où serait le plaisir, si je ne me perdais pas ?

Les gens passionnés aiment le péril et le remords, et
j'étais de ce nombre.

Enfin arriva le jour de l'expiation. Si elle s'était
fait attendre assez longtemps, elle fut du moins complète.

A force de raconter l'histoire de Léa et du marquis
de Rochepont, de la broder et de l'embellir tantôt avec
son imagination, tantôt avec de faux renseignements,
le journal qui semblait avoir pris à tâche d'avertir le

marquis de son malheur (mais qui, au fond, ne s'occu-
pait que d'exciter et de satisfaire la curiosité de ses
abonnés), ce journal, dis je, fut lu, distribué, commenté
dans tout l'arrondissement de Châteauroux, et causa
une émotion très agréable à tous les habitants du
pays.

On est toujours content, heureux et même un peu
fier d'habiter un pays où il se passe quelque chose.

Le jour où l'Italien Orsini jeta ses bombes sur le passage de Napoléon III, j'ai vu des centaines de bourgeois
— non certes des pires, — qui se vantaient d'avoir as-
sisté à l'épouvantable panique et au massacre de la
foule innocente. Les uns étaient sur le boulevard au
moment de l'explosion ; d'autres étaient au coin de la
rue Le Peletier ; d'autres avaient fait le projet d'aller
à l'Opéra ce jour-là, mais leurs femmes les avaient re-
tenus ; d'autres — les plus favorisés, — s'étaient pré-
cipités au premier rang de la foule pour voir passer
l'empereur, mais n'avaient pas réussi et s'étaient fait
refouler par un garde municipal à cheval, qui même,
— du fer de son cheval, — leur avait écrasé un cor ;
d'autres avaient eu le bonheur de passer dans la rue
Drouot, une demi-heure après l'explosion, et, sous la
surveillance des sergents de ville, avaient pu contempler le champ de carnage encore couvert de morts et de
blessés et le pavé souillé de sang... Enfin chacun essayait d'arracher une part de gloire à Orsini.

— L'homme est bête naturellement, disait un jour
Sheridan.

— Heureusement, répliqua le joyeux chanoine Syd-
ney Smith, la femme est plus bête encore.

Je reviens au marquis de Rochepont.

Dès qu'il eut appris par l'intermédiaire d'un ami (les
amis sont faits pour cela et les voisins encore plus que
les amis), dès qu'il eut appris, dis-je, les succès de Léa
au théâtre, embouchés par les cent trompettes de la
Renommée, ou, pour parler plus clairement, par cent
feuilletons dramatiques de Paris et de la province, qui
tous s'accordaient à vanter la beauté, le talent, la
grâce, le génie, l'avenir de la ci-devant marquise, il fit

atteler son tilbury, prit une paire de pistolets chargés, clopin, clopant courut à Châteauroux, entra dans le premier train qui filait vers Paris, et se présenta, vers six heures du soir, chez le vieux général Buchamor, qui s'attendait d'un jour à l'autre à cette visite, comme il me l'a dit plus tard.

— Où est Léa ? demanda-t-il en entrant.

Buchamor répondit :

— Je ne l'ai pas vue depuis trois semaines.

En effet, comme le bonheur n'a pas besoin de témoins Léa et moi nous avions cherché un logement à Passy, où loin des importuns et des curieux nous vivions dans cette solitude délicieuse qui fut le partage d'Eve et d'Adam.

Une seule personne eut notre secret et nous était trop dévouée pour le trahir (nous le croyions du moins), c'était Luce. Mais, comme je l'appris plus tard, elle l'avait révélé à Charles, qui en avait averti le marquis. Il s'en fallut de quelques minutes seulement qu'il ne nous surprît dans notre asile.

— Je vais, dit Rochepont furieux, les chercher au théâtre, où sans doute ils sont maintenant, elle et son amant. Venez-vous avec moi, général ?

— Et quand vous les aurez trouvés ? demanda le vieux Buchamor.

— Je les tuerai tous deux, s'écria le marquis de Rochépont : lui d'abord, elle ensuite...

— Pour lui, dit le général, je ne m'y oppose pas, ça le regarde ; mais pour Léa, mon cher Rochepont, il faut y penser à deux fois. Je suis son tuteur, presque son père, responsable par conséquent de tout ce qui peut arriver, ; et vous comprenez...

(C'est le vieux Buchamor lui-même qui m'a raconté plus tard toute cette scène, et il ajoutait : — Sans vous vouloir aucun mal, mon cher Fontpertuis, je n'aurais pas été fâché qu'il vous arrivât quelque accident ; car enfin, si Léa a fait des sottises, vous avez été son premier, son principal complice.)

Au reste, M. de Rochepont promit assez facilement de se contenter d'une victime. La victime, bien entendu, c'était moi. Il demanda seulement au général de lui servir de témoin.

— Maintenant, reprit Buchamor, dînons tranquillement. Après dîner, nous sommes sûrs de les rencontrer l'un et l'autre au théâtre, et là vous ferez, mon cher ami, tout ce qu'il vous plaira de faire, excepté du bruit et du scandale. Je connais Fontpertuis ; il vous prêtera le collet très volontiers, étant de bonne race (son grand-père s'est fait tuer à Lutzen, à la tête d'un régiment de hussards de la garde) ; vous aurez le choix des armes. C'est bien le moins qu'on puisse demander dans votre position, et il en arrivera ce que Dieu voudra.

Rochepont consentit à tout ; pourvu qu'on le mît en face de moi et qu'il pût me brûler la cervelle, il ne demandait rien de plus.

Un capitaine de cavalerie, son ancien camarade, fut choisi pour son second témoin, et tous trois s'en allèrent au théâtre avec l'intention formelle et la résolution bien arrêtée de me tuer, blesser ou estropier.

Pendant ce temps, sans aucune défiance, heureux comme un mari de deux jours, gai, joyeux, presque bavard, charmé de mon bonheur de la veille, pénétré de celui du jour, confiant dans celui du lendemain, je m'en allais doucement en flacre avec ma chère Léa ; je descendis, vers sept heures du soir, à la porte du théâtre ; je lui donnai la main pour l'aider à descendre, je la conduisis à l'entrée des artistes, et une dernière fois j'entendis sa voix argentine, sa voix cristalline, sa voix pure, sa voix céleste me jeter cet adieu :

— Au prochain entr'acte, dans ma loge !..

En me retournant, au bout de trois pas, je me trouvai en face du général Buchamor et de deux autres messieurs, soigneusement boutonnés, que je ne connaissais pas.

Je saluai le général et je lui tendis la main avec cordialité.

Il la prit après quelque hésitation, la serra d'une façon significative, et me dit :

— Voici M. le marquis de Rochepont.

Je saluai machinalement, tant je fus étourdi de cette nouvelle ; lui-même en fit autant, par un sentiment à peu près pareil ou plutôt par habitude d'homme bien élevé.

Buchamor reprit :

— Fontpertuis, vous devinez ce qui nous amène ?

Je répondis avec un certain trouble :

— Non, général, mais...

— Eh bien ! venez avec nous dans un restaurant du boulevard ; nous demanderons un cabinet particulier et un souper, mais nous ne souperons pas, nous nous expliquerons sans bruit. Cela vaut mieux que de parler haut devant toute une salle de spectacle ou dans la rue. N'est-ce pas votre avis, Fontpertuis ?

— Certainement, général, certainement.

— Et le vôtre aussi, Rochepont ?

— Moi, répondit Rochepont, pourvu que je puisse brûler la cervelle à ce monsieur, tout le reste m'est égal.

— Patience, marquis, patience, interrompit Buchamor d'une voix grave ; chaque chose en son temps. La charrue ne doit pas marcher avant les bœufs. N'est-ce pas votre avis, Pancoupé ?

Pancoupé, c'était le second témoin de Rochepont, le capitaine de cavalerie.

Il s'inclina en signe d'adhésion aux paroles de son général, et nous suivîmes Buchamor dans un restaurant où les garçons furent bien étonnés de voir que le général ne demandait que du vin de Champagne et des biscuits et s'enfermait avec nous pour causer plus librement.

Sans doute on nous prit pour des conspirateurs, mais la discrétion professionnelle empêcha tout commentaire. Après tout, pourvu qu'on boive, qu'on mange et qu'on paie, qu'importe au restaurateur ou à ses garçons ?

Les raisons du combat furent expliquées en peu de mots ; elles n'étaient que trop évidentes. Les conditions furent réglées : un duel au pistolet, à mort, ou du moins jusqu'à ce que l'un des deux combattants fût mis hors de combat. Rochepont, étant l'offensé, devait tirer le premier.

Le vieux Buchamor, voyant que j'étais de si bonne composition et craignant peut-être d'avoir quelque chose à se reprocher, essaya de retarder un peu.

— Vos témoins? dit-il.

Mais je l'interrompis.

— Mes témoins auront ordre d'accepter toutes vos conditions; M. de Rochepont est dans son droit.

— Mais mille millions de bombes et de carabines! s'écria Buchamor, il faut se défendre, Fontpertuis

Et je le vis tout prêt à prendre ma défense, plutôt que de me laisser égorger comme un agneau : ce fut sa propre expression.

Faut-il dire le fond, le double fond, le tréfond de ma pensée?

Le voici:

Premièrement j'avais envie de vivre, une envie sans égale ; car j'étais depuis trois semaines le plus heureux des hommes, par conséquent j'étais disposé à me défendre de mon mieux.

Secondement je regardais le marquis de Rochepont avec ce remords intérieur qui dut saisir Troppmann lorsqu'on le mit en face des cadavres de ceux qu'il avait assassinés...

Après tout, quel tort avait-il envers moi?

Aucun.

Et quel tort n'avais-je pas envers lui !

De là un remords terrible.

J'aurais dû penser à cela plus tôt, n'est-ce pas?

Eh bien ! oui, je l'avoue ; mais si cette pensée vint trop tard, elle n'en fut pas moins cruelle.

Enfin il fut convenu qu'on me donnerait jusqu'au lendemain, à midi, pour chercher des témoins, que nous irions au bois de Vincennes, et que l'affaire serait terminée avant deux heures; car, ajouta sagement Pancoupé, j'ai une affaire importante, à trois heures, dans la rue Saint-Honoré.

Pendant qu'on réglait les conditions du combat, M. de Rochepont ne fut pas moins accommodant que moi, et ne parut préoccupé que d'une seule chose, — de la crainte que je ne voulusse éviter le duel. Pour plus de sûreté, il m'aurait volontiers suivi jusque chez moi ; mais le vieux Buchamor s'y opposa et dit qu'il répondait de moi corps pour corps.

A la fin, indigné de ce soupçon outrageant, je répliquai à Rochepont :

— Est-ce que vous me réserveriez le sort de M. Olivier d'Aubepeyre ?

Il pâlit, fronça les sourcils, serra les poings et répondit :

— Ce mot vous coûtera cher, monsieur, et vous ne vivrez pas assez pour le répéter..., je vous le jure !

— Voyons, dit Pancoupé, nous ne sommes pas ici pour nous amuser, n'est-ce pas ? Tout est bien fini, réglé, adjugé ?... Alors je vous quitte. J'ai affaire dans le quartier de l'Hôtel-de-Ville...

On le laissa donc partir, et Rochepont, seul avec le vieux Buchamor et moi, nous dit :

— Maintenant je puis parler, nous voilà seuls. Vous, général, vous avez droit de tout savoir ; vous êtes l'ami, le tuteur et presque le père de Léa... Vous, monsieur, vous avez le même droit, car je veux vous tuer demain, et vous n'aurez pas le temps de répéter mes confidences. Mais après tout, je ne veux point que Léa me fasse passer, même à vos yeux, pour un assassin...

Il tira de son portefeuille un papier en forme de lettre, jauni et usé par le frottement, et le tendit au vieux Buchamor.

— Lisez, dit-il.

Le vieux répliqua :

— Lisez vous-même, Rochepont ; je n'ai pas mes lunettes ou plutôt...

Et il avançait la main pour déchirer le papier, mais Rochepont le retira et me dit :

— Tenez, la coquine (c'est de Léa qu'il parlait) a dû vous raconter de moi mille mensonges et sans doute se donner pour une vertu sans tache ; lisez. Si par malheur je viens à être tué, je veux que vous sachiez à qui vous avez affaire. Ce sera ma vengeance.

Et je lus.

C'était un billet de Léa qu'elle avait adressé à M. d'Aubepeyre, et dans lequel, j'ai honte de le dire, je retrouvai toutes les ardeurs, toutes les félicités dont j'étais comblé moi-même depuis trois semaines. Elle l'avait aimé comme elle m'aimait, je n'en pouvais plus douter ; elle avait eu les mêmes tendresses.

— Vous avez bien lu, monsieur Fontpertuis ? dit Rochepont.

Je fis signe que j'avais lu.

Il remit le billet dans son portefeuille.

— Eh bien ! continua Rochepont, voilà ce qui a causé la mort d'Olivier d'Aubepeyre. Je me défiais déjà, je la faisais surveiller. Un matin, Charles, mon valet de chambre, me dit :

— Monsieur le marquis, pendant que vous étiez à Châteauroux, M. d'Aubepeyre est entré, la nuit, au château, dans la chambre de madame.

Et il m'en donna des preuves que je ne puis pas dire.

Moi, furieux et ne voulant pas manquer ma vengeance, j'emmène Aubepeyre dans le bois, sous prétexte de chasser le sanglier ; je lui reproche sa perfidie, et avant qu'il ait le temps de se mettre en garde, je le tue. Oui, je l'avoue, je l'ai tué. Eh bien ! après ? N'en auriez-vous pas fait autant, général ?

Le vieux Buchamor garda le silence. Evidemment il approuvait la conduite de Rochepont, mais n'en disait rien, par égard pour moi.

Le marquis se tourna vers moi, et reprit :

— Vous, monsieur, vous serez plus heureux qu'Aubepeyre ; vous êtes averti, vous pourrez vous défendre. D'ailleurs on ne recommence pas ce que j'ai fait ce jour-là... Le papier que vous venez de voir je l'ai pris dans la poche du gilet d'Aubepeyre, après l'avoir tué à bout portant ; il le portait sur son cœur, l'imbécile ! Et Léa aujourd'hui va raconter à tout le monde, à vous, général, à vous, monsieur, que je suis un assassin, et qu'elle est innocente comme l'enfant qui vient de naître !

Il éclata de rire en prononçant ces derniers mots, mais d'un rire plein de douleur et de colère.

Alors le vieux Buchamor lui dit :

— Je ne défends pas Léa. Elle est folle, comme d'ailleurs presque toutes les créatures de son sexe. Il y en a des milliers qui n'ont qu'une envie, c'est de tourner la tête aux gens, et ne s'inquiètent pas de ce qui en arrivera. Qu'on se tue ou qu'on s'embrasse, ce n'est pas leur affaire. Mais enfin, vous, Rochepont, pourquoi la connaissant comme vous la connaissez, êtes-vous assez fou pour courir après elle et assez furieux pour vouloir tuer Fontpertuis ?... De l'humeur dont elle est et dont je ne doute plus, après ce que vous venez de nous montrer, il faut bien s'attendre qu'elle recommencera... Qui a bu boira, dit le proverbe. Après d'Aubepeyre, après Fontpertuis, il en viendra d'autres ; car enfin une femme jolie ou laide, vieille ou jeune peut toujours faire des sottises... Comptez-vous garder à vue Léa ou tuer tout le monde ?

Rochepont répliqua :

— Général, Aubepeyre a été le premier... Fontpertuis sera le second... S'il s'en présente un troisième, je le tuerai aussi, et ensuite un quatrième, jusqu'à ce que j'aie cessé d'aimer Léa...

— Vous l'aimez ? demanda le vieux Buchamor étonné, et mon étonnement, je l'avoue, surpassait encore le sien.

— Ah ! dit Rochepont, je ne suis pas un raffiné, moi, ni un sentimental... Je ne veux pas que personne touche à Léa, voilà tout.

— Mais, reprit Buchamor, pourquoi avez-vous donné des sujets de plainte à Léa ? pourquoi vos servantes ?...

— Mes servantes ! répliqua Rochepont... Eh bien, après ? De quel droit me défendrait-on, à moi qui suis jeune et qui ne me pique pas de vertu, ce qui était permis à de vieux et vertueux patriarches ?

— Alors, dit le général, rendez à Léa sa liberté.

Sur ce mot, dix heures sonnèrent et le vieux Buchamor se leva :

— Mes amis, nous savons maintenant à quoi nous en tenir. Il est temps d'aller se coucher, chacun de son côté. Vous, Rochepont, à l'hôtel où vous êtes descendu ; Fontpertuis, dans sa maison, et Léa, chez moi.

Rochepont voulut réclamer.

— Mon cher, continua le vieux Buchamor avec autorité, je ne veux pas que vous revoyiez Léa ce soir. Vous êtes jaloux, vous êtes furieux (je ne vous blâme pas, il y a vraiment de quoi ; vous ne feriez que des sottises et peut-être quelque chose de pis. Prenez patience, croyez-moi... Quand vous aurez tué Fontpertuis (si vous le tuez), vous serez un peu plus calme, et vous verrez mieux quel parti vous devez prendre... Si vous vouliez suivre mon conseil...

Ici Rochepont l'interrompit.

— Ah ! général !

Le vieux Buchamor leva les épaules.

— Vous voulez l'emmenez, n'est-ce pas, et la confiner au fond du Berry ? Eh bien ! emmenez-la, enfermez-la, faites-en tout ce qu'il vous plaira : je m'en lave les mains. Vous la détesterez, vous en serez détesté, vous serez horriblement malheureux l'un et l'autre : mais c'est votre affaire et non la mienne.

Puis, se tournant vers moi :

— Pour vous, Fontpertuis, si vous en réchappez, comme je l'espère et le désire ; car, après tout, si l'on regarde l'histoire du pauvre d'Aubepeyre, votre cas, à vous, n'est pas pendable : que ceci vous serve de leçon... Ne courez plus après la femme d'autrui, c'est toujours une sotte chose... Si j'étais plus vertueux, je vous dirais que c'est une vilaine action. Les trois quarts du temps, le jeu n'en vaut pas la chandelle. Si vous êtes tenté du diable, les filles de bonne volonté ne manquent pas dans la ville, et, même quand on les paie, elles coûtent moins cher que ces belles dames à qui l'on n'offre que des bouquets, mais qui vous prennent un trésor plus précieux que l'argent : je veux dire le temps et la vie... Adieu, mes amis ; à demain, midi, porte Maillot.

Nous nous séparâmes tous trois sur le boulevard, et il alla chercher Léa au théâtre.

XXVI

Rien ne peut donner une idée du désespoir où je tombai quand je me vis seul.

Tout mon bonheur s'écroulait à la fois. Quelle que fût l'issue du duel du lendemain, Léa était perdue pour moi. Si Rochepont était tué, oserais-je vivre auprès d'elle, oserait-elle aimer encore le meurtrier de son mari ? Dans quel désert serions-nous forcés de cacher ces funestes amours ?...

Et cependant le mal était sans remède. Il fallait que l'un des deux fût tué, — le mari ou l'amant, Rochepont ou moi. Je sentais bien que le marquis de Rochepont ne se battrait pas au premier sang, comme Letranchant d'Escarbouillac, par amour-propre, pour amuser la galerie, pour se faire une réputation d'homme terrible et doubler pendant quelques jours le tirage de son journal. Rochepont était jaloux et violent. Il voulait me tuer ; il me tuerait à coup sûr, si je ne prenais les devants en le tuant moi-même... Fâcheuse perspective, car, enfin, un mari n'est pas un adversaire ordinaire. Tuer un homme à qui l'on a pris sa femme n'est pas facile : si la main ne tremble pas, la conscience n'est pas rassurée. N'a pas qui veut le cœur de Don Juan.

De là des remords tardifs et inutiles ; mais ces remords mêmes étaient la moindre partie de mon supplice. A mon tour, je connaissais la triste, la sombre, l'amère jalousie.

Donc Léa (je n'en pouvais douter, ayant vu le billet écrit de sa main que Rochepont avait saisi sur d'Aubepeyre mourant), Léa, ma céleste Léa, avait aimé avant moi un autre que moi. Donc elle avait eu pour d'Aubepeyre les mêmes bontés que pour moi. Cette divine créature l'avait aimé comme elle m'aimait, comme elle avait aimé peut-être Letranchant d'Escarbouillac et, qui sait ? d'autres encore !

A cette horrible pensée, je me sentais plein de fureur et de mépris. J'aurais voulu poignarder Léa, poignarder Escarbouillac, me poignarder moi-même. Chose bizarre! Rochepont, le seul qui voulût me tuer, était aussi le seul contre lequel je n'eusse aucune haine. C'est qu'il était dans son droit, celui-là, et je pense aussi, c'est que son malheur était encore plus complet que le mien.

Au milieu de ces réflexions, j'arrivai à Passy, où Luce m'attendait et parut fort troublée en me voyant.

— Où est madame? demanda-t-elle d'abord.

Et comme je ne répondais pas :

— Ah! monsieur, s'écria-t-elle, il st arrivé quelque malheur... Je m'en doutais bien quand j'ai vu M. le marquis...

Je l'interrompis brusquement;

— Vous avez vu le marquis, Luce?... quel jour ?

— Aujourd'hui.

— A quelle heure ?

— Cinq minutes après que monsieur et madame sont sortis pour aller au théâtre... Il est arrivé comme une bombe. Il croyait d'abord que madame était cachée dans la maison, et il a ouvert ou enfoncé toutes les portes et toutes les armoires. Il a fallu le laisser faire, tant il me faisait peur avec son pistolet... Moi, voyant ça, j'ai dit :

— Que cherchez-vous, monsieur le marquis ?

Il m'a répondu en jurant comme un damné :

— Je cherche cette coquine et son amant! Et si je les trouve!...

Là il a fait le geste de tout tuer. Ah! monsieur, c'é-tait effrayant.

Alors j'ai dit pour le faire partir:

— Mᵐᵉ la marquise est au théâtre.

Sur ce mot, il est sorti, et moi, j'ai vite pris l'omnibus pour avertir madame de l'arrivée de M. le marquis.

— Qu'a-t-elle dit :

— Elle, monsieur ? Mais je ne l'ai pas vue! Quand je suis entrée chez la concierge du théâtre, la vieille m'a dit : « Qu'est-ce que vous venez faire ici ? » Vous sa-

vez, monsieur, les concierges, c'est toujours poli et
bien élevé au fond, mais ça prend des airs d'autorité
comme un sous-préfet et ça vous demande vos passe-
ports comme un gendarme.

Alors j'ai répondu bien poliment :

— Laissez-moi passer, madame la concierge, c'est
pour parler à madame. Une chose pressée...

Elle m'a dit :

— Madame ! Quelle madame ?... Elles sont là un
tas de madames à qui un tas de gens veulent toujours
dire des choses pressées. Voyons, est ce un bouquet ?
est-ce une lettre ? Pour qui ?

— C'est Mme Léa que je veux voir.

Alors elle s'est mise à crier :

— Ah ! je te reconnais maintenant ! C'est toi la
femme de chambre ? Eh bien ! tu peux entrer, tu seras
bien reçue !

Et elle a levé en l'air son balai.

Moi, d'abord, j'ai voulu me sauver, mais elle a fermé
la porte de la loge en appelant son mari au secours.
Le mari est arrivé, qui est un petit vieux, tout ratatiné,
méchant comme un cerf. Puis le beau frère, qui est
pompier et bel homme ; il a servi dans les carabi-
niers. Puis l'allumeur du gaz, un grand maigre, qui a
le nez rouge comme un coquelicot. Puis tous les autres, et je crois qu'ils étaient plus de cinquante qui
faisaient du bruit comme cinq cents. Tous me demandaient :

— Où est Léa ?

Et moi je répondais :

— Je ne sais pas ; je venais pour vous le demander.

Enfin on est allé chercher un vieux monsieur, celui
que les autres appelaient « le père Froment », et tout
le monde lui a expliqué à la fois que j'étais la femme
de chambre de madame, et que je n'en savais pas plus
qu'eux.

Le vieux monsieur, continua Luce, m'a regardée
longtemps, puis il s'est fourré dans le nez une pincée
de tabac et il a dit :

— Toutes les femmes sont folles.

Alors une des dames qui étaient là s'est fâchée et lui a crié :

— Père Froment, ce que vous dites là est malhonnête.

Il a répondu :

— Malhonnête, c'est possible ! mais, pour vrai, c'est certain, entendez-vous, Zerline ?

Et alors Mme Zerline allait se fâcher, quand il a dit :

— Ce n'est pas tout ça... Qu'est-ce que cette fille vient chercher ici ?... sa maîtresse... Eh bien ! elle est partie.

J'ai demandé :

— Avec qui, monsieur ? avec qui ?

Il a répondu :

— Avec qui ?... Qu'est-ce que ça me fait et à toi aussi ? Avec son mari, son amant, son beau-père, son beau-frère, sa belle-mère, le Grand-Turc ou le commissionnaire du coin... Elle est partie, voilà l'essentiel... Partie ! le jour de la plus forte recette que nous ayons faite depuis cinq ans !... six mille trois cent cinquante francs ! Ce serait à s'arracher les cheveux de désespoir, si l'on croyait qu'ils repousseront le lendemain... Avec ça le public s'impatiente. Il est venu pour voir Léa, il veut voir Léa, ce public, et il a raison, il a droit de voir Léa.

Alors j'ai entendu un grand bruit de pieds et de sifflets dans la salle. Un autre vieux monsieur, jaune comme un coin et, outre sa jaunisse, pâle comme un mort, est venu en courant. Il a dit :

— Père Froment, qu'est-ce que nous allons faire ?

L'autre a levé les épaules et répondu :

— C'est bien simple, monsieur le directeur. Il faut faire ce que je faisais au théâtre de la Rochebricon quand le public n'était pas content : il faut offrir de rendre l'argent.

Le monsieur jaune a crié :

— Rendre l'argent ? jamais de la vie !

— Plutôt mourir, n'est-ce pas ? a répliqué le père Froment.

Et, entre haut et bas, il a ajouté :

— Quel oison ! il ne comprendra jamais rien à rien !

Et ensuite :

— Qui est-ce qui vous parle de rendre l'argent ?

— Vous, a dit le monsieur jaune, qui voulez que je l'offre au public.

— Eh bien ! a repris le père Froment, à votre âge, vous ne savez donc pas la différence entre offrir une chose et la donner réellement ? Vous n'avez donc jamais offert à une dame de l'aimer éternellement ?

— Oh ! si, souvent, très souvent, a répondu le vieux monsieur jaune d'un air malin qui lui allait comme à un dindon. Mme Zerline, derrière lui, en éclatait de rire et lui faisait les cornes.

— Eh bien, a dit le père Froment ; l'offre de rendre l'argent au public, c'est comme l'offre d'aimer éternellement la dame, c'est une politesse qu'on fait au public et à la dame ; et tous les deux savent bien à quoi s'en tenir.

Alors le vieux monsieur jaune a répondu :

— Si c'est comme ça... Mais vous m'en répondez, père Froment ?

L'autre a dit :

— J'en réponds si bien, que j'offre de vous acheter votre recette à moitié prix.

Voyant ça, le monsieur jaune a refusé de la vendre ; il a promis seulement une gratification de cinquante francs, si le père Froment réussissait.

Alors le père Froment est sorti en disant :

— Je vais faire l'annonce, faites lever le rideau.

Et tout le monde l'a suivi.

Le pompier qui était à côté de moi m'a dit :

— Mademoiselle Luce, vous n'avez jamais vu les coulisses, je parie ?

Moi, j'ai répondu :

— Non, monsieur le pompier.

Alors il a frisé sa moustache :

— C'est le moment de les voir. Si vous saviez comme c'est beau !

Moi, qui pensais toujours à madame, j'ai répondu :

— Non, monsieur le pompier, je n'ai pas le temps aujourd'hui ; ce sera pour une autre fois.

Il m'a répliqué :

— Mademoiselle Luce, qu'est-ce qui vous en empêche ?

Alors j'ai dit :

— Il faut que je retrouve madame.

— Eh bien, qu'il a dit, nous la chercherons ensemble.

Ça m'a décidée. Je l'ai suivi derrière la scène, où le père Froment s'avançait en saluant trois fois les messieurs et les dames du parterre et des loges.

Ah ! si vous aviez entendu, monsieur, le bruit qu'on faisait !... On aurait cru que toutes les bêtes de la création étaient enfermées dans une grande boîte et criaient ensemble pour en sortir... Puis, quand on a vu que le père Froment allait parler, tout le monde a soufflé : Chut ! chut !

Alors il a mis la main sur son cœur et il a dit... Attendez donc que je me rappelle ce qu'il a dit... Ah ! voilà :

Il a dit qu'il avait l'honneur et le regret d'annoncer qu'un terrible accident venait de retarder et peut-être empêcherait l'entrée en scène de Mme Léa ; qu'on espérait que cet accident n'aurait pas de suite, et que Mme Léa pourrait reprendre son rôle vers le troisième acte ; qu'elle n'était pas encore bien remise des suites de son émotion, mais que les médecins répondaient de tout...

Là le père Froment a été couvert d'applaudissements.

Il a fait signe qu'il avait encore quelque chose à dire ; il a salué une quatrième fois pour annoncer que si le public le désirait, on rendrait l'argent.

Tout le monde a crié.

— Non ! non !

Il a encore salué, et il a demandé l'indulgence du public pour une demoiselle qui s'offrait à remplacer Mme Léa, au pied levé, comme il disait. On a crié :

— Oui ! oui ! Bravo !

Et l'on a baissé la toile.

Alors le pompier m'a dit :

— Un malin, celui-là, le père Froment ! et une fière
platine encore ! J'ai connu des colonels, des généraux,
— mieux que ça, — des maréchaux de France commandant en chef des armées de cent mille hommes; eh
bien ! pour ce qui est de s'expliquer en public et
d'entortiller tout le monde, il leur aurait damé le pion...
Ça, voyez-vous, mademoiselle Luce, c'est un don de la
nature et de l'Etre suprême, conséquemment et supérieurement à quiconque.

Là-dessus j'ai dit :

— Vous avez raison, monsieur le pompier.

Et j'ai voulu m'en aller à mes affaires. Il a voulu me
retenir ; je me suis sauvée, et me voilà.

On s'étonnera peut-être que j'aie écouté avec tant de
patience le discours de Luce et le récit de ce qui s'était
passé au théâtre en l'absence de Léa.

La vérité, c'est que j'écoutais à peine, tant j'étais
troublé par la fuite de Léa, l'arrivée de son mari, et par
ce duel à mort qui ne me laissait d'autre alternative que
d'être tué, chose toujours désagréable au plus brave,
ou, ce qui est pire encore, de tuer un homme à qui je
venais de faire un tort irréparable.

Dans cette situation morale, la bonne Luce aurait pu
parler longtemps sans être interrompue.

C'est elle-même qui s'étonna de mon silence et me
demanda :

— Monsieur, que faut-il faire ?

Je répondis :

— Luce, il faut vous coucher; il est près de minuit. Demain nous aurons sans doute des nouvelles de
madame.

Et je me retirai dans ma chambre, non pour dormir,
je n'en avais guère envie, mais pour me livrer tout entier
à mes réflexions.

XXVII

Le lendemain, de grand matin, je sortis pour chercher des témoins.

Le premier fut mon ami Lenoir, toujours prêt à me rendre service, à quelque heure que ce fût.

Quand j'eus raconté mon histoire et l'objet de ma visite :

— Ah ! dit-il, le peintre te l'avait bien prédit...

Et comme je paraissais fort triste :

— Voyons, n'aie pas peur que je te fasse un sermon, ce n'est pas le moment ; mais, quand tu seras hors d'affaire, apprête-toi à écouter ma harangue... Quel est ton second témoin ?

— Je viens te prier de le chercher avec moi.

— Diable ! pour un duel à mort, ce sera difficile. Avec la jurisprudence actuelle, qu'on vous applique comme on veut, quand on veut, et qui va depuis 50 francs d'amende jusqu'à la peine de mort, les témoins deviennent rares dans les affaires sérieuses.

Il réfléchit un instant et s'écria tout à coup :

— J'ai ton homme !

— Qui ?

— Saint-Tropez, parbleu ! le fier Saint-Tropez, l'un des plus terribles guerriers du monde ; Saint-Tropez, qui s'est mesuré avec tous les maîtres d'armes de Paris et tous les amateurs étrangers ; Saint-Tropez, dont le jeu fin, serré, ardent, élégant, fougueux et plein de sang-froid tour à tour, fait l'admiration des connaisseurs ; Saint-Tropez, Saint-Tropez enfin, qui ne s'est jamais battu que dans les salles d'armes, parce qu'il est comme le soldat gascon qu'on voulait mener sur le terrain et qui disait :

— Je ne veux pas me battre, mon lieutenant me l'a défendu ; quand je me bats, je tue toujours mon homme.

Voilà quel est Saint-Tropez.

— Eh bien ! dis-je, prenons Saint-Tropez.

Et, sans perdre une minute, nous allâmes trouver ce guerrier redoutable.

Il demeurait dans un appartement de garçon de la rue de la Rochefoucauld, vivant noblement et sans rien faire, comme un vrai gentilhomme qu'il était, du chef de son père et de sa mère.

Au premier coup de sonnette, le valet de chambre ouvrit et nous pria d'attendre dans une pièce qui tenait à la fois du salon, du fumoir, de la salle d'armes et du cabinet de travail. Quelques meubles de chêne sculpté, imitant l'antique ; une panoplie merveilleuse, où se mêlaient les armes de tous les pays, depuis l'arc et les flèches empoisonnées du sauvage jusqu'au revolver le plus perfectionné ; un superbe divan turc, des pipes encore plus turques et surtout mieux ornées que le divan. Un buste en marbre de Zerline décolletée et souriante, donné par l'original, disait une inscription placée au bas du piédestal ; une table que couvraient quelques romans nouveaux et deux boîtes à cigares ; enfin quelques fauteuils recouverts de tapisserie : voilà le mobilier de ce jeune seigneur.

Comme je regardais les armes avec attention, il entra.

C'était un bel homme, de trente-cinq ans environ et de magnifique encolure, fait pour charmer une reine, une impératrice, ou même une simple altesse royale. Sa moustache noire ressortait vigoureusement sur un teint pâle et mat. Il paraissait content de lui, des autres et de toute la nature. Du reste, peu d'esprit, et seulement ce qu'il fallait pour répéter les mots du voisin et se les approprier.

Après que Lenoir nous eut présentés l'un à l'autre, en exposant l'objet de notre visite, Saint-Tropez secoua la tête d'un air grave et dit :

— Diable ! diable !

Et comme il vit que je craignais de le voir me refuser son ministère, il ajouta plus gravement encore :

— Saperlipopette ! ce n'est pas un jeu d'enfant, cela !

Puis, craignant à son tour de ne pas me paraître à la hauteur des circonstances, il reprit d'un air crâne et belliqueux :

— C'est égal, le vin est tiré, il faut le boire... Comment appelez-vous le mari ?

— C'est le marquis de Rochepont.

— Marquis de Rochepont ? Je crois connaître toute la noblesse de France, et cependant je ne connais pas celui-là... Où donc perche-t-il ?...

— En Berry, dit Lenoir.

— Ah ! ah ! c'est donc un Rochepont de Cardéran ou un Rochepont de Cardapoil ?

— Je pense, répondit Lenoir, qui vit que je commençais à perdre patience, je pense que c'est un Cardéran, mais je ne mettrais pas ma main au feu que ce n'est pas un Cardapoil. Au reste...

— Oui, oui, c'est cela, reprit Saint-Tropez, nous lui demanderons son nom quand nous l'aurons couché dans la poussière... Et la dame ?... qu'est-elle devenue ?

— La dame, c'est Léa.

— Qui ? Léa ? la célèbre Léa, celle qui a pris la fuite hier au soir ?

— Précisément celle-là même.

Le gentilhomme Saint-Tropez se tourna de mon côté, et me dit avec une gravité qui m'aurait fait bien rire dans un autre moment :

— Mon compliment, monsieur Fontpertuis, mon compliment ! Léa vaut bien que deux hommes d'honneur se coupent la gorge à cause d'elle... Comment ! c'est Léa, et je n'en savais rien ! Mais, alors, c'est vous qui êtes cause que la représentation du *Demi-Monde* a été manquée hier soir, au théâtre**, que le public a sifflé, que le père Froment a offert de rendre l'argent, que le public parisien, toujours bénévole, a refusé ; qu'une petite fille assez mal vêtue, mais pas trop laide, est venue annoncer le rôle de la baronne d'Ange ; que j'ai perdu ma soirée, car je n'étais venu au spectacle que pour voir cette beauté déjà célèbre, que j'ai laissé voir ma mauvaise humeur à la petite *Chose*, qui avait bien voulu me tenir compagnie ; qu'elle m'a cherché querelle et appelé *mufle*, ce qui est

son épithète favorite, que je l'ai plantée là pour lui donner une leçon de politesse ; qu'elle a pleuré, crié, voulu
m'égratigner ; qu'ensuite elle s'est mise à rire et m'a
menacé de me quitter pour un Anglais, qui depuis longtemps lui fait la cour à coups de guinées ; que je l'ai
envoyée promener, qu'elle y est allée sur-le-champ, et
que finalement je suis veuf ou célibataire ce matin,
contre mon habitude ?

Ici Saint-Tropez retroussa sa moustache.

Je lui fis mes excuses, comme je le devais, pour tous
les accidents dont j'avais été cause et surtout pour le
dernier, — espérant pourtant que la petite *Chose* ne
serait pas trop longtemps cruelle et que je n'aurais pas
à me reprocher la désunion de deux cœurs si bien
unis.

— Pour ça, reprit Saint-Tropez, n'en ayez ni regret ni
remords ; elle m'ennuyait et je suis bien aise d'avoir
trouvé l'occasion...

Il fit une pause et ajouta :

— Qu'est devenue Léa ? L'avez-vous cachée ? son mari
l'a-t-il enlevée, égorgée ?

J'avouai que je n'en savais rien, mais que j'espérais
que le général Buchamor la retrouverait et la protége-
rait contre la fureur de son mari.

— Puisqu'il en est ainsi, fit Lenoir, allons déjeuner.

— Aussi bien, ajouta Saint-Tropez, les jolies femmes
sont comme les pièces de vingt francs : elles trouvent
toujours un propriétaire.

Quoique mon nouvel ami fût assez choquant dans ses
discours, je ne jugeai pas à propos de le contredire ;
j'avais trop besoin de lui ce jour-là. Nous allâmes donc
tous trois déjeuner sobrement, mais solidement, au
restaurant de la porte Maillot, afin d'être tout portés sur
le lieu du combat.

XXVIII

Je m'efforçai, à cause de Saint-Tropez, de garder un air libre et riant pendant le déjeuner ; au fond cependant j'étais très inquiet.

Qu'était devenue Léa ? S'était-elle enfuie ? Avait-elle quitté Paris ? Avait-elle cherché un asile chez le vieux Buchamor ? Avait-elle été surprise et rejointe par son mari ?

Ce qui m'inquiétait le plus, c'est qu'en comparant l'heure où je l'avais quittée et celle de la représentation, je voyais trop bien qu'elle avait dû fuir presque aussitôt après la rencontre malheureuse que j'avais faite du vieux Buchamor et de Rochepont. Quelqu'un l'avait donc avertie de l'arrivée de son mari. Mais qui ? Car, assurément, ce n'était pas Luce, dont le récit naïf et circonstancié prouvait assez l'innocence.

Au milieu de ces inquiétudes midi sonna. Nous sortîmes du restaurant en allumant un cigare, et nous vîmes le vieux Buchamor qui venait au-devant de nous avec le marquis de Rochepont et le capitaine Pancoupé, tous trois à cheval.

— Je connais à trois cents pas d'ici, dit Saint-Tropez après les saluts d'usage, une clairière excellente pour ce que nous voulons faire. J'y ai déjà conduit mon ami le comte Teodoro Bolognèse, de Naples, celui qui fut tué si malheureusement, en 1855, par d'Aubignac, alors lieutenant dans les guides. Ils se prirent de querelle, je ne sais comment l'affaire s'emmancha. Il y eut des soufflets donnés. Par qui ? à qui ? Je ne me rappelle pas... Mais, le lendemain, d'Aubignac amena ce pauvre Teodoro sur le terrain et le perça d'un coup d'épée dans le cœur ; l'autre tomba roide mort.

Lenoir, à qui ce récit semblait de mauvais augure pour moi-même, leva les épaules pour avertir Saint-

Tropez d'interrompre là son histoire ; mais Saint-Tropez, qui était en veine et qui se croyait narrateur achevé, ne tint aucun compte de ses signes et continua :

— Au reste, ce n'est pas ma faute ; j'avais bien averti Teodoro. Je lui dis : Mon cher, je connais d'Aubignac ; c'est un garçon froid et ferme, qui ne fera ni feinte ni rien, qui ne vous attaquera pas, qui vous laissera attaquer tant qu'il vous plaira, et qui tout à coup, quand vous serez bien lancé, tendra le fer et vous embrochera d'un coup. Faites bien attention, soyez toujours sur vos gardes, et pour Dieu, ne précipitez rien... Ah ! bah ! c'est comme si j'avais parlé chinois à un Algonquin. Teodoro n'eut pas plus tôt l'épée en main qu'il se lança sur d'Aubignac comme un taureau sur un toréador. L'autre, comme je l'avais prédit, tendit le fer... Le temps d'avaler un verre de vin, et le pauvre Teodoro fut flambé... C'était un grand et beau garçon qui méritait mieux ; mais, que voulez-vous ? son heure était venue.

Ici Saint-Tropez allait enfiler une autre histoire, mais le vieux Buchamor l'arrêta :

— Où est la clairière ? demanda-t-il.

— Nous y sommes, répliqua Saint-Tropez.

En effet, nous étions arrivés.

Alors le général s'approcha de moi et me dit :

— Fontpertuis, où est Léa ?

Je lui racontai qu'elle avait disparu. Cette nouvelle l'inquiéta autant que moi ; il craignait qu'elle n'eût mis ses menaces à exécution et qu'elle ne se fût donné la mort.

— Hier soir, après vous avoir quittés, Rochepont et vous, me dit-il, je courus au théâtre. Tout le monde était en rumeur et demandait comme nous : Où est Léa ? Je rentrai chez moi, espérant qu'elle serait venue me demander un asile. Personne ne l'avait vue. J'allai chez Mᵐᵉ de Korenberg, que je soupçonnais depuis longtemps d'encourager ses folies pour la brouiller avec son mari et surtout avec moi. Mᵐᵉ de Korenberg me jura qu'elle ne l'avait pas vue depuis trois semaines et me parut sincère...

Comme il en était là de son discours, et commençait

à mesurer la distance de dix pas à laquelle il était convenu que nous serions placés, le marquis de Rochepont et moi, Lenoir s'écria tout à coup :

— Général ! général ! voici Frédéric, qui vient à cheval et au galop ; on dirait qu'il apporte des nouvelles.

Frédéric, c'était le valet de chambre du vieux Buchamor. Il tenait en effet deux lettres, l'une pour moi, l'autre pour son maître. Je reconnus l'écriture de ma chère Léa.

Je déchirai plutôt que je n'ouvris l'enveloppe et je me hâtai de lire.

Voici cette funeste lettre :

« Mon bien aimé, quand tu recevras cette lettre, j'au-
» rai cessé de vivre... Adieu, cher bien-aimé ; à toi,
» ma dernière pensée et mon dernier baiser.
                                    » Ta Léa. »

A ces mots, il me sembla que je recevais au cœur un coup si violent qu'une balle aurait à peine fait une blessure plus cruelle.

— Eh bien ! qu'as-tu donc ? demanda Lenoir, qui me vit pâlir.

— Tiens, lis.

Et je lui tendis la lettre.

Il ne fut guère moins ému que moi. Cependant il n'oublia pas son devoir de témoin et s'écria :

— Messieurs, ce duel est inutile ; Léa est morte.

— Morte ! dit Rochepont, frappé de stupeur.

— Oui, morte en effet, répéta le vieux Buchamor. La lettre de Fontpertuis et la mienne sont ses derniers adieux. Voici ce qu'elle m'écrit :

« Je vous l'avais bien dit, mon vieil ami, que si M. de
» Rochepont essayait de se rapprocher de moi, je le
» fuirais jusque dans les bras de la mort... Vous n'avez
» pas voulu me croire, vous l'avez rappelé malgré moi ;
» qu'il soit content, je vais mourir.
» ... Vous souvenez-vous, général, de ce poignard
» orné de pierreries qui perça le cœur de votre chère

» Begum et que je vous demandai un jour, par forme de
» plaisanterie... Vous me l'avez donné, croyant à une
» fantaisie de femme. Mon vieil ami, c'était pour moi
» la délivrance. Je ne vous reproche rien puisque je
» vous devrai le repos éternel. Adieu.

» Votre LÉA. »

— Qui t'a remis ces lettres ? demanda le vieux Buchamor à son valet de chambre.

— C'est Mme la marquise elle-même, répondit Frédéric, épouvanté lui-même des nouvelles qu'il avait appor-
tées sans le savoir.

— Elle est donc venue chez moi?

— Oui, monsieur, un quart d'heure après votre départ. Elle était très pâle, avec des yeux brillants, comme
si elle avait eu la fièvre. Elle est entrée dans le cabinet
de travail de Monsieur, comme elle en avait l'habitude ;
elle a écrit ces deux lettres, et m'a dit de monter à cheval et de vous les apporter au galop, qu'il s'agissait
d'empêcher mort d'homme. Puis, quand je suis sorti,
j'ai entendu qu'elle poussait le verrou derrière moi.
Je suis revenu, j'ai frappé à la porte ; elle n'a pas
répondu. J'ai entendu le bruit d'un corps qui tombait
sur le plancher. J'ai voulu ouvrir: la porte qui est en
chêne, a résisté. J'ai appelé le concierge, la cuisinière
et les autres domestiques: personne n'a osé enfoncer
la porte. Alors je suis vite monté à cheval pour vous
apporter ces lettres et vous avertir de ce qui était arrivé, et me voilà.

Pendant ce récit, le vieux Buchamor frappait du pied
avec impatience ; enfin il se tourna vers Rochepont et
lui dit brusquement :

— Vous voilà content, je suppose. Il n'y a plus rien à
faire ici, allons nous-en.

Mais Rochepont ne l'entendait pas ainsi.

— Non, général, répliqua-t-il, je ne m'en irai pas
avant d'avoir eu satisfaction de ce Fontpertuis. Que Léa
vive ou meure, je ne veux pas qu'il puisse lui survivre.

Buchamor fit un geste de colère.

— Vous le voulez ? reprit-il.

— Oui, je le veux.

— C'est votre avis aussi, Pancoupé ?

— C'est mon avis, dit Pancoupé, qui ne voulait pas, sans doute, avoir été dérangé inutilement.

— Moi, ajouta Saint-Tropez, qui était grand juge en matière de querelles d'honneur, je pense que M. le marquis de Rochepont est dans son droit et que nous ne pouvons pas lui refuser la réparation qu'il nous demande.

— Belle réparation ! dit Lenoir à demi-voix. L'honneur du marquis aura là une belle reprise.

Mais en face des deux autres témoins, il n'osa pas soutenir plus hardiment son opinion pacifique.

Quant à moi, comme j'étais l'offenseur et non l'offensé, je me tins, ainsi que je devais le faire, à la disposition de mon adversaire.

— Eh bien ! s'écria le vieux Buchamor, puisque vous le voulez tous, puisque Rochepont veut du sang, puisque ces deux fous vont s'égorger pour une folle, qui même ne peut plus être à aucun d'eux, allez et faites vite. J'ai hâte d'enterrer l'un des deux pour aller retrouver ma pauvre chère Léa.

C'est avec ces paroles encourageantes qu'on nous mit, Rochepont et moi, en face l'un de l'autre, à dix pas de distance, et que le général donna le signal de faire feu.

Malheureusement Rochepont étant l'offensé, avait le droit de tirer le premier, et mes témoins ne cherchèrent même pas à le lui disputer.

Il tira donc, et si juste que je reçus la balle au milieu de la poitrine, à un millimètre du cœur, comme le fit observer le savant chirurgien aux soins de qui je dus la vie.

Je tombai, sans avoir le temps de riposter; et je perdis connaissance presque aussitôt. Je ne vis donc pas ce qui se passa, mais Lenoir me l'a raconté.

Pendant qu'on me transportait dans le fiacre qui nous avait amenés, mes témoins et moi, Rochepont voulut remonter à cheval et prendre seul le chemin de Paris.

Le vieux Buchamor l'arrêta.

— Mon ami, lui dit-il, voici le second que vous tuez.
Je vous engage à vous en tenir là. Après d'Aubepeyre,
Fontpertuis... Encore si ça empêchait ou réparait
quelque chose ! Mais Léa, si elle vivait encore, recom-
mencerait, c'est certain. Voudriez-vous la tuer à son
tour ou couper la gorge à un troisième ?

— Moi ? répliqua Rochepont ; non, général. Vous
avez raison : c'est assez de deux. Que Léa vive ou
meure, je m'en soucie comme un poisson d'une pomme.
Mais ça m'indignait de voir qu'elle me déshonorait devant tout Paris, et, ma foi ! je ne veux pas qu'on puisse
rire de moi.

— Ça, dit Pancoupé, c'est raisonnable.

— C'est si raisonnable, reprit le vieux Buchamor,
que je m'engage pour elle, si elle vit encore, à lui faire
quitter votre nom. De votre côté, vous lui rendrez sa
dot.

— Avec plaisir, dit Rochepont. Quand j'ai vu tout à
l'heure tomber ce malheureux Fontpertuis, qui peut-
être n'a pas dix minutes à vivre, je me suis dégoûté
d'elle pour jamais et j'ai fait vœu de ne jamais la revoir. Quant à sa dot, vous savez, général, que je ne la
gardais que pour obliger Léa à revenir au logis ; je la
lui rendrai donc dès demain. Adieu, général. Je partirai
dans quelques jours pour Châteauroux. Merci du service que vous m'avez rendu ; merci, Pancoupé. A
charge de revanche.

Et il s'éloigna.

— Il aurait mieux fait de prendre ce parti-là hier
au soir, dit Buchamor.

En même temps il s'occupa, de concert avec mes
deux témoins, de me faire transporter chez moi ; puis,
remontant à cheval, il courut au galop jusqu'à son hôtel, pour savoir si Léa était morte ou vivante.

XXIX

Elle vivait par bonheur, comme je l'appris plus tard.

Il est vrai pourtant qu'elle s'était frappée, comme elle l'avait annoncé, du poignard de la Begum, et, comme disait mon ami Lenoir, qui était un sceptique, le poignard et les pierreries n'avaient pas été pour peu de chose dans cette tragique résolution. Il y a des genres de mort dont une femme poétique ne voudrait à aucun prix, à cause des ridicules grimaces et convulsions dont ils sont accompagnés. Mais le poignard d'Hermione, de Monime ou de Juliette n'est pas sans charme pour les imaginations romanesques.

Est-ce la beauté du poignard qui décida Léa? est-ce l'impossibilité de vivre avec le marquis de Rochepont? L'un et l'autre probablement, car, si j'en juge par ce qui suivit, l'amour y fut pour peu de chose.

Relevée par le vieux Buchamor, qui fit enfoncer la porte de son cabinet, où elle s'était enfermée, Léa fut déposée sur un lit, et le chirurgien, après avoir examiné la blessure, déclara que, bien que dangereuse, à cause du sang perdu, elle n'était pas mortelle.

Léa reçut cette nouvelle avec indifférence, et se laissa panser sans paraître se soucier de vivre ou de mourir. Le général voulut lui cacher d'abord le résultat du duel, craignant sans doute quelque émotion funeste à sa propre guérison; mais elle en fut instruite dès le premier jour par Mme de Korenberg et n'en parut pas trop émue. Dix jours plus tard, elle était sur pied et, dans le plus savant négligé du monde (au dire de Lenoir), elle recevait les visites de la moitié de Paris.

Car on juge bien que ce duel et ce suicide ne passèrent pas inaperçus.

Tous les journaux en parlèrent pendant une semaine. Un feuilletonniste illustre, lassé d'analyser des vaude-

villes et de raconter aux abonnés que le *Chapeau de
paille d'Italie* est un des chefs-d'œuvre de l'esprit humain, feignit de croire que Léa était morte de sa blessure, afin d'avoir un prétexte pour écrire son oraison
funèbre.

« ... Elle a été coupée dans sa fleur, disait-il, cette
» divine Léa, *sicut flos successus aratro*, et nous ne ver-
» rons plus ces grâces, ces charmes, ces sourires, qui
» rappelaient les nymphes, courant au fond des bois,
» sur la trace de Diane chasseresse... Elle a voulu
» cueillir la pomme de l'amour, comme la bergère Ga-
» latée...

> » ... *Malo me Galatea petit, lasciva puella,*
> » *Et fugit ad salices, et se cupit ante videri,*

» Elle a jeté la pomme et elle s'est enfuie vers les
» saules, mais c'est là que l'attendait le géant Poly-
» phème.

» *Cui lumen ademptum...* Et voilà ce qui nous reste
» d'elle, un souvenir, une larme, un deuil éternel ! »

Je passe sous silence une trentaine de récits différents
qui coururent alors dans Paris, et qui contribuèrent à
relever ma réputation.

Mon histoire touche à sa fin ou, du moins, ce que je
veux en dire au public. Ce qui suivit mérite à peine
d'être mentionné.

Cinq jours après mon duel, au moment où le chirurgien osait pour la première fois répondre de ma vie et
prédisait une convalescence prochaine, on m'annonça
la visite de Luce.

Lenoir, qui veillait au chevet de mon lit, essaya vainement de la renvoyer. Elle insista pour me voir, alléguant qu'elle devait partir le soir même. Je fis signe
qu'on l'introduisît.

Rien ne peut exprimer l'étonnement dont je fus saisi
en voyant la toilette de Luce ; à peu de chose près
c'était celle de Léa, et, pour parler franchement, sa
beauté un peu vulgaire était fort relevée par ce changement, car, comme dit le poète Saadi, la sauce vaut souvent mieux que le poisson.

Elle vit ce changement, qu'elle prit pour de l'admiration, et rougit de plaisir.

— Comment! Luce, c'est vous? lui dis-je d'une voix faible.

Alors elle m'expliqua qu'elle allait se marier avec Charles, le valet de chambre, qu'elle était devenue une dame, que M. de Rochepont l'emmenait dans son château, avec son mari, qu'elle occuperait la place de Léa, qu'elle aurait les clefs, et qu'elle serait désormais souveraine et maîtresse de tout. La condition de cette maîtrise nouvelle était sous-entendue. Après tout, qu'importait que Charles eût en ménage le sort de Ménélas ou de tant de rois et d'empereurs?

Ayant raconté sa fortune nouvelle et ses grandeurs à venir, elle sortit. Je ne l'ai plus revue. Je sais seulement qu'elle habite le château de Rochepont, qu'elle vit en parfaite intelligence avec le marquis, qu'elle a sept enfants qui hériteront de tout, que Charles partage la fortune de sa femme et n'est point jaloux.

Voulez-vous savoir la fin de mon histoire? Elle vous étonnera peut-être.

Je n'ai jamais revu Léa. Aussitôt qu'elle put voyager, craignant, sans doute, un retour de tendresse de son mari, elle partit pour la Russie, s'engagea dans la troupe française, et obtint de grands succès à Pétersbourg. En 1867, fatiguée du rude climat du Nord, elle alla, mais trop tard, au Caire, et mourut presque en arrivant.

Moi, je suis député à l'assemblée nationale, et vous avez dû lire quelques-uns de mes discours. La semaine dernière, j'ai voté l'amendement de Wallon.

Le vieux général Buchamor est mort le 15 mai 1872 en léguant son immense fortune au premier soldat français qui plantera le drapeau tricolore sur les remparts de Strasbourg ou de Metz; si le soldat est tué, c'est le régiment qui héritera.

Mme de Korenberg, plus pédante et plus cynique aujourd'hui que jamais, a publié, le mois dernier, ses mémoires, où sont dépeints avec une grande précision le nez, le menton, les yeux et les cheveux de tout ceux qu'elle a honorés de ses faveurs depuis plus de quarante cinq ans. Cette description, jointe à celle des charmes et des transports de la dame, a singulièrement réjoui les amateurs de gaudrioles.

Mon ami Lenoir n'a pas épousé la belle grosse Mme Kronz, de Hambourg, mais la fille d'un épicier de la rue Montmartre. C'est une jeune femme assez jolie, très douce, très gaie, parfaitement vertueuse et qui n'aura jamais d'aventures éclatantes. Il est donc raisonnablement heureux.

Zerline enfin est encore florissante et verte. Elle a fait, depuis le jour où je la vis pour la première fois, le bonheur de vingt-trois princes souverains ou héritiers présomptifs de couronnes diverses; le dernier était sultan du Congo. Elle attend sans impatience le vingt-quatrième, qui sera peut-être un prince japonais.

FIN

Châteauroux. — Typographie et Stéréotypie A. MAJESTÉ